Vejo a imagem de Steve difusa em meio a uma tênue fumaça vermelha. Ele agora me vê e chama meu nome, bolhas rosa se formam em suas narinas e uma espuma escarlate se junta nos cantos de sua boca. Eu o seguro e tento afastar as lágrimas. Sangue arterial é bombeado dos novos buracos de bala. Tento relembrar do treinamento de emergência. Preciso de um pedaço de plástico para tapar a ferida no peito. Por que ninguém está ajudando? Por que Steve está me olhando dessa maneira? Por que tudo parece tão errado?

A sirene da ambulância está se aproximando. Um dos agentes tira a camisa e tenta deter o sangramento. Steve se esforça para dizer algo. Eu peço que se acalme, não se esforce, economize energia. Então entendo que ele está pedindo que tiremos a multidão da linha de fogo. Ele está sangrando na escadaria de um tribunal, e está preocupado com os outros.

Estou segurando a mão de Steve, e não tenho a menor intenção de soltá-la.

A MORTE DO
CAPITÃO AMÉRICA

A MORTE DO CAPITÃO AMÉRICA

UMA HISTÓRIA DO UNIVERSO MARVEL

LARRY HAMA

ADAPTADO DA GRAPHIC NOVEL DE ED BRUBAKER & STEVE EPTING

marvel.com
© 2016 MARVEL

São Paulo, 2016

The Death of Captain America
Published by Marvel Worldwide, Inc., a subsidiary of Marvel Entertainment, LLC.

marvel.com
© 2016 MARVEL

Equipe Novo Século

COORDENAÇÃO EDITORIAL
Vitor Donofrio

EDITORIAL
Giovanna Petrólio
João Paulo Putini
Nair Ferraz
Rebeca Lacerda

TRADUÇÃO
Paulo Ferro Junior

PREPARAÇÃO
Elisabete Franczak Branco

P. GRÁFICO E DIAGRAMAÇÃO
Vitor Donofrio

REVISÃO
Gabriel Patez Silva

CAPA
Vitor Donofrio

GERENTE DE AQUISIÇÕES
Renata de Mello do Vale

ASSISTENTE DE AQUISIÇÕES
Acácio Alves

ILUSTRAÇÃO DE CAPA
Will Conrad

DEMAIS ILUSTRAÇÕES
Steve Epting, Luke Ross, Mike Perkins, Butch Guice, Roberto De La Torre, Rick Magyar, Fabio Laguna, Ed McGuinness, Dexter Vines, Jason Keith e Frank D'armata

Equipe Marvel Worldwide, Inc.

VP, PRODUÇÃO & PROJETOS ESPECIAIS
Jeff Youngquist

EDITORA-ASSOCIADA
Sarah Brunstad

GERENTE, PUBLICAÇÕES LICENCIADAS
Jeff Reingold

SVP PRINT, VENDAS & MARKETING
David Gabriel

VP DE GESTÃO DE MARCA E DESENVOLVIMENTO, ÁSIA
CB Cebulski

EDITOR-CHEFE
Axel Alonso

EDITOR
Dan Buckley

DIRETOR DE ARTE
Joe Quesada

PRODUTOR EXECUTIVO
Alan Fine

Texto de acordo com as normas do Novo Acordo Ortográfico da Língua Portuguesa (1990), em vigor desde 1º de janeiro de 2009.

Dados Internacionais de Catalogação na Publicação (CIP)
(Câmara Brasileira do Livro, SP, Brasil)

Hama, Larry
 A morte do Capitão América
 Larry Hama; [tradução Paulo Ferro Junior].
 Barueri, SP: Novo Século Editora, 2016. (Coleção Slim Edition)

Título original: The death of Captain America

1. Capitão América (personagem fictício) 2. Ficção norte-americana
I. Título. II. Série

16-02535   CDD-813

Índice para catálogo sistemático:
1. Ficção: Literatura norte-americana 813

Nenhuma similaridade entre nomes, personagens, pessoas e/ou instituições presentes nesta publicação são intencionais. Qualquer similaridade que possa existir é mera coincidência.

NOVO SÉCULO EDITORA LTDA.
Alameda Araguaia, 2190 – Bloco A – 11º andar – Conjunto 1111
CEP 06455-000 – Alphaville Industrial, Barueri – SP – Brasil
Tel.: (11) 3699-7107 | Fax: (11) 3699-7323
www.novoseculo.com.br | atendimento@novoseculo.com.br

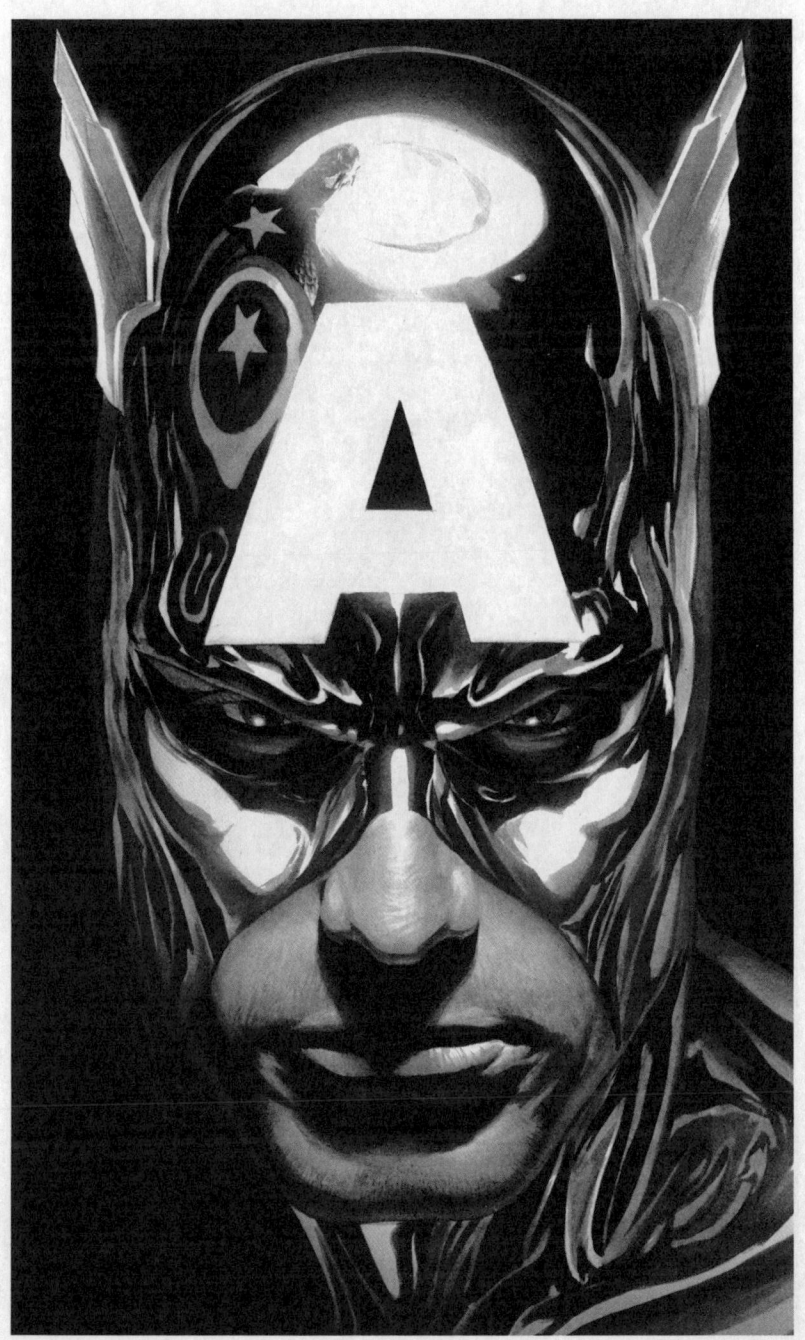

PRÓLOGO

OS RAIOS FAZEM SUA DANÇA acima da silhueta da cidade de Nova York. De sua cobertura no Centro, Johann Schmidt observa tudo com uma indiferença imparcial. Está velho, e já "renasceu" inúmeras vezes, mas sua apatia nunca diminuiu. Ele é, no fim das contas, um produto de sua apatia, e isso é o que realmente o sustenta.

Tem sido uma jornada longa e penosa desde que deixara de ser um jovem carregador de malas que batera à porta do quarto de hotel onde se hospedava Adolf Hitler naquele tempo vertiginoso antes de os nazistas fazerem seu *blitzkrieg* – guerra relâmpago –, invadindo a Polônia e iniciando o cataclismo que chamamos de Segunda Guerra Mundial. O Führer em pessoa criou Schmidt *der Roter Totenkopf*, o Caveira Vermelha, e o encarregou de todas as ações de terrorismo e sabotagem do Terceiro Reich.

Essa nomeação impulsionou o ex-carregador à vanguarda da máquina de propaganda do Nacional-Socialismo e, em uma sublime reviravolta do destino, estimulou os Estados Unidos a utilizarem o único produto de suas Operações Secretas: o Projeto Renascimento, Steve Rogers, da mesma maneira. Aprimorando sua força, velocidade e percepção a níveis acima do que é considerado normal a um humano, Rogers se tornou o Capitão América. E com seu ajudante adolescente, Buck, ele lutou contra o fascismo nos campos de batalha da Europa e se tornou o eterno inimigo de Caveira Vermelha.

O Caveira Vermelha focalizou sua visão para contemplar o próprio reflexo no vidro da porta de correr da varanda que dava para a cidade. Aquela cidade que também era o lar do Capitão América. Aquela máscara vermelha como a morte era uma visão aterrorizante, mas era para ser assim, e ele aprendeu a se acostumar com ela – na verdade, preferia assim. O ex-nazista se obrigou a relaxar. Suas mãos se fecharam involuntariamente em punhos enquanto ele se lembrava de que seus magníficos sonhos de dominação foram transformados em cinzas pelo *Amerikaner Schwein** vestido com sua fantasia vermelha, branca e azul.

Quantas vezes havia visto aquele *verdammt*** escudo derrubar seus soldados, capangas e aliados? Com que frequência o Capitão América e seu protegido adolescente arruinaram seus planos diabolicamente geniais, e destruíram dispositivos que eram fruto de anos de pesquisa e desenvolvimento? Aquela injustiça ainda o irritava, mas ele jamais se deixou levar por isso. As derrotas eram apenas contratempos passageiros. Será que ele não havia previsto os eventos que causaram a morte de Bucky na explosão da aeronave roubada pelo Barão Zemo?

Caveira Vermelha sente-se temporariamente divertido. As palavras de Satanás, escritas por Milton em *O Paraíso Perdido*, surgem em sua mente. "Nem tudo está perdido, a coragem inconquistável, o planejar da vingança, o ódio imortal e a coragem de nunca se submeter ou se render." O reflexo no vidro sorri de volta para ele. Sim, a maré está virando a seu favor. Conseguiu obter a posse de um Cubo Cósmico, uma matriz de energia interdimensional pequena o bastante para caber na palma da mão, mas poderosa o suficiente para dobrar a realidade. Em breve, ele irá infligir extremo sofrimento ao Capitão América, aquele insuportável ícone da democracia, e tudo que ele defende será derrubado e relegado a pó.

O Cubo Cósmico é a chave. Passaram-se cinco anos desde que Aleksander Lukin ofereceu o Soldado Invernal ao Caveira Vermelha em troca do Cubo. O Soldado Invernal nada mais era do que James "Bucky" Barnes, ressuscitado, aprimorado e transformado em um assassino soviético pelo guardião e mentor de Lukin, Vasily Karpov. Lukin havia

---

* Porco americano. (N.T.)

** Maldito. (N.T.)

herdado todos os segredos e tesouros de Karpov, e se elevado aos postos mais altos da KGB, adquirido os ativos e os contatos de que precisava para se desligar da agência e se tornar o mandante oligárquico da Corporação Kronas. Lukin compartilhava com Caveira Vermelha o mesmo ódio pelas democracias ocidentais, e perseguiu com lascívia o Cubo Cósmico por achar que tal objeto o ajudaria a avançar em seus planos de dominação mundial – outra razão pela qual Caveira Vermelha nunca concordou com a troca.

Ter o controle de Bucky Barnes daria ao Caveira Vermelha outra adaga para enfiar no coração de Capitão América – e também um material genético bastante interessante para brincar –, mas desistir do Cubo? Isso seria como sacrificar cedo demais a rainha em uma partida de xadrez. O General Lukin jogava com uma ofensiva bastante arrogante, mas por que lhe dar qualquer vantagem, *nicht wahr*?[*]

O Caveira Vermelha se lembrou de que Lukin era conhecido por colocar em risco seus peões sem nenhuma preocupação aparente com o fim do jogo. Uma estratégia arriscada e infantil...

O telefone toca.

– Olá, Johann, aqui é...

– Eu sei quem você é, Aleksander Vasilievich. E sei que entrará em contato assim que seus espiões mandarem notícias. Estou segurando o Cubo Cósmico enquanto falamos. Algo de uma beleza tão efêmera, algo sem passado e sem firmeza no presente. Ele brilha com a luz do futuro. E esse futuro será meu, e não seu, Lukin.

– *Estou disposto a aumentar minha oferta,* Herr *Schmidt.*

– Se você tivesse algo que eu desejasse, eu simplesmente tomaria.

– *Sinto muito que pense desse jeito.*

– Isso é uma ameaça? Você é mais tolo do que...

O Caveira Vermelha se afastou do vidro para olhar fixamente para a porta de aço molibdênio de seu santuário na cobertura. Ainda

---

[*] Não é verdade? (N.T.)

trancada e intacta. Então, por que Lukin estaria prolongando uma conversação sem sentido? A não ser...

A dor é tão aguda que ele pensa estar sofrendo um ataque cardíaco. Quando começa a cair, vê o sangue espirrando da ferida em seu peito e manchando o carpete branco. Ele sabe que há um buraco de bala no vidro atrás dele. Ele domina seu desejo inconquistável antes que o Cubo lhe escape dos dedos.

A porta de vidro desliza, abrindo-se, e um homem usando coturnos do exército russo entra no recinto. Ele pega o Cubo e o telefone.

– O sujeito foi eliminado, General. E o artefato está seguro.

Do outro lado da ligação, o júbilo de Aleksander Lukin é interrompido pela descoberta de que há outra presença em sua consciência. Horror e repulsa tomam conta dele enquanto mais de oito décadas de memórias vis invadem sua mente, e uma voz que soa como o chocalho de uma cascavel sussurra:

– *Xeque-mate,* Herr *General.*

ns
PARTE 1
CRIMES DE PRIMEIRO GRAU E TRAIÇÃO

1

A S.H.I.E.L.D. NÃO ME DEU UM NÚMERO e retirou meu nome. Esse não é o protocolo na Superintendência Humana de Intervenção, Espionagem, Logística e Dissuasão das Nações Unidas. Eu ainda sou Sharon Carter – mesmo que todos os superiores, técnicos e agentes de campo me chamem de Agente 13.

Como sou uma agente de campo veterana, estou autorizada a usar o uniforme negro à prova de balas característico, com acessórios brancos, e portar a pistola de plasma avançada regulamentar. Mas sendo uma garota à moda antiga, ainda mantenho comigo uma pistola calibre .30 e uma Beretta 9 mm embaixo do assoalho do meu closet.

Eu "faço" o cabelo em um lugar no East Village que ainda cobra menos de vinte pratas pelo corte, e onde os idiomas de opção são russo e mandarim. Eles não percebem que posso entender a maior parte das coisas que dizem, mas isso não me incomoda nem um pouco.

A maioria dos caras que se aproximam de mim quando estou com minha aparência civil se dão conta de que não vão sair perdendo muito se eu os rejeitar. E isso não me incomoda também. Eu nunca fui muito fã de romances casuais. Mas eu já conheci o amor, e sei que ele causa tanto dor quanto alegria.

Sou boa em meu trabalho, mesmo quando cometo erros – como me envolver com algum colega. E isso me trouxe problemas com minha chefe, a diretora executiva Hill. E foi assim que acabei com uma avaliação psicológica obrigatória nas mãos. Dez sessões, no mínimo, e o relatório do psiquiatra teria muito peso na decisão de eu ser aposentada, suspensa, multada ou transferida.

Hill vai conseguir o que quer, não importa como.

Acabou que o psiquiatra ao qual fui designada pela Administração é muito legal. Ele não cruza os dedos, e não exibe nenhum tique quando eu propositalmente digo coisas que o fazem estremecer. E agora eu gosto dele, e confio nele sem ter nenhuma razão discernível. Talvez isso seja um bom sinal. O fato de que ele se parece com Martin Luther King Jr. com a cabeça raspada também ajuda. Ele faz com que eu verbalize coisas que em qualquer outro momento eu suprimiria ou negaria. E passei por nove sessões mantendo minhas cartas bem escondidas sem nem ao menos dar uma espiadinha. Mas a décima sessão é quando as apostas ficam altas, e nós dois sabemos disso.

– Então, Agente 13, pode me explicar a questão de sua raiva pela diretora executiva Maria Hill?

– Ela me enganou. Ela influenciou minha relação com o Cap... Steve Rogers... porque ela queria que ele fosse contra os próprios princípios para apoiar o Ato de Registro de Super-Humanos. E isso foi *depois* que ela colocou o Esquadrão Mata-Capas atrás dele. Que nome, hein? Mata-Capas. Poderosas armaduras que vão atrás de pessoas que eram heróis antes que nosso covarde Congresso aprovasse o Ato de Registro para acalmar os paranoicos.

– O Capitão América é e sempre foi um agente ativo do governo dos Estados Unidos, e você é a oficial que faz a ligação entre ele e a S.H.I.E.L.D. Você teve uma história anterior com esse homem, e estava ciente das regras que proíbem tais envolvimentos, ainda que culpe Hill...

– Eu consegui trabalhar com Steve, o Capitão América, por um longo período sem nenhum, hum... *incidente*. Nós dois fomos profissionais. Eu não esperava dele nada menos que isso. Talvez eu tenha sido ingênua em pensar que as coisas não tomariam esse rumo. Mas, de repente, *tomaram*.

Sei que, se contar ao terapeuta o que ele quer ouvir, ele vai enviar um relatório positivo, que vai ficar bom em meu arquivo pessoal. Mas qual é a utilidade disso? Eu sei que Steve desaprovaria, e pensar nisso me faz sentir oca por dentro. Tudo é tão *complicado*. No começo, eu era a favor do Ato de Registro. Aquela tragédia relacionada aos heróis que aconteceu em Stamford e que acabou com aqueles garotos mortos me chocou até o fundo do meu ser. Eu nunca tive muito contato com heróis, com exceção do Capitão e do Falcão. Eu apenas fiquei parada, observando, enquanto Steve criava um movimento de resistência, e o vi lutar com unhas e dentes contra seus melhores amigos. Ele pagou um preço terrível por ter se colocado acima da lei. E quando eu digo isso ao terapeuta, ele sugere que eu não queria trair o homem que amava.

Não seria muito útil explicar que todo soldado conhece dois fatos contraditórios: as ordens vêm antes da amizade, e há algumas fortes ligações entre esses irmãos de luta. A maioria dos civis não sabe como lidamos com esses conceitos porque nunca estiveram em nosso lugar e não conseguem compreender o que as pessoas que sobreviveram juntas a combates sentem umas pelas outras. É por isso que os soldados só contam histórias *reais* de guerra para outros soldados.

O trabalho do terapeuta é investigar tudo isso. Então, quando ele pede, eu mostro minhas cartas. Mas não todas.

– No fim, Agente 13, você acabou traindo-o. Quer falar sobre isso?

– Steve ficou escondido por semanas. Todas as agências de segurança e todos os heróis que concordavam com o registro estavam atrás dele, mas tínhamos um jeito secreto de trocar mensagens. Eu combinei de encontrá-lo no alto de um prédio, e não era de sua natureza suspeitar que eu o estivesse atraindo para uma armadilha. Eu nunca me senti tão suja como quando ele me beijou ali, sob a luz da lua, e eu retribuí o beijo. Mais tarde, em seu esconderijo, no calor do fim da tarde, ele me disse que eu não conseguiria fazê-lo mudar de ideia. Ele disse que as pessoas haviam se tornado alvos ambulantes apenas pelo fato de conhecê-lo quando ele decidiu tornar sua identidade pública alguns anos atrás, e algumas dessas pessoas foram assassinadas. Isso significou que ele não podia mais partilhar sua vida com ninguém nem viver nada parecido com a normalidade. "Eu aceitei isso porque o Capitão América é quem eu sou na verdade, mas não desejo isso a mais ninguém", foi como ele definiu. Então eu disse a ele que ainda estava transgredindo as leis, e o cumprimento das leis é a base sobre a qual nosso país foi fundado. E ele discordou, me dizendo que nosso país foi fundado com base na *transgressão* das leis, porque a lei estava errada. E então ele citou Ben Franklin e Thomas Paine.

– E enquanto isso, você sabia que um Esquadrão Mata-Capas estava a caminho do esconderijo?

– Eu achei que poderia convencê-lo. Achei que, se pudesse falar com ele cara a cara, poderia ao menos fazê-lo reconsiderar. Foi uma jogada desesperada para ganhar tempo. Eu deveria saber que Steve estava disposto a morrer pelo que acreditava, e eu não queria que o homem que eu amava morresse.

– Agente 13, você admitiu sérias quebras do Código de Conduta em sua Declaração Pós-Ação. Você realmente alterou o rastreador GPS de sua unidade de comunicação, e realmente deu o endereço errado aos agentes da S.H.I.E.L.D.? Você sabia que os agentes invadiriam um apartamento vazio? Você colocou o amor na frente do dever. Como você resolveu esse dilema ético em sua mente?

– Eu planejava enviar um sinal ao Esquadrão Mata-Capas se eu falhasse em persuadir Steve. Eu realmente planejava. Mas quando chegou o momento de fazer isso, simplesmente não consegui. Não sei por quê. Não é do meu feitio. Sou um bom soldado. Eu me coloquei diante deles e fiz todos os juramentos. Mas quando me vi sozinha ali com Steve, pedi que ele ficasse, e disse que o amava... Deus, eu não dizia aquilo havia anos. Simplesmente soltei, e isso ficou pairando no quarto entre nós.

O terapeuta disse exatamente o que eu esperava, ou seja, verbalizar o que eu sentia era algo saudável. Sua face estava indecifrável quando disse isso. Acho que é um dos requerimentos básicos para ser um psiquiatra. E eu sou uma jogadora de pôquer muito boa, geralmente consigo enxergar algo que entregue o adversário, mas não havia nada a ser visto ali. Mesmo assim, confiei nele, e perguntei sem rodeios se eu não estava mais apta às minhas funções. Ele disse que ainda não sabia, e que deveríamos nos encontrar novamente em dois dias. Eu me senti bastante aliviada, porque amo meu trabalho, apesar de tudo.

E enquanto estou saindo do consultório, ele me diz uma última coisa:

– Acho que nós ainda não terminamos, Agente 13.

INTERLÚDIO #1

O PSIQUIATRA ESPEROU quatro horas depois que a Agente 13, também conhecida como Sharon Carter, saiu do consultório. Ele executou uma varredura eletrônica passiva para se certificar de que ela não havia plantado nenhuma escuta, e então tomou o elevador até o andar térreo e saiu do edifício-sede da S.H.I.E.L.D. pela portaria principal quando já era noite, passando o crachá pela catraca e acenando para o segurança. Na rua pouco iluminada, ele deu meia-volta e seguiu pelo caminho por onde havia passado duas vezes, para verificar se não estava sendo seguido, e fez sinal para um táxi, que o conduziu até o outro lado da cidade. Já havia passado da meia-noite, e mal havia tráfego. Saindo do táxi, ele andou vários quarteirões, fazendo o caminho de volta três vezes antes de saltar para outro táxi, que o deixou diante do portão de um pequeno cemitério. O psiquiatra tinha a chave do portão, mas esperou até que a rua ficasse deserta antes de entrar.

Na trilha escurecida pela sombra das árvores que seguia por entre os túmulos, o Caveira Vermelha casualmente se juntou ao psiquiatra em seu passeio da madrugada. O médico já não parecia mais tão confiante quanto estivera diante de Sharon Carter.

– Tinha de ser um cemitério?

– Em vez disso, preferia que eu o expusesse a seus colegas, doutor? Acho que não. É muito mais vantajoso para eles saberem que você está sendo corroído por vermes em alguma cova desconhecida.

O psiquiatra desligou o projetor holográfico nanotecnológico embutido na fivela de seu cinto. A máscara holográfica em 3-D que disfarçava seus traços reais piscou por um instante e em seguida desapareceu, revelando a face barbada do Doutor Faustus. O autodenominado

"Mestre da Mente dos Homens" encaixou um monóculo sobre o olho esquerdo antes de responder. Ele ignorou a pergunta do Caveira Vermelha.

— Enoja-me ter de me disfarçar como um simples sub-humano. Fico francamente surpreso que este estratagema desafie o sistema de segurança do edifício-sede da S.H.I.E.L.D. Ele não passaria pelo escrutínio do aeroporta-aviões.

— Isso não será necessário. Tudo ocorreu como previsto?

— Sharon Carter não faz ideia de que estou adulterando seus pensamentos e memórias. Carter está extremamente vulnerável neste momento, e isso torna propício que os implantes se enraízem e se estabeleçam por si mesmos com credibilidade. Quando chegar a hora, a Agente 13 estará exatamente onde queremos.

O Caveira Vermelha já estava se afastando e nem fez questão de virar a cabeça quando respondeu para Doutor Faustus:

— É melhor que ela esteja, ou será a *sua* cabeçorra que vai rolar.

2

O HOMEM DE MÁSCARA NEGRA que saltava sobre os telhados do edifício no meio da noite ainda se enxergava como um garoto. Isso porque ele era muito jovem quando morreu, e havia passado mais de dois terços de seu tempo na Terra em estase criogênica. As botas de combate em seus pés vinham de um lote especial feito para a infantaria russa de fuzileiros navais durante a Era Soviética. As pistolas nos coldres de náilon em seus ombros eram modelo 1911AI .45 automáticas exclusivas do governo fabricadas pela Rússia e vindas de navio durante a Segunda Guerra Mundial, e que haviam sido melhoradas e adaptadas com molas de recuo de alta performance e visão noturna de trítio. Os inúmeros pentes sobressalentes eram revestidos de aço inoxidável e carregados de munição revestida com pontas ocas. Sua armadura embutida em seus trajes de combate resistentes a fogo é um projeto experimental suíço, leve e flexível. Ele carrega facas, granadas, fios de garroteamento, injetores de nervos-toxina e outros dispositivos letais enfiados em pochetes, bolsos e compartimentos secretos. Mas a arma mais letal que ele possui é seu braço esquerdo.

O homem que se enxerga como um garoto nasceu em Shelbyville, Indiana, em 1925, e o nome em sua certidão é James Buchanan Barnes. Sua mãe é um mistério; e ele mal se lembra do pai, que foi morto em um acidente durante um treino no Forte Lehigh, na Virgínia. Depois que foi não oficialmente adotado como mascote do centro de treinamento, teve todo um batalhão de pais substitutos e irmãos mais velhos. Um deles era o soldado Steve Rogers, que foi para a guerra como Capitão América e levou o mascote ao seu lado.

Bucky.

Era assim que os soldados do Campo Lehigh o chamavam, e era assim que ele era chamado pelo Capitão América. Por muito tempo ele se esquecera de tudo isso. Mas agora, enquanto se agacha atrás de um exaustor em cima de um telhado, analisando as câmeras de segurança e os sensores de defesa de um edifício abandonado do outro lado do beco, as memórias restauradas se revezam em sua mente como um filme antigo. Frequentemente, durante a guerra, depois que o tiroteio acabava, sua audição era reduzida por tinidos temporários, e sua visão se constringia pelo "túnel de adrenalina", e por isso suas memórias se parecem com filmes mudos captados com lentes estreitas. Algumas das imagens mais medonhas passam por esse filme como se a Morte em pessoa estivesse embaralhando um maço infernal de cartas: soldados sendo esmagados por tanques, os corpos ensanguentados de uma família francesa em uma casa de fazenda destruída, guerrilheiros enforcados em postes de luz, uma cabeça rolando por uma rua de paralelepípedos, homens feridos suplicando aos gritos, uma *babushka** empurrando um carrinho de mão com seus netos mortos empilhados, gritos reverberando de uma pequena cidade em chamas, uma floresta cheia de soldados pendurados nas árvores como se fossem enfeites de Natal... E essas eram lembranças das batalhas *vencidas*.

O homem que se vê como o garoto-soldado Bucky estica a cabeça por trás do exaustor e instantaneamente nota que o sensor no edifício alvo é uma de suas ameaças mais imediatas. Ele aguarda alguns segundos para se certificar de que seu movimento não foi percebido. Essa cautela paciente é resultado de um treinamento intenso recebido durante a Guerra Fria.

"Cautela" era um adjetivo que nunca se poderia aplicar ao Capitão América durante o conflito que os soviéticos chamavam de "A Grande Guerra Contra o Fascismo". Aquele que nunca se escondeu de um inimigo, Capitão era capaz de atacar uma metralhadora Waffen-SS escondida em um bunker de cabeça erguida, desviando as balas com seu

---

* Vovó, em russo. (N.T.)

escudo de vibranium. E Bucky estaria bem atrás dele, tentando suprimir os tiros laterais com sua pistola Thompson. Sem nenhum escudo para si mesmo, o ajudante tinha que confiar cegamente na habilidade do Capitão em afastar todo o chumbo que chegava. Sua fé era infinita.

Tudo isso mudara para Bucky enquanto sobrevoava o Canal da Mancha, tentando se segurar à asa de um protótipo ultrassecreto de drone roubado.

O garoto crescido estica o braço esquerdo para fora do esconderijo. É uma prótese cibernética forte o bastante para dobrar barras de ferro e atravessar superfícies de aço. Uma das armas contidas nele é um gerador de pulso eletromagnético de baixa potência capaz de desligar dispositivos mecânicos controlados eletronicamente a curta distância. O homem de trajes negros amplia as configurações de energia para alcançar os circuitos da câmera de segurança e aponta para os sensores do outro lado do beco. Não há hesitação de sua parte no momento em que ele salta o espaço que separa os dois edifícios. Ele se agarra à beirada de uma janela a seis andares do chão, fora do raio de busca de todos os sensores no topo do edifício.

O homem que havia sido Bucky está imovelmente pendurado, segurando-se com o braço mecânico enquanto mentalmente aciona sua arma de pulso eletromagnético. Esse não é o braço original que os soviéticos implantaram nele naqueles dias terríveis, é um modelo vastamente melhorado, que inclui até mesmo um traje de disfarce holográfico, fazendo-o parecer um membro normal de carne e osso para quem observa desatentamente. Às vezes, ele sente a memória fantasma de seu próprio braço. Agora, ele se lembra da missão no castelo do Barão Zemo, durante a guerra – o drone sobre o canal, e o Capitão América gritando para que ele saltasse e abortasse a missão. Mas havia um tipo de orgulho estúpido em ação. Um desejo de provar seu valor ao tão admirado mentor. Ele permaneceu ali tempo demais; o drone se autodestruiu, arrancando-lhe o braço e o lançando às águas geladas.

Todos presumiram que ele estivesse morto. A recuperação de seu corpo por um submarino russo de Classe K nunca foi relatada aos aliados por conta de uma decisão tática feita no local. O garoto-soldado se lembra de ter flutuado por um túnel escuro em direção a uma luz branca etérea, e então subitamente ser puxado de volta.

Ele agora entende que foi arrancado da beira da morte por um oficial da inteligência soviética chamado Vasily Karpov, que teve a visão de colocá-lo em suspensão criogênica até o momento em que a tecnologia médica russa tivesse avançado a um estado no qual uma restauração, reconstituição e melhoras protéticas fossem possíveis.

O garoto voltou à terra dos vivos como um supersoldado melhorado com memória seletivamente apagada. Reprogramado para ser leal à Mãe Rússia, a Karpov e, mais tarde, ao herdeiro e protegido de Karpov, Aleksander Lukin. Esse supersoldado foi posicionado no Ocidente para ser um assassino e sabotador sob ordens do Departamento Executivo de Ações X da KGB (*mokrie dela*, ou seja, "trabalhos sujos") e lhe foi designado o nome de "Soldado Invernal".

O homem que se via como um garoto e que já foi chamado de Soldado Invernal processa essas memórias em poucos segundos. Ele sabe que tem uma janela de trinta segundos antes que os *backups* de segurança redirecionem as transmissões aos sensores em espera. Leva quinze segundos para soltar a grade sobre a porta da ventilação com uma minúscula chave de fenda elétrica, e de repente está dentro do sistema de dutos, quando os sensores voltam a funcionar atrás dele.

Bucky agora está dentro de uma subestação ultrassecreta da S.H.I.E.L.D. Ele cai do interior de um duto de ventilação em um corredor deserto e segue pelo complexo labiríntico em uma velocidade furiosa. Os técnicos e agentes podem até sentir algo atrás deles nos corredores mais densamente ocupados ou até captar um rápido movimento pela visão periférica, mas, quando se viram, já não há mais nada.

Quando ele era o Soldado Invernal, não teria pensado duas vezes antes de quebrar um pescoço ou cortar a garganta de qualquer um que entrasse em seu caminho durante uma missão. Ele teria matado centenas sem sentir nenhum remorso. Mas isso foi antes de Lukin enviá-lo para recuperar o Cubo Cósmico e ter seu primeiro encontro com a Agente 13. Sharon Carter informara Capitão América da assustadora semelhança do Soldado Invernal com Bucky, e o Capitão tomou para si a função de rastrear o garoto-soldado transformado em assassino e fazer as pazes por tê-lo abandonado ao destino naquele drone sobre o canal. Capitão América venceu, recapturou o Cubo e se aproximou do Soldado Invernal, dizendo:

– Lembre-se de quem você é.

Mas "quem você é" significa mais do que lembranças de eventos. É a sua ética, moral, lealdade, obrigação, fé e todos os rastros na areia que você deixou para trás a fim de proteger sua integridade e autoestima. Quem pode imaginar a avalanche de desespero, angústia e culpa que soterraram o garoto patriota que foi colocado contra seu próprio país? Bucky destruiu o Cubo e se teleportou para longe.

Os técnicos e agentes não precisavam ter medo do antigo assassino que corria de porta em porta atrás deles. Ele se defenderia caso fosse atacado, mas suas técnicas seriam debilitantes em vez de letais. Haveria dor e medo, mas nenhum novo corpo sobre a maca do necrotério.

Em um dos andares mais afastados, uma porta de segurança deslizou, abrindo-se para uma sala de acesso a um *mainframe*, onde unidades de resfriamento zumbiam constantemente e o ar se tornava fumaça gelada. Um dedo enfiado em uma luva preta digitou um código de vinte números e deixou um holograma do polegar de Nick Fury ser analisado. O pequeno chão quadrado sobre seus pés desceu silenciosamente até um andar mais abaixo, onde havia um centro de comando alternativo conhecido apenas pelos agentes da S.H.I.E.L.D. com cargo de direção.

A figura parada na estação de monitoramento no centro de comando usava um uniforme de diretor e um tapa-olho. Um reconhecimento facial o identificaria como Nick Fury, antigo diretor da S.H.I.E.L.D., veterano de três guerras e faixa-preta em Tae kwon do. Apesar de Bucky ser cuidadoso em sua aproximação por um ângulo oblíquo, de modo que seu reflexo no monitor não denunciasse sua presença, seu primeiro soco é bloqueado com facilidade. A luta que se segue é brutal, breve e silenciosa, a não ser pelos estampidos e gemidos dos combatentes. O homem que um dia fora o Soldado Invernal sofre uma combinação de socos, investidas e bloqueios de tapas até acertar um botão secreto na têmpora do oponente. O único globo ocular revira na órbita e uma voz artificial de computador anuncia: "Desligamento de emergência ativado". Com isso, o Modelo de Isca Viva se vira e cai de joelhos no chão de azulejos.

Bucky puxa um comunicador holográfico da S.H.I.E.L.D. e o ativa no canal do modo de segurança. Uma imagem do Nick Fury *real* aparece na frente de Bucky, mas sua voz emana do comunicador.

— Então as informações que Sharon tinha estavam corretas? Eu não venho a esta subestação há anos. Nem sabia que ainda estava em operação.

— Pois é, eu entrei mais sorrateiro do que o vento, e essa sua versão autômata estava bem onde disse que estaria.

— Vamos adiante com isso, garoto. Injete o Cavalo de Troia nanotecnológico onde lhe mostrei.

Bucky arranca o rosto do Fury robótico, revelando as portas de acesso aos bancos de memória orgânicos, e enfia ali os injetores nanobóticos. O único globo ocular na cabeça mecânica gira e trava, voltado para a frente, quando Bucky pluga um cabo em uma porta de transferência de dados.

— É estranho... – ele murmura. – Esta coisa até se *move* exatamente como você.

— É um novo e avançado M.I.V., e provavelmente ele acredita *ser* eu. Os líderes atuais não se importam nem um pouco com isso. Todos os soldados e funcionários acreditam que realmente seja eu, e seria extremamente conveniente se toda a culpa dessa coisa de Registro e Mata-Capas caísse sobre eles. Plugue aquele cabo no console perto do monitor. A porta de saída com um triângulo vermelho ao lado dela.

Bucky segue as instruções de Fury, e densas páginas de códigos começam a subir rapidamente no monitor.

— O que isso faz? – Bucky pergunta. – Você está no sistema deles agora?

— Nunca saí do sistema, garoto. Posso até estar escondido, mas não estou cego nem surdo. Mas, agora, a qualquer momento que este

M.I.V. acessar o sistema, eu também acessarei, e terei olhos e ouvidos em todo o aeroporta-aviões.

Outras luzes se acenderam na tela do console. Mais dados e vídeos em velocidade aumentada. Cenas de uma enorme batalha entre a resistência do Capitão América e os apoiadores pró-registro do Homem de Ferro passaram rapidamente. É uma documentação visual da Guerra Civil super-humana que dividiu a comunidade de uniformizados ao meio. Bucky observou as cenas estupefato.

– O que eles estão *fazendo*? Sei que ainda não conheço a maioria desses caras, mas parece que todos perderam a cabeça. Como o Capitão pode ter deixado isso acontecer?

– Deixar acontecer? Garoto, o Capitão está tentando *impedir* que tudo isso aconteça. Assim como eu. E, agora, talvez você também.

Bucky olha fixa e morosamente para a tela que mostra Capitão América lutando contra Homem de Ferro. Ele pode ver que nenhum dos dois está se esforçando na luta – os dois refreiam socos, tentam conter seus poderes. A Guerra Civil não tem lógica nem razão para ele, mas essas são coisas que não existiram em nenhuma guerra da qual consegue se lembrar. Ambição pessoal, nacionalismo, ganância e um intrínseco medo do "outro" colidem em um vácuo ético, resultando num completo massacre. Ele não vê um caminho seguro para fora desse campo minado e reluta em saltar para dentro dele.

– Para mim é diferente, Coronel. Por conta do que fiz.

– Eles sequestraram seu corpo, garoto, e o usaram para seus próprios propósitos. Aquele não era *você*.

O homem que matava por *Rodina*, a Terra Mãe, olha com atenção para a imagem holográfica de Nick Fury. Quando Bucky era o ajudante do Capitão, Fury já era um homem crescido – um sargento liderando uma pequena unidade de elite denominada "Comandos Uivantes". Restam poucos ainda vivos que se lembram do mundo visto através dos olhos de Bucky – e pelos olhos de Fury, Capitão América e Caveira Vermelha. Todo o mundo estava em guerra naquele tempo, com duas ideologias conflitantes se aliando para derrotar o eixo do fascismo. Milhões de mortos, e nada mais mudou – exceto uma notável perda da inocência e uma forte erosão do otimismo. Fury parecia ser um homem de meia-idade, e não um ancião – resultado de uma Fórmula do Infinito experimental que salvou a vida do então sargento durante o último ano da guerra, uma pequena lembrança dos dados que a KGB lhe passara em *Lubyanka*, o antigo quartel da agência em Moscou.

– Eu vim aqui fazer este trabalho para você porque devo isso ao Capitão. Não vou entrar em outra guerra aqui, senhor. Eu ouvi o discurso que o senador Wright fez quando aprovaram o Ato de Registro. Ele fez grande caso do bombardeio na Filadélfia, o ataque terrorista que conduzi quando era o Soldado Invernal. O que me faz parcialmente responsável por essa bagunça.

– Mais uma razão para se comprometer a endireitar as coisas, Bucky.

– Vou pensar nisso, Coronel Fury.

Os monitores do console congelaram em imagens de Aleksander Lukin passando pelos portões da embaixada da Latveria. Bucky tocou a tela.

– É aquele maldito filho da mãe que me descongelava todas as vezes que precisava explodir ou roubar algo. O que ele está fazendo se juntando ao Doutor Destino?

O holograma de Fury foi evasivo.

– Deixe Lukin comigo, garoto. Essa tela significa que o download está pronto, então é hora de você sair de cena.

– Considere feito. E aquela outra questão? Já está em prosseguimento?

– Afirmativo. Estou desligando os satélites e câmeras de segurança da S.H.I.E.L.D. em cinco minutos, tempo suficiente para você chegar ao local. O desligamento vai durar no máximo dois minutos até que os backups de segurança ajam. Então, faça seu trabalho sujo e fuja o mais rápido possível.

Demorou 4 minutos e 37 segundos para Bucky se extrair da subestação da S.H.I.E.L.D. e chegar ao local designado por Fury. Um pequeno esquadrão de reconhecimento chegou dez segundos depois, despachado para investigar a imagem de um super-humano intruso captado pelas câmeras de vigilância. Levou menos de dez segundos para que o líder do esquadrão descobrisse que o suspeito que eles haviam cercado em uma esquina escura e vazia era uma isca holográfica. Antes que pudessem relatar o ardil ao quartel-general, um disruptor de canais de comunicação cruzada foi jogado em meio a eles, seguido por uma granada de fumaça e um estroboscópio de nulificação óptica. Essa é uma situação para a qual não existem protocolos; quando se dão conta de que há um hostil grupo armado atacando-os, cometem o erro de disparar às cegas. A munição que estão gastando é desenvolvida para combater super-humanos e é igualmente eficaz contra trajes superblindados. Como as comunicações estavam desligadas, não havia como ordenar um cessar-fogo.

O último homem que restou tentava recarregar sua arma, mas já era tarde demais. O atacante se apropriou de uma das armas do esquadrão e retalhou o traje blindado do Mata-Capas, destruindo a munição. Com os servos e motores desligados, o traje não é nada menos do que um pesado dispositivo de contenção. Com o regulador de oxigênio sem funcionar, o Mata-Capas começa a perder a consciência e cai no chão. Passados alguns segundos, ele pode respirar novamente e ouve uma voz.

– Estou destravando o capacete dele e removendo-o. Acho que você pode aplicar a engenharia reversa e descobrir um modo de lutar contra o exército deles inteiro, hein, Coronel? Eu adoraria ver a cara de Tony Stark quando isso acontecesse.

O Mata-Capas tentou piscar os olhos para focalizar enquanto o capacete era retirado. O rosto pairando sobre ele começou a se transformar em algo vagamente humano, então uma mão vestindo uma luva negra o atingiu com força, e tudo ficou escuro.

INTERLÚDIO #2

DO OUTRO LADO DO ATLÂNTICO, em seu castelo baronial na Latveria, Victor von Doom olha para o Caveira Vermelha com certo desdém, pois, a seu ver, ele não é nada mais do que um capanga que se elevou ao poder se aproveitando da derrota dos fascistas. Reconhecer as habilidades maquiavélicas e as façanhas tecnológicas do Caveira Vermelha é uma coisa, mas aceitá-lo como um igual está fora de questão. Uma pessoa deve ter *padrões*, não é? Tolerância é um passo abaixo da aceitação, e Doutor Destino apenas concede esse compromisso, de má vontade, porque isso também será de seu proveito.

O Caveira Vermelha não se impressiona com o governante da Latveria. Ele vê Destino como um descendente dos ciganos, reinando sobre uma população defasada; um megalomaníaco com gosto pela grande ópera e uma fascinação pelo misticismo que difama seu treinamento científico.

Os dois desejam algo um do outro, e essa é a raiz de seu atual acordo. Estão os dois no laboratório do Doutor Destino, que é equipado com uma desconcertante mistura de tecnologia moderna e parafernália de alquimia medieval. Se o lugar que eles ocupam se parece com uma masmorra, é porque é isso mesmo que costumava ser. Há centrífugas e terminais de computadores onde os aparelhos de tortura e as donzelas de ferro estiveram há muito tempo.

Eles trocam as amabilidades que podem ser trocadas entre dois ícones da maldade e vão direto aos negócios. O Caveira Vermelha fala primeiro.

– Seu pessoal encontrou o que eu disse que encontrariam naquela escavação na Alemanha? Você está satisfeito com o resultado?

— Sim, Caveira. Estamos bastante satisfeitos. E você terá o que pediu. Destino é fiel à sua palavra.

— Você acredita nisso, agora? Que você teve uma existência anterior em Eisendorf, quinhentos anos atrás? Que você foi o lendário Barão de Ferro?

Doutor Destino toca um componente em sua mesa de trabalho que foi parte de uma máquina de deslocamento temporal. Ele conhece os perigos das viagens no tempo – as múltiplas realidades que ela cria, e a ruptura na ordem do cosmos.

— Aquilo não é quem eu *era*, Caveira. Aquilo é o que eu devo *me tornar*. O que encontramos na escavação em Eisendorf é uma anomalia no fluxo de tempo. É um nódulo em um *loop* infinito que devo algum dia desvendar e do qual vou liberar segredos inimagináveis. O dispositivo que você quer deve ser entregue ao laboratório Kronas. Você compreende que ele só pode ser usado uma vez?

O Caveira Vermelha sorri sob a máscara.

— Isso é tudo de que preciso, Von Doom, para garantir que essa Guerra Civil seja apenas o começo do sofrimento de meu inimigo.

A DIRETORA EXECUTIVA MARIA HILL requisitou minha presença na Ponte de Comando e Operações do aeroporta-aviões da S.H.I.E.L.D., o que considerei uma coisa boa. Se um chefão está planejando meter o pé na bunda de um subordinado, informá-lo de alguma acusação a que terá que responder ou avisar de um rebaixamento a caminho, geralmente o chama ao seu escritório e lhe pede que feche a porta.

Não se confunda com a ponte de ataque, que fica na parte mais alta de uma das extremidades do andar de voo; a Ponte de Comando e Operações paira sobre o Centro de Comando Interno, bem à frente do andar onde fica o hangar principal. É basicamente uma passarela gigante que permite ao elemento de comando uma visão de 180 graus desimpedida através de uma "estufa" de vidro temperado fundido em vibranium, e acesso visual a telas e hologramas situacionais de eventos que ocorrem em tempo real ao longo das anteparas.

Então ali estou eu na passarela aberta com minha chefe, à vista das centenas de técnicos e integrantes da tripulação que mantêm a gigantesca plataforma de ataque zumbindo no ar. A diretora executiva Hill se colocou estrategicamente em uma plataforma elevada da passarela, de modo que tenha que erguer o rosto para olhá-la. O panorama da cidade de Nova York a cinco mil pés abaixo se estende vertiginosamente atrás dela, provendo uma luz de fundo que difunde as linhas de expressão ao redor de seus olhos. Ela não é boba. Não tem conversa fiada, vai direto ao ponto.

– Você está sendo reintegrada, Agente 13. Não haverá nenhuma ação administrativa ou reprimenda em seu arquivo pessoal, e seu nível de segurança continuará sendo ultra-ultra. Você tem muita sorte, pois o terapeuta da Administração incluiu um relatório bastante positivo em sua avaliação. Os idiotas da Avaliação de Risco também lhe deram um atestado de saúde limpo, apesar de sua insubordinação mês passado.

Eu me dou conta de que estou me safando muito mais fácil do que esperava, então mantenho o rosto neutro enquanto a agradeço respeitosamente. Mas ela não pode deixar por isso mesmo. Não, senão seria fácil demais.

– Tudo isso vai contra os meus instintos, Sharon, mas eu vou seguir o consenso aqui. Vou considerar uma transgressão isolada, e você vai ter que andar na linha para ser apenas isso.

Uma boa e passiva ameaça implícita. Uma boa jogada usando meu nome em vez de meu número. Aposto que ela tirou isso de algum livro que ensina como ser uma administradora de sucesso. Ela espera uma resposta, um movimento de concordância ou gesto de obediência. E eu simplesmente não estou no clima de engolir sapos, então simplesmente lhe digo que estava em conflito e que não estou mais. Apenas os fatos, senhora. Ela parece sentir um silencioso deleite em me informar de minha nova função. Seu olhar se lança para a direita e para a esquerda e então ela se aproxima e sussurra.

– Você se unirá à nossa nova força-tarefa que está caçando Nick Fury.

Que ótimo. Agora meu trabalho é rastrear meu *verdadeiro* chefe, o cara a quem me reporto extraoficialmente, e que é minha melhor chance de ajudar Steve a atravessar a atual situação. E só estresse atrás de estresse. Agora tenho muito mais o que esconder e tentar dissimular, e sinto que estou mais perto de explodir a cada segundo que passo na companhia de gente como Maria Hill e Tony Stark. E faço um esforço tão grande para tentar conter essas ondas alfa congelantes que nem percebo alguém parado no canto da minha "cabine de dormir" no Alojamento de Oficiais Solteiros até depois de entrar e tornar a trancar a porta.

– Algo errado, Agente 13?

É Nick Fury. Ou pelo menos o Modelo de Isca Viva dele que se mantém circulando por aí para que todos os chefes com liberação "ultra-ultra-plus" possam fingir que ele ainda está por aqui, sendo todo cooperativo e tal, quando na verdade ele está enfiado e escondido em alguma localização desconhecida, cercado por bloqueadores de sinais passivos e armadilhas não tão passivas assim. Devo tomar cuidado. Este é o M.I.V. que o Soldado Invernal alterou? Eu sei que há inúmeros Nick Fury de mentira, mas seria este aquele que não foi cooptado e está se reportando ao verdadeiro Coronel de um olho só? Minha resposta não me compromete. Na verdade, faço uma pergunta.

– Por que você está aqui?

O Fury robótico ergue o tapa-olho para revelar um scanner de retina.

– Eu estava analisando seu quarto em busca de dispositivos de vigilância. Meu controlador precisa se encontrar com você. Por favor, dê um passo à frente para confirmar sua identidade.

Passo no teste, o tapa-olho volta ao seu lugar e a interface de comunicação aparece, ligando o M.I.V. a um desconcertante representante de Nick Fury com todos os gestos e tiques do homem real.

– Ei, Sharon, estamos com um problema sério aqui.

– *Eu* que o diga, Coronel Fury. Acho que ela sabe que estou em contato com você.

– Maria Hill não sabe de nada. Ela *suspeita*. Mas, diabos, ela suspeita de todo mundo com quem mantive contato. Ela até mesmo grampeou o banheiro de Dum Dum Dugan. E eu não desejaria esse trabalho de vigilância nem ao Barão Strucker.

Conversar com um M.I.V. em modo representante é desconcertante. Eu sempre me esqueço e tento fazer contato visual. Há também um pequeno atraso, o que me faz suspeitar de que o sinal criptografado está vindo de um satélite. Eu o corto subitamente.

– Com todo respeito, você não está ouvindo, senhor. Ela acabou de me colocar na equipe que supostamente deve rastreá-lo. E agora você manda seu M.I.V. agente duplo para meu quartinho no A.O.F. para uma troca de informações que seria mais segura por vários outros meios?

O Fury duplicado curva os lábios, ergue uma das sobrancelhas e coça a parte de trás da cabeça. De algum modo, o Fury real está fazendo a mesma coisa. Ele gesticula para que eu me sente; pelo jeito, lá vem história.

– Garota, você é a única que não está ouvindo. Eu disse que temos um problema, mas não é Maria Hill.

Eu me sento.

– Para começar, você ainda tem aquele modelo antigo da pistola neutralizadora neural da S.H.I.E.L.D.?

– Sim, está guardada no cofre em meu quarto. Vá direto ao assunto, Fury. Quem é?

– É o Capitão.

Certo, foi uma longa história, cheia de drama e tensão, boas intenções e coisas ruins acontecendo com pessoas boas. Shakespeare ficaria orgulhoso. Cheia de som e "Fury", você diria, mas com muito significado. No fim da história, ele me dá instruções que fazem tudo que eu fiz por ele até agora parecer um passeio no parquinho. Não apenas transgredir as regras e cometer atos de insubordinação, mas sim atos de vontade passíveis de penalidade que violam as regras da segurança nacional, da ONU, diversos estatutos locais e dúzias de artigos do Código de Justiça da S.H.I.E.L.D. Mas, para Fury, sou um livro aberto, e ele sabe me usar bem. Big Mama Thornton e Janis Joplin estavam certas sobre o que é o amor: uma bola e uma corrente.

Fury diz que há um pacote para mim em minha mesa, então interrompe as comunicações e o M.I.V. volta ao ser não tão duplicado que geralmente é. Espero até o Fury robótico sair da minha cabine antes de ousar abrir a gaveta. O que encontro ali é algo parecido com uma unidade de controle remoto com uma capa de "segurança" sobre um botão vermelho e uma luz apagada na palavra "armado". O outro item é uma "caixa negra" do tamanho de um pen drive.

Eu passo uma hora processando minha nova tarefa. Recebo um documento oficial da S.H.I.E.L.D. designando minhas novas funções; um novo crachá; uma lista de códigos de acesso, senhas e acrônimos de especificação de missões que devo memorizar; e um lembrete para estar na reunião da equipe em uma das salas de conferência às 8 horas do dia seguinte. Essa é a parte fácil. Roubar um cartão de entrada e sair num Carro Voador Mark V da S.H.I.E.L.D. que está no hangar dá mais trabalho. Tenho que levar a caixa preta que recebi do M.I.V. de Fury – acho que Nick distribui essas coisas como o brinquedinho que vem naquele lanche. É um embaralhador de sinais com canais cruzados que amplifica qualquer tipo de onda transmitida por perto para tomar o controle de câmeras espiãs e microfones. Também burla o GPS embutido no Carro Voador, assim como o que existe em meu comunicador, e diz ao Processamento Central que estou em Hoboken, quando na verdade estou em uma parte do centro do Brooklyn que não está infestada de *hipsters* e ainda tem um bairro cheio de galpões vazios.

Ligo os abafadores de infravermelho, defletores de *doppler* e um disfarce passivo assim que cruzo o East River, então não é fácil avistar meu Carro Voador enquanto passo pelas caixas d'água e dutos de ventilação sobre os telhados escuros. Eu realmente queria que os técnicos da S.H.I.E.L.D. tivessem escolhido um modelo de carro mais discreto do que o Aston Martin Vanquish conversível. Mas pelo menos os assentos são confortáveis e o sistema de som é matador.

A onda de choque vinda da explosão sacode o carro um segundo antes de eu escutar o estrondoso estampido. Vidros se estilhaçam em um raio de dois quarteirões. O destino de meu GPS é o epicentro da explosão. No exato momento em que eu supostamente deveria encontrar o Capitão, tenho de lutar com os controles para estabilizar o Carro Voador, e desligo botões como se estivesse em um helicóptero, colocando-o em modo de planador, viro o volante para parar de rodar e a falsa marcha para o ponto morto. Quando estou acima de

120 km/h e indo adiante, reverto os controles para o modo de voo. Então me posiciono em um lugar onde possa ver dentro do beco, mas mantenho a maior parte do veículo escondido de eventuais olhares lá embaixo. Uma porta de aço explodiu, e fumaça negra escapa de dentro. Uma figura solitária sai cambaleando do edifício em chamas.

Uma figura segurando um grande e redondo escudo.

Mas há outros saltando para o beco das escadas de incêndio e correndo para a rua. Figuras ameaçadoras usando armaduras e brandindo armas letais.

O Esquadrão Mata-Capas está muito concentrado em seu alvo para me ver. O alvo é o Capitão, que está cercado. Eu pessoalmente duvido de que tenham alguma chance contra o Capitão, já que até o Soldado Invernal foi capaz de limpar a rua com eles. Mas aquele incidente deixou os Mata-Capas mais nervosos, e a coceira em seus dedos posicionados nos gatilhos aumentou consideravelmente. O esquadrão enfrentando o Capitão é uma unidade com armas pesadas e melhoradas autorizada a descarregar balas "Caça-Hulk" de 60 mm e projéteis fura-armadura de hipervelocidade. Seus alto-falantes embutidos ecoam pelo beco.

— Capitão América, você tem ordens expressas do presidente para se render! Coloque o escudo no chão e erga as duas mãos abertas, com as palmas para a frente! Você já está ferido, não nos obrigue a abrir fogo.

O quê? Ele está *ferido*? Preciso me inclinar exageradamente para conseguir uma visão mais clara. Há sangue pingando de seu nariz, e ele tem dificuldades para se manter de pé. São sintomas de uma concussão, de um desequilíbrio causado pelo labirinto, e pior. Ele estava em um espaço fechado durante uma explosão, então deve estar ouvindo tinidos temporários, o que diminui a audição. Há uma grande chance de ele não ter entendido as ordens e os ultimatos que lhe são dados. O Capitão responde aos Mata-Capas, mas não obedece.

— Eu já tive essa conversa com vocês algumas outras vezes. A diretora Hill não lhes mostrou os vídeos desses encontros?

Parece realmente que os idiotas vão descarregar as balas no Capitão. Dois ou três estão gritando ao mesmo tempo, o que nunca é um bom sinal em um grupo de homens nervosos e armados. Eu dou a volta por cima do beco, aponto a frente do carro na direção do chão e acelero enquanto agarro o "controle remoto" que recebi do M.I.V. de Fury. Abro a capa de proteção, e a luz onde está escrito "armado" se acende; aponto-o para os Mata-Capas e aperto o botão vermelho – tudo isso enquanto estou descendo a toda. Pouco antes do impacto, executo outro giro e puxo o volante com força, o que me nivela e me faz perder velocidade. Os Mata-Capas estão se retorcendo no chão do beco como um bando de baratas moribundas.

Sei que não preciso ir mais devagar para que o Capitão consiga saltar a bordo. Eu decolo no segundo em que sinto o impacto de seu corpo caindo no banco do carona e ganho altitude. Aviso que há mais armaduras a caminho, e que temos que sumir imediatamente. Ele olha para trás, preocupado.

– O que você fez com eles? Estão machucados?

Bem típico dele. Nem um beijo de saudação, muito menos um "Obrigado por me salvar, querida". Apenas preocupado com o bem-estar dos homens que estavam prestes a matá-lo, é isso que está no topo de sua lista de prioridades. Eu mostro o controle remoto para ele, com a tampa de segurança novamente fechada.

– Estão apenas atordoados e inconscientes. Pulso eletromagnético, transmitido diretamente para as armaduras através de seus sistemas de comunicação. Fury conseguiu pôr as mãos em um de seus capacetes e, através de engenharia reversa, descobriu um jeito de desligá-los sem matar os grandalhões lá dentro.

Ele tira o capuz. Seus olhos estão limpos e claros enquanto ele me encara. Se eu tivesse que nomear o tom de azul de que são feitos, eu chamaria de "descompromissados". Não há nada que eu mais quisesse na vida que dirigir noite afora com a capota aberta tendo Steve ao meu lado, mas isso seria em outra realidade. Nesta, estou abrigando e ajudando um fugitivo em um equipamento que vale vinte milhões de dólares. Mantenho os olhos no altímetro e no indicador de horizonte artificial, mas posso sentir esses olhos descompromissados perfurando a lateral de minha cabeça.

– É por isso que você veio em meu resgate? – ele perguntou. – Porque Nick Fury lhe ordenou?

Estou irritada e não quero responder. Faço-lhe outra pergunta.

– O que aconteceu lá atrás antes da explosão?

Ele está irritado. Está mais para desapontado – o que, vindo do Capitão, é como tentar lutar com um tigre. Eu engulo em seco e escuto.

– Já faz tempo demais que estou tentando sair desse lamaçal, e deixei que esse conflito me tirasse da rota. Já decidi que não deixarei que minha mente me faça voltar, que não a deixarei aceitar um *status quo* imposto, não a deixarei ignorar meu dever. Antes da guerra... a *grande* guerra... eu fiquei de pé em uma sala sem janelas no Forte Hamilton, de frente para uma bandeira, e fiz um juramento de proteger e defender a Constituição dos Estados Unidos da América. Não há data de validade para esse juramento, nem cláusula de desistência, nem de "responsabilidade limitada". Não me importo se sou o único a ver desse jeito. É o meu fardo a carregar e, parafraseando o Padre Flanagan, "Não é pesado, é o meu país". Então mandei para o inferno Tony, a S.H.I.E.L.D. e todos eles. O Caveira Vermelha é minha prioridade, e devo mantê-lo sob vigilância. Aquele psicopata fez sua declaração televisionada uma semana antes de Nitro explodir toda aquela vizinhança em Stamford e matar todos aqueles civis inocentes, uma semana antes de Tony e Reed Richards decidirem construir uma prisão na Zona Negativa para os super-heróis que não concordavam com o registro. Organizar a resistência ao Ato de Registro me cegou, mas um homem que tem apenas um olho me fez ver tudo com mais clareza. Nick Fury nunca abandonou sua caçada ao Caveira Vermelha, e essa é a primeira vez em muito tempo que ele farejou algo parecido com o cheiro dele. Fury interceptou uma transmissão da I.M.A. para o Caveira, originada naquele depósito no Brooklyn.

Eu me senti compelida a interrompê-lo.

– A Ideias Mecânicas Avançadas costumava ser parte da Hidra, mas as duas se separaram nos anos 1960. São anarquistas com conhecimento tecnológico, com uma leve queda pela compra de maldosos equipamentos antigos. Mas não podem extrapolar os resultados de suas ações. O Caveira Vermelha é um cliente assíduo deles.

Imediatamente, me senti idiota por ter dito algo que ele já sabia. Por que fico tentando impressioná-lo? Quero bater a cabeça no volante.

– Uma ligação tênue – ele diz. – Mas era tudo o que tinha, então valia a pena investigar. Eu fui até lá para descobrir que Nick não foi o único a escutar a mensagem. Cheguei logo depois que uma força de ataque da Hidra passou pela porta do beco. Deixaram apenas dois guardas na porta, então atirei meu escudo na cabeça deles, me apropriei daqueles pijamas verde-fosforescentes e dei uma volta pelo lugar. Eu imaginava que a Hidra estava tentando se aproveitar do caos que está acontecendo para executar uma tomada de poder, e um grupo rival como a I.M.A. seria um alvo bem óbvio. No entanto, a Hidra chegou tarde demais. A instalação estava deserta e limpa. As caixas que foram queimadas ainda estavam quentes, assim como os *mainframes*. Um cheiro inconfundível de térmite no ar, e os poços cheios de ácido ainda estavam borbulhando. O último lugar que limpariam seria a estação de segurança, e foi lá que dei sorte. O módulo de autodestruição havia falhado. Uma das falhas fatais da tecnologia da I.M.A. é o excesso de engenharia – e quanto mais complexidade houver, mais chances de as coisas darem errado. Gravações das câmeras de segurança de laboratórios e estações de trabalho ainda estavam ativas nas telas. Nenhuma das portas que davam acesso àquelas instalações era larga o suficiente para a passagem de M.O.D.O.K., então quem estava trabalhando ali? E por que ele, ou ela, se reportava ao Caveira Vermelha? Fiquei bastante surpreso quando um rosto conhecido apareceu em uma das telas, mas o recinto estava cheio de capangas da Hidra naquele momento.

Cap continuou:

– Imediatamente, eles notaram minhas botas, e a partir de então tudo foi ladeira abaixo, principalmente para *eles*. Havia hordas de soldados subindo pelas paredes, pareciam cupins verde-amarelos. Eles são muito bons em gritar frases feitas, mas não tão bons no combate corpo a corpo. E abrir fogo impiedosamente em um ambiente fechado também não lhes dá vantagem. Quando se está terrivelmente em desvantagem, o fogo amigo é a melhor coisa que pode acontecer. Os líderes deles estavam equipados com Semtex sob o uniforme, e eles tinham ordens de se autodestruir caso fosse determinado que a missão estava comprometida. Se ele não tivesse anunciado suas intenções, eu duvido de que teria sido capaz de pegar meu escudo a tempo.

Eu disse ao Capitão que Fury havia descoberto que a célula da I.M.A. tinha recebido um alerta e fugira. Fury também tinha informações precisas de que a Hidra havia entrado em cena, mas ele não tinha como avisar o Capitão, pois a única maneira que eles tinham de se comunicar era através de mensagens físicas. Enviar um reforço era sua única opção.

– Mas por que enviar você? – ele perguntou. – Achei que você estivesse em conflito.

– Eu consegui me livrar antes que as coisas piorassem.

Capitão ficou em silêncio até cruzarmos o East River e seguirmos por sobre os telhados de Tribeca. Eu conhecia alguns becos escuros na Hudson Street, onde poderia deixá-lo sem sermos vistos. Mudei para o modo planador e desci, tocando o chão suavemente. O Capitão vestiu novamente o capuz, mas não abriu a porta.

– Aqueles Mata-Capas apareceram muito rápido depois da explosão.

Eu estava pensando a mesma coisa. Ele continuou:

– Tony e Reed devem ter se aliado com alguns personagens bem obscuros. Mercenário e Duende Verde são sociopatas e psicopatas de primeira categoria...

Havia uma angústia verdadeira em seus olhos quando ele perguntou:

– Você não acha que eles estão usando a Hidra, acha?

Eu me coloquei no mesmo nível dele. O que mais você pode fazer ao conversar com o Capitão América?

– Eu não pensaria assim, mas também nunca achei que nenhum de *vocês* seria capaz de fazer metade das coisas que fizeram recentemente. Onde isso vai acabar, Steve? Depois que você e Tony Stark matarem um ao outro?

– Não vai chegar a isso – ele disse, enquanto se afastava, entrando no beco. – Você sabe, eu vou descobrir algo importante antes que a Hidra me detenha. Eu sei quem estava usando aquela instalação da I.M.A. E se ele está trabalhando com o Caveira Vermelha, nós temos problemas bem maiores do que minhas diferenças com o Homem de Ferro.

Observei Capitão América se afastando, sem saber se aquela era a última vez que o veria antes de ele sacrificar a própria liberdade para acabar com a Guerra Civil.

INTERLÚDIO #3

O PRÉDIO DA CORPORAÇÃO KRONAS é um amontoado de aço e vidro sem nenhum conceito artístico que está para a arquitetura como uma banda de pífanos do exército está para a música. A falta de beleza estética é intencional, pois a construção tem a função de projetar poder e autoridade sem chamar muita atenção dos vizinhos arranha-céus do centro de Manhattan. Escondidos atrás da fachada reluzente estão áreas e andares inteiros, selados e fora do alcance de eventuais visitantes ou empregados comuns. Blindado, à prova de som e protegido por defletores eletrônicos, o prédio abriga armamentos, salas de treinamento, centro de comando no melhor estilo militar e laboratórios de tecnologia avançada.

Em um desses laboratórios enfiados em um andar secreto entre o décimo segundo e o décimo quarto, o Caveira Vermelha está fazendo um *tour* de introdução a seu novo diretor de pesquisa, que até pouco tempo atrás estivera escondido em uma instalação da I.M.A. no Brooklyn.

– O melhor que o dinheiro pode comprar, *Herr* Zola – o Caveira Vermelha sorri. – Você poderá terminar seu trabalho aqui sob nossa proteção direta.

A fala holográfica projetada dentro do peito do corpo robótico responde com uma voz gerada por computador.

– Prefiro operar sob minha própria supervisão, mas isso será suficiente por enquanto. Eu notei que você usou um pronome possessivo no plural. Estou falando com o Caveira Vermelha, Aleksander Lukin, ou com os dois ao mesmo tempo?

O sorriso de morte do Caveira nunca hesita, mas o tom da voz se torna mais frio.

– O Caveira Vermelha está no comando aqui, mas Lukin é necessário para as funções corporais autônomas. Ele não é mais do que o zelador de um prédio trancado no almoxarifado.

Ele faz uma pausa breve, e a falsa camaradagem retorna.

– Já que a natureza de alguns de seus trabalhos aqui é relacionada com a sua... condição... ou seja, o processo pelo qual você transfere sua consciência de um corpo robótico para outro, talvez possamos discutir a atual mecânica desse processo em algum momento enquanto tomamos um copo de *schnapps* e um cálice de lubrificante de motores?

O construto mecânico que abriga o intelecto de Arnim Zola gira a caixa de PES[*] psicotrônico que jaz no lugar onde estaria a cabeça de um humano. O único sensor visual vermelho no meio da caixa direciona-se ao Caveira Vermelha sem piscar.

– Ah, mas nós sabemos que a discussão que você quer ter vai ser sobre sua própria condição, *Herr* Schmidt. – A voz robótica consegue se converter para um tipo de *Schadenfreude*.[**] – Mas eu não revelo dados essenciais para a continuação de minha existência. Achei que havia deixado isso claro muitos anos atrás, quando você financiou meu trabalho na América Central. Você pode provar o que eu criar para você, mas não deverá ter acesso à receita.

O Caveira Vermelha assume uma expressão de aceitação, mas o que há dentro de sua mente é outro assunto.

– Seus termos são bastante satisfatórios, contanto que eu consiga o que precisamos. Sua importância para este projeto é colossal. Meu plano maior não chegaria muito longe sem o gênio inigualável de Arnim Zola.

A face no tórax robótico nunca pisca. Os lábios se movem, mas o queixo, não.

– E qual é o plano desta vez, Johann?

– Vamos destruir o Capitão América e tudo que ele mais preza!

– Ah, isso de novo?

---

* Percepção extrassensorial. (N.T.)
** Alegria. (N.T.)

4

OS EVENTOS RECENTES se deram de maneira tão drástica que minha percepção de tempo levou uma verdadeira surra.

Mal posso acreditar que Steve Rogers, o herói conhecido por todo o mundo como Capitão América, esteve encarcerado como um criminoso comum durante todas aquelas semanas. Isso me deixa muito zangada, triste e envergonhada, tudo ao mesmo tempo. Estou zangada com o governo, por ter dado ouvidos à paranoia; triste porque os cidadãos deixaram isso acontecer; e envergonhada de mim mesma por não ter feito nada para ajudar o homem que amo.

A América tem um longo histórico de dar as costas a seus heróis depois que seus anos de servidão acabam. Os Rough Riders, que seguiram Teddy Roosevelt até San Juan Hill, voltaram para casa com malária e acabaram de quarentena em uma tenda de hospital nos confins de Long Island, onde centenas morreram enquanto residentes bronzeados pelo sol de verão reclamavam de que os soldados doentes os deixavam indispostos. Os rapazes que sobreviveram às trincheiras e ao gás de mostarda durante a Primeira Guerra Mundial marcharam para Washington quando o Congresso lhe negou o bônus que haviam prometido. O presidente Herbert Hoover ordenou ao exército que dispersasse os manifestantes, e os soldados americanos fizeram isso abrindo fogo contra os veteranos. Os soldados que foram queimados com Agente Laranja no Vietnã e expostos a substâncias tóxicas durante a Guerra do Golfo esperaram anos por alguma reparação, e muitos morreram antes de receberem um único centavo. Belo tratamento dispensado aos heróis, hein?

Todos os americanos conhecem a história de Steve Rogers – o garoto magricela e doente que cresceu nas ruas barra-pesada da cidade de Nova York durante a Grande Depressão. Como ele viu o melhor e o pior que este grande país tem a oferecer. Como ele se sentou, enraivecido, observando os cinejornais das *Blitzkrieg* nazistas devastando a Europa. Como ele foi declarado "incapaz" e recebeu um "4-F"* quando tentou se alistar.

Sabemos como um general encarregado de um projeto secreto apelidado de "Operação: Renascimento" reconheceu a coragem, determinação e honra dentro daquele jovem Steve Rogers. Aquele general, Chester Phillips, pediu a ele que enfrentasse um risco muito maior do que se lançar de paraquedas além das linhas inimigas ou atacar uma área infestada de metralhadoras em alguma praia. Steve supostamente deveria ser o primeiro de todo um exército de supersoldados que seria criado pelo soro inventado pelo Dr. Abraham Erskine. Esse soro ainda não havia sido testado em humanos; pelo que todos sabiam, os efeitos colaterais poderiam ser letais. Isso não assustou Steve nem um pouco, ao contrário, o deixou mais determinado a ir em frente e aceitar o risco, se isso significava salvar a vida de milhares de soldados americanos.

Todos nós sabemos que tudo deu errado quando um espião nazista fanático sabotou a Operação: Renascimento e assassinou o Dr. Erskine antes que o cientista tivesse a chance de registrar as últimas modificações na fórmula e no tratamento, tornando impossível recriá-lo. Steve Rogers seria o primeiro e único supersoldado do país, o único herói que teria de marchar no lugar de muitos outros que nunca chegaram a existir.

---

* Classificação dada a sujeitos que tinham problemas musculares ou de má-formação óssea, problemas de audição ou circulação, deficiência mental ou doenças, hérnia e sífilis. Essa classificação também trazia problemas à vida pessoal do classificado, já que o impedia de conseguir trabalhos e até atrapalhava sua vida amorosa. (N.T.)

Estou na Foley Square, na parte meridional da ilha de Manhattan, de frente para a longa escada que conduz aos clássicos pilares gregos do Tribunal Federal. Uma multidão está reunida ali desde o amanhecer. É o que se pode chamar de uma reunião polarizada. Alguns estão segurando cartazes chamando o Capitão de traidor. Outros trazem faixas com a exigência: "LIBERTEM CAPITÃO AMÉRICA". Na maioria dos cartazes de ódio há erros de escrita: "Emforquem o traedor!".

Alguns da audiência querem sangue. Estão sentados na frente de seus sofisticados equipamentos de entretenimento assistindo à Guerra Civil em telas de plasma com sistema de som surround enquanto ingerem grandes quantidades de colesterol e açúcar. Assistem à transmissão ao vivo da batalha final, durante a qual Capitão América jogou sua máscara no chão, desistiu da resistência e se rendeu às autoridades. Suas cabecinhas ocas foram inflamadas pelos religiosos das rádios AM e agora eles exigem "justiça" com toda a autoridade moral de um grupo de linchamento.

Outros se lembram de que o Capitão América sempre lutou pelo bem e nunca recuou um centímetro em suas crenças. Eles nutrem um respeito pelo Capitão América que não pode ser tomado pela fraca opinião pública ou comprado por interesses especiais. Eles amam o Capitão América, que claramente colocou *Nós, o Povo* antes de si mesmo.

Estou firme nessa segunda posição, mas estou tão à frente do grupo que eles não podem nem ao menos ver as minhas costas. Não estou aqui parada tentando ver de relance um ícone manchado, exibido ao passar pelo "caminho do criminoso" antes de se postar diante de um juiz federal. Estou aqui armada e preparada. Determinada a não permitir que o Capitão América passe mais um único dia atrás das grades.

Escuto Nick Fury pelo fone, dizendo-me que é um plano arriscado, mas que vai funcionar. Eu digo a ele que não preciso de estímulo. Preciso de um reforço com quem possa contar.

– Eu tenho um muito bom protegendo a sua retaguarda, garota.
– Um cara? Ele tem que ser muito bom, Coronel...
– O melhor, depois do Capitão.

Penso que há um grande vácuo entre o Capitão e o segundo melhor que ele, mas meu barco vai afundar antes que eu consiga sair dele se não confiar no julgamento de Fury. Então eu aguardo, e a multidão vai ficando impaciente. Aqui há cidadãos idosos que provavelmente eram crianças quando as notícias dos feitos do Capitão eram exibidas em todos os cinemas. Suas opiniões foram formadas quando eram jovens, e não estão dispostos a mudá-la a essa altura da vida.

Os cinejornais deixaram de existir antes mesmo de eu nascer, mas minha tia Peggy tinha um projetor 35 mm. Ela o montava na sala de estar, e nos sentávamos ali nas tardes de inverno e assistíamos rolo após rolo da "Marcha das Notícias" naquele preto e branco granulado – eu de pantufas e ela com seu roupão de chenile rosa. Não havia muitas filmagens do Capitão em ação – por razões óbvias –, mas havia muitas tomadas dele conversando com as tropas antes de uma grande missão ou visitando os feridos em hospitais de campo. Os olhares nos rostos daqueles soldados enfraquecidos contavam toda a história. Todos sabiam que o Capitão entraria na frente de uma bala por qualquer um deles. Todos eles sabiam que ele era um deles.

Somente anos depois eu descobri que minha tia Peggy havia trabalhado com o Capitão quando ela esteve na França com a Resistência, e se apaixonou de forma fugaz – o único modo de se apaixonar quando há bombas e cápsulas de balas voando ao seu redor o tempo todo –, mas loucamente. Tudo que eu sabia quando era criança era que ela gostava de assistir àqueles velhos noticiários repetidas vezes, mesmo que a fizessem chorar.

Nunca entendi aquelas lágrimas, até me tornar uma jovem agente da S.H.I.E.L.D. e ficar cara a cara com o homem que ela havia perdido. Ele se movia como um atleta olímpico e lutava como um campeão de peso-pesado. E, apesar de toda a habilidade de combate e incrível poder que ele exalava, ainda era possível olhá-lo nos olhos e não ver nada além de compaixão e honestidade. Como Peggy, me apaixonei imediatamente – apesar de saber que a vida nos guiaria por caminhos diferentes, e qualquer que fosse a felicidade que teríamos, ela acabaria sobrepujada por dor e lágrimas.

Minha mente foi lançada de volta ao presente por uma onda de expectativa na multidão. Um furgão de detenção de super-humanos estava descendo a rua entre dois carros blindados. Era seguido por um utilitário sem placa cheio de agentes federais.

Uma porta que poderia ser usada em um cofre de banco se abriu na traseira do furgão, e foi preciso que dois enormes guardas ajudassem o Capitão a descer, porque as pesadas correntes o impediam de caminhar com facilidade. E também trocaram seu uniforme de vibranium por uma imitação barata que não impediria as balas de atingirem o prisioneiro.

Os urubus da imprensa se acotovelavam para ficar na frente dele, com as câmeras ao alto, gritando perguntas...

– Tony Stark está bem?
– Você está apoiando o Ato de Registro agora?
– Você desistiu de ser o Capitão América?

O Capitão era uma cabeça mais alto do que o maior dos agentes, então eu podia ver seu cabelos loiros se movendo dentro do cordão formado por policiais, que seguia do furgão até os degraus do tribunal. Comecei a me aproximar. Tenho a autoridade de meu uniforme da S.H.I.E.L.D. para me ajudar a abrir caminho. Parte da multidão está gritando "traidor!". Uma jovem grita:

– Nós o amamos, Capitão!

Algo voa pelo ar. É um tomate podre, que atinge Steve no lado direito do rosto. Ele não pode limpá-lo porque está algemado. Tudo o que pode fazer é olhar na direção de onde aquilo tinha vindo. Não há ódio em seu olhar, apenas um calmo sentimento de piedade. Os agentes agora estão em alerta. Seus olhos varrem a multidão, e suas mãos descansam nos cabos das pistolas. Um deles olha diretamente para mim. Eu mudo a direção e me abaixo, mas continuo seguindo adiante. Quando me ergo para me orientar, vejo Steve voltando o olhar para as costas do agente em sua frente. A densidade da multidão fica ainda mais compacta conforme me aproximo. Estou agora a menos de cinco metros dele, e posso ver o que Capitão está olhando nas costas do agente. Um ponto laser vermelho. *O tipo de ponto da mira de um rifle superpotente de um atirador de elite.*

Encho meus pulmões para gritar, mas Steve berra:

– Cuidado!

E se joga para a frente, a fim de cobrir o ponto vermelho com o próprio corpo. Escuto o perfurar molhado da bala atingindo Steve nas costas antes que o disparo do rifle ecoe por toda a Foley Square, e o sangue vermelho espirre nos uniformes dos agentes e nos degraus brancos do tribunal.

– Atirador!

Eu não sei dizer se fui eu ou outra pessoa que gritou. Houve um segundo de aterrorizado silêncio, e em seguida começa o pandemônio. Os agentes, o Departamento de Polícia de Nova York e a Segurança Nacional convergem para cima do Capitão, enquanto todo o resto foge em pânico. Meu uniforme preto e branco da S.H.I.E.L.D. indica que sou uma agente autorizada da lei para formar o muro de proteção em volta do Capitão. Eles me deixam passar, e estou a poucos metros de distância. Um dos agentes grita, apontando para o outro lado da praça:

– O atirador está lá em cima!

Todos se viram para olhar na direção em que ele aponta, menos eu. Estou concentrada em Steve.

Mais três tiros são disparados.

Vejo a imagem de Steve difusa em meio a uma tênue fumaça vermelha. Ele agora me vê e chama meu nome, bolhas rosa se formam em suas narinas e uma espuma escarlate se junta nos cantos de sua boca. Eu o seguro e tento afastar as lágrimas. Sangue arterial é bombeado dos novos buracos de bala. Tento relembrar do treinamento de emergência. Preciso de um pedaço de plástico para tapar a ferida no peito. Por que ninguém está ajudando? Por que Steve está me olhando dessa maneira? Por que tudo parece tão errado?

A sirene da ambulância está se aproximando. Um dos agentes tira a camisa e tenta deter o sangramento. Steve se esforça para dizer algo. Eu peço que se acalme, não se esforce, economize energia. Então entendo que ele está pedindo que tiremos a multidão da linha de fogo.

Ele está sangrando na escadaria de um tribunal, e está preocupado com os outros.

– Aguente firme, garota. – É Nick Fury em meu fone. – Fique com Steve. Os paramédicos vão dizer que você não pode ir na ambulância com ele, mostre então seu crachá da S.H.I.E.L.D. e diga-lhes que você tem permissão.

– O que deu errado, Coronel Fury? O plano...

– Nenhum plano sobrevive aos primeiros cinco segundos de combate, Sharon. Eu mandei seu reforço atrás do atirador; há alguma coisa acontecendo nesse caso também. Mantenha-se calma e faça de tudo para que os vilões não tentem atacá-lo no hospital.

Estou segurando a mão de Steve, e não tenho a menor intenção de soltá-la.

5

O HOMEM QUE ESTIVERA ENCOSTADO em um poste de luz do outro lado da Foley Square quando os disparos foram feitos poderia muito bem ser confundido com um cobrador da máfia, um policial infiltrado ou um *hipster* incrivelmente bem-vestido. Mas ele é, na verdade, um assassino que pertencia à KGB.

James "Bucky" Barnes veio para a ação vestindo seu uniforme do Soldado Invernal, coberto por uma larga jaqueta de couro preta, em nome da discrição. Ele sobe a toda velocidade os degraus do edifício comercial do outro lado da rua até o 30º andar, onde tinha visto o flash dos disparos. Nick Fury havia dito que ele era apenas um reforço, pois Sharon Carter seria a atração principal. Supostamente deveria haver um plano. Ele tocou o fone em seu ouvido e desejou que o ruído irritasse a pessoa do outro lado.

– Esse é o seu plano, Fury? – ele pergunta, chutando a porta que dá acesso ao telhado.

– Maldição, não, Bucky... isso é outra coisa. Você viu o flash? O atirador está no alto...

– Eu vi. Já estou atrás dele.

– Converso com você mais tarde, garoto. Preciso falar com Sharon sobre a segurança do Capitão a caminho da sala de emergência do hospital.

Sala de emergência? Então Steve não está morto. Ainda há uma chance. Ainda há esperança.

Bucky ganha velocidade correndo pelo telhado do edifício e então pula do parapeito. A velocidade e o direcionamento do corpo o levam até dois andares abaixo e para o outro lado da rua, onde atravessa a janela do local onde tinha avistado o atirador disparando. Ele rola no chão e se coloca de pé, empunhando sua .45 armada.

Nada.

Ele se vira, segurando a pistola em posição de tiro, verificando visualmente o recinto por quadrantes, conforme foi treinado. Há um rifle Dragunov SVD 7.62x54 com mira objetiva largado no chão do escritório vazio. O atirador levou consigo o cartucho usado, mas o cheiro de pólvora queimada ainda está no ar. A voz de Fury estala no fone.

– Fale comigo, garoto.

– O atirador pegou o cartucho e desapareceu. Você consegue acessar um satélite e rastrear a fuga? Há uma claraboia quebrada bem acima de mim.

– Estou fazendo isso neste momento. Volto a falar com você quando o tiver localizado.

Uma forma alada usando uniforme vermelho e branco irrompe pela claraboia destruída, arranca a pistola da mão de Bucky, agarra-o pelo colarinho e quase o derruba no chão. Bucky se mantém em pé e o empurra, pronto para retomar o controle, mas vê que seu atacante é o Falcão, um dos Vingadores e parceiro de longa data do Capitão América.

– Achei que você estava além de julgar pelas aparências, Falcão. Foi isso que aprendeu com Steve?

As luvas vermelhas seguram com firmeza o colarinho de couro de Bucky, mas não apertam muito. Agora ele hesita. A razão afunda a raiva. Bucky aponta com a cabeça para o rifle e para a janela quebrada.

– Se eu fosse o assassino, por que entraria aqui pela janela? E como seria possível eu estar aqui com a arma fumegante se o cartucho usado sumiu? E por que ainda não apertei o gatilho da minha segunda pistola até agora?

Falcão se dá conta de que o cano de uma .45 automática, idêntica à que tinha derrubado das mãos de Bucky alguns segundos atrás, está sendo pressionado contra a lateral de seu corpo. Os dois homens consideravam Steve Rogers um irmão mais velho, e nenhum dos dois queria ser um Caim para o Abel do outro. Falcão solta-o e dá um passo para trás. A suspeita não deixou completamente sua expressão.

– Minha memória real foi consertada, então acho que tenho ideia de onde você possa ter estado. E o Capitão sempre o defendeu, mesmo quando havia evidências de que você tinha ido para o outro lado. Não vou entrar em conflito com você se estamos do mesmo lado aqui.

Falcão observa Bucky com atenção enquanto ele tira o dedo do gatilho, aciona a trava de segurança da .45 e a guarda no coldre. Ele nota que o cão da pistola está desarmado e travado sobre uma bala que já está na câmara. Bucky recupera a outra .45 que está caída no chão. Ele nota que Bucky deixa o carregador cair, inspeciona o encaixe, executa a verificação de segurança, para ter certeza de que nada foi danificado pelo impacto antes de recarregá-la, aciona novamente a trava e enfia a .45 no coldre vazio. Um bom soldado nunca se esquece dos procedimentos de segurança de uma arma. Bucky ainda é um bom soldado? Capitão achava que sim. Isso terá de ser o suficiente.

– Você está por conta própria, Barnes? Ou alguém o enviou?

Bucky tira a jaqueta de couro e coloca a máscara do Soldado Invernal.

– Estou aqui por ordens de Nick Fury.

– Tem certeza de que realmente é ele? De que não é um M.I.V. tomando o lugar dele?

– É o artefato genuíno. Na verdade, ele acabou de me dizer onde está o atirador. Você consegue voar me carregando?

A decolagem e o impulso gerados pelas asas ciberneticamente controladas e magneticamente conduzidas de Falcão são mais do que adequadas para carregar Bucky pelo céu que começa a escurecer. Bucky aponta para o helicóptero da imprensa que um satélite da S.H.I.E.L.D. avistou aterrissando para pegar o atirador. Está exatamente onde Fury disse que estaria.

— É claro. Ninguém questionaria outro helicóptero da imprensa em um evento como este. Aliás, sua energia nunca acabou enquanto você estava voando, não é?

— O Pantera Negra incluiu dois *backups* de cada sistema em meu uniforme de voo. "Feito em Wakanda para durar."

Falcão está tentando se aproximar do helicóptero pelo ponto cego, mas uma máscara de caveira preta e branca está olhando para eles. Não é o Caveira Vermelha, e sim um de seus capangas, Brock Rumlow, o mercenário chamado Ossos Cruzados. O helicóptero inclina para a frente, tentando ganhar velocidade, enquanto Bucky saca suas duas pistolas e as destrava.

— Opa — diz Falcão. — Achei que tínhamos de *pegá-los*, e não *acabar* com eles.

Bucky abre fogo.

— Quero forçá-los a aterrissar. Todos os pilotos de helicóptero sabem como se autorrotacionar e pousar depois de uma falha catastrófica dos motores.

As enormes balas do calibre .45 rasgam a capota do motor. Uma fumaça negra sobe em ciclones em volta do rotor enquanto óleo e fluido hidráulico são cuspidos ao vento. O helicóptero perde altitude, ficando no nível do teto de um edifício enquanto sangra. O piloto diz ao enorme mercenário com a máscara da morte que os controles não funcionarão sem pressão hidráulica. Ele ouve Ossos Cruzados dizer:

— Para o inferno com isso.

E, quando olha, a porta está aberta, e o assento do copiloto, vazio.

Falcão mal teve tempo de ver a grande forma negra e mascarada saltando para cima deles, para então agarrar Bucky e o arrancar de suas mãos. Ele vê Ossos Cruzados e Bucky caindo na direção dos telhados abaixo, agarrados e trocando socos. Ao olhar de relance para a outra direção, percebe que o helicóptero danificado está se dirigindo a um conjunto habitacional lotado. Falcão toma uma imediata resolução, e vai atrás do helicóptero.

A velocidade da trajetória lateral dos dois combatentes vestidos de negro é ironicamente diminuída por um imenso cartaz que promove a lei de registro. O pouso dos dois em meio a caixas d'água e chaminés teria matado homens normais, ou pelo menos lhes causado danos corporais irreversíveis. Mas estes dois estão longe de ser normais, e ambos já passaram por coisas piores.

Eles se separam rolando, colocam-se rapidamente de pé e ficam se encarando duramente. Brock Rumlow sabe exatamente com quem está lutando.

— Soldado Invernal, não é? Não vá me dizer que agora você se acha um dos mocinhos.

O soco que o poderoso braço protético desfere é mais rápido do que o olho pode ver, e Ossos Cruzados voa para trás.

— Não exatamente — Soldado Invernal responde enquanto dá sequência ao golpe com uma voadora e uma série de socos.

Brock Rumlow havia passado por várias gangues de rua do Lower East Side. Estava acostumado a levar surras selvagens, embora geralmente fosse ele quem batia, desde que havia ficado daquele tamanho. Agora, os socos e chutes chegam rápido demais para que Ossos Cruzados possa se defender, e seus braços e pernas estão começando a perder a resistência. Entre um e outro golpe devastador, Soldado Invernal interroga o mercenário:

— Onde está o Caveira Vermelha? Eu sei que ele está mexendo seus pauzinhos!

— Morra, maldito — Rumlow grunhe por entre os dentes. — Ah, espere um pouco... Você já morreu.

Soldado Invernal desfere um gancho de direita, lançando Ossos Cruzados para cima de uma superfície coberta de fuligem, no alto de um prédio, no momento em que Falcão pousa no parapeito. Suas leves asas se retraem para dentro do traje de voo conforme ele desce e encara Bucky.

— Demorou para chegar... — Barnes disse.

Falcão aponta com o polegar na direção do conjunto habitacional.

— Estava ocupando impedindo que aquele helicóptero causasse um impacto negativo sobre as famílias de baixa renda. Você tem que considerar os efeitos colaterais se pretende ser um dos mocinhos,

Bucky. E precisa dar o fora antes que os Mata-Capas cheguem. A S.H.I.E.L.D. acabou de dar o alerta vermelho, e logo este lugar vai estar cheio dos seus belos e malditos agentes.

Soldado Invernal aplica um chute nas costelas de Ossos Cruzados.

– Já estou indo. Mas fique de olho nesse lixo até que alguém venha recolhê-lo. O resíduo de pólvora vai ser detectado em suas mãos, e os peritos vão conseguir relacionar o solado de suas botas às pegadas que ficaram no escritório vazio da Foley Square.

Ele faz uma pausa antes de desaparecer por sobre a beirada do telhado.

– Vá até o Mercy Hospital e tome conta do Capitão. Eu mesmo faria isso, mas... você sabe.

Ossos Cruzados está gemendo, passando as mãos nas costelas, quando o primeiro Mata-Capas chega.

INTERLÚDIO #4

A MAIORIA DOS NOVA-IORQUINOS está de certa forma acostumada com a violência das ruas. Eles se afastam das janelas quando ouvem algum tumulto do lado de fora, pois não querem ser atingidos por uma bala marcada por "a quem possa interessar". Então, os poucos que realmente viram a luta entre Soldado Invernal e Ossos Cruzados presumiram que estavam vendo a outro filme de ação sendo rodado ou que eram *cosplayers* levando seus hobbies um pouco longe demais.

Mas uma das testemunhas sabia exatamente o que estava acontecendo. Seu nome é Sinthea Schmidt, conhecida às vezes como "Pecado" e, na maioria das vezes, como filha do Caveira Vermelha. Seu relacionamento com Ossos Cruzados poderia, com certo exagero imaginativo, ser chamado de romântico – caso a sua ideia de romance seja uma luta de navalha entre o Marquês de Sade e Ilse Koch, a oficial nazista conhecida como "Cadela de Buchenwald".

Ela havia subido até o telhado para ver o helicóptero de seu amante sair de cena e acabou testemunhando a interceptação. Dez quarteirões depois, as figuras que despencaram do helicóptero eram pouco maiores do que pontos no céu que escurecia. Depois que passaram pelo outdoor, saíram de seu raio de visão, mas ela tinha certeza de que Ossos Cruzados havia sobrevivido. Era apenas uma questão de saber se ele poderia ter se saído melhor do que quem derrubou o helicóptero.

Nesse momento, ela está furiosa, como geralmente fica sempre que conversa com o pai. O Caveira Vermelha queria um filho e um herdeiro, e estava prestes a jogar a recém-nascida no mar quando a mulher que futuramente se tornaria Suprema interveio e se voluntariou para criá-la. Os parâmetros que o pai estabeleceu para a sua educação eram notavelmente cruéis, e sua infância havia sido um buraco negro de raiva e alegria pela dor dos outros. Ela havia olhado para dentro do abismo de Nietzsche, e o abismo não apenas a olhou de volta como a abraçou e se tornou seu amigo.

Pecado retirou o cartão do aparelho de celular pré-pago e barato que tinha usado para falar com o pai, esmagou-o com raiva sob o calcanhar e o chutou para fora do telhado. Quando relatou que Ossos Cruzados estava correndo o risco de ser levado em custódia, e que ela precisava ir em seu auxílio, Caveira Vermelha, pragmático e implacável, exigiu que ela continuasse a seguir as ordens que havia recebido. Ela mordeu o lábio e respondeu apenas:

– Tudo bem.

Pecado tinha de esperar a raiva passar, pois não conseguia nem se mover. O pai sempre conseguia o que queria. Ele tinha um ego gigantesco, mas um dia se daria muito mal – e ela estaria lá para se vangloriar. Por enquanto, tinha de ganhar tempo e seguir as ordens dele.

Pecado cobriu os cabelos vermelhos com uma peruca negra cacheada, ajustou o uniforme de médico verde-claro e desceu a escadaria sob o grande letreiro que dizia "Mercy Hospital".

A segurança em torno do setor de emergência e centro de trauma era densa, atenta e muito bem armada. A visita de civis havia sido cerceada e eram verificadas duas vezes as identidades dos funcionários do hospital, cujas impressões digitais eram checadas, para evitar a entrada de quem tinha o poder de mudar de forma. Todos que entravam na sala de emergência tinham de passar por um detector de metais, e não haveria exceções. Pecado usava o crachá de Bridget Connaught, uma enfermeira morena que naquele momento estava ensacada e vedada em unidades de armazenamento de Bayone, Elizabeth e Newark. A jovem Srta. Schmidt tomou o lugar de Bridget no dia em que ela seria transferida do All Souls, no Bronx, para o Mercy, três dias antes.

Seus superiores notaram que sua assustadora falta de conhecimento processual era compensada por uma notável frieza quando estava sob pressão, mesmo quando tinha de lidar com os mais terríveis casos de trauma. Os médicos da emergência sabiam que ela nem ao menos piscaria se pedissem que "segurasse isso", "fechasse aquilo" ou "empurrasse aquela coisa para o lugar".

A equipe de segurança da S.H.I.E.L.D. fez dupla verificação da identidade de "Bridget" e estava prestes a executar um teste de reconhecimento facial quando um cirurgião que passava disse:

– Essa é a enfermeira Connaught. Ela está liberada.

Quando o residente do setor de emergência sai da central de trauma para procurar a mulher vestida de preto e branco que veio na ambulância com Steve Rogers, Pecado está empurrando pela sala de espera um carrinho cheio de instrumentos médicos cortantes. Ela ouve o médico dizer a Sharon Carter que Rogers foi declarado morto. Ela vê Carter deixar-se cair sobre uma cadeira de plástico e chorar no peito de Falcão. Pecado não sente nenhum tipo de empatia pela perda e angústia de Carter, pois a despreza por ser uma fracote que suga a simpatia de homens ingênuos. Fica inclusive feliz por ter ajudado a lhe causar ainda mais dor.

Em sua terceira passagem pela sala de espera, Pecado entra em pânico ao ver que Falcão está sozinho. Olha rapidamente em todas as direções, e percebe que a porta do banheiro feminino está se fechando.

A filha do Caveira Vermelha entra no banheiro com os saltos dos sapatos brancos rangendo no piso. Sharon Carter está na frente da pia jogando água fria no rosto.

– Com licença, senhora. O doutor me pediu que lhe dissesse uma coisa.

Carter está secando o rosto com uma toalha de papel.

– Que doutor?

– Doutor Faustus.

Sharon se vira rapidamente para encarar a enfermeira. Aquele rosto lhe parece familiar, mas há algo de errado na expressão. Não é a máscara de desapego profissional nem o olhar fingido de simpatia. Há maldade, e certo júbilo, quando ela volta a falar.

– Ele disse: "Lembre-se".

A reação de Sharon Carter ao gatilho de duas frases é instantânea. O corpo dela se enrijece e os olhos reviram nas órbitas.

Sinthea Schmidt sabe o que ela desencadeou, e pode imaginar as visões e sons que estão passando pela mente de Sharon Carter naquele momento. Os degraus do tribunal. Steve Rogers desabando. A multidão correndo em confusão e aquele momento em que todos os olhares se voltaram para a janela de onde viera o tiro. Aquele momento em que Sharon Carter obedeceu ao comando que o Doutor Faustus havia implantado em sua mente e disparou três balas muito especiais em Capitão América.

De tão atordoada pela revelação, Sharon desmaia no canto do banheiro, e nem percebe a enfermeira saindo pela porta com um sorriso cínico no rosto sardento.

PARTE 2
CONTEMPLAÇÃO DA MORTALIDADE

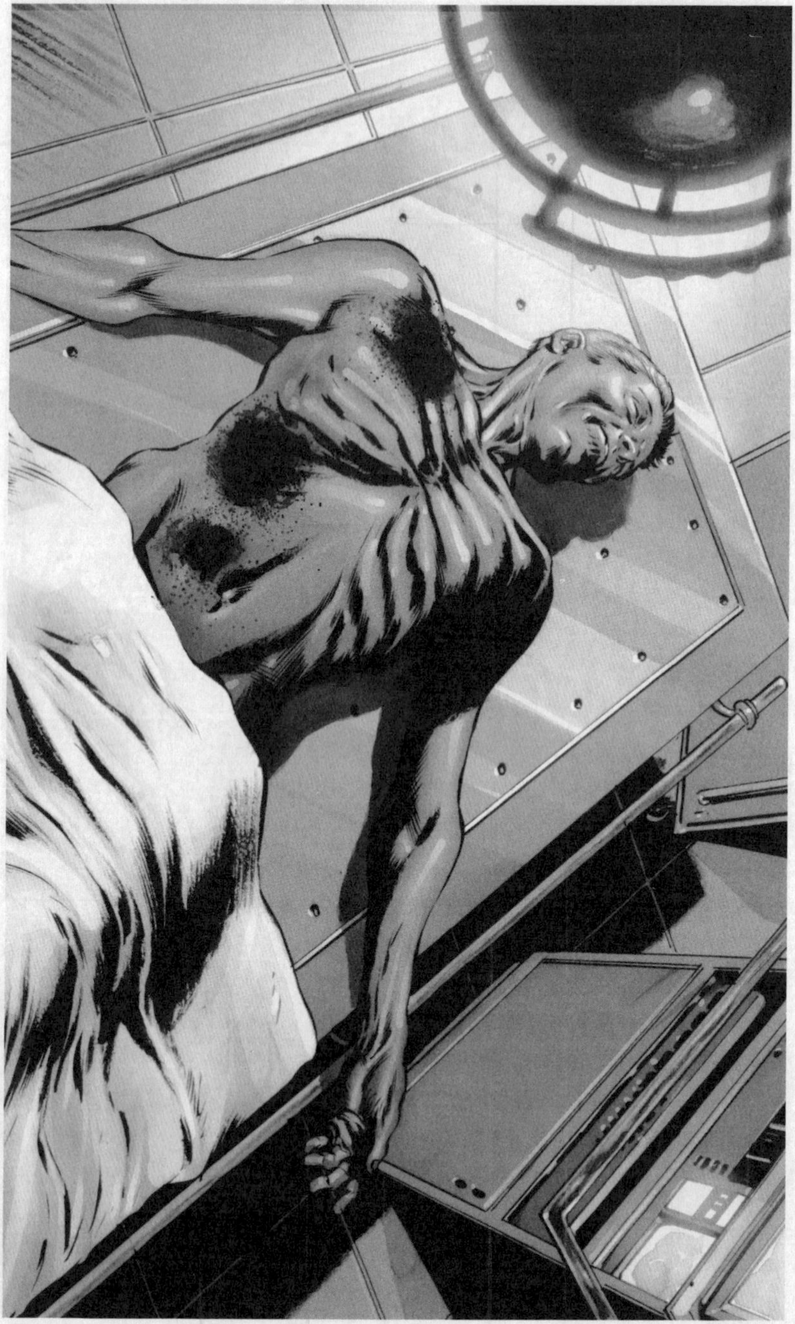

6

VAL INSISTE EM CAMINHAR comigo até o funeral, o que não posso recusar. Seu título completo é Condessa Valentina Allegra de la Fontaine. A maioria dos funcionários da S.H.I.E.L.D. a chama de Condessa – mas, há alguns anos, ela me pediu que a chamasse de "Val", e isso meio que ficou. Ela me chama de "Sharon", com o resquício de um "a" no fim, e eu me sinto um pouco glamorosa quando a ouço pronunciando o meu nome desse jeito. Val teve uma longa história com Nick Fury no passado louco deles, e eu sempre gostei dela, o que me parece duas boas razões para poder fazer confidências a ela. Mas não o faço.

A vizinhança pela qual estamos passando é onde Steve Rogers cresceu. Um bairro de operários irlandeses, poloneses, judeus e ucranianos com bairros vizinhos formados por italianos, chineses, porto-riquenhos e afro-americanos. Você não precisa andar mais de dois quarteirões para conseguir comprar um *pierogi*, um *knish* ou um *colcannon*. Eu imagino como o bairro era quando Steve era criança: garotos jogando botão com tampas de garrafa nas ruas e garotas riscando amarelinhas na calçada. Eu não me enganaria dizendo que é um caldeirão de diversidade, mas certamente é um lugar onde diversas culturas convivem lado a lado e conseguem se dar bem. O tipo de lugar onde a promessa daquilo que a América deveria ser nunca teve o devido valor. O verdadeiro lar do Capitão América.

Val consegue ver cada pessoa como um livro aberto, e essa é uma das razões pelas quais foi recrutada para ser uma agente. Ela percebe que eu quero lhe dizer algo, mas que ainda não estou pronta para isso. Nem sei o que aconteceu realmente, e como foi possível o Doutor Faustus ter tomado posse de minha mente. Isso significa que fui uma serva do Caveira Vermelha esse tempo todo? A culpa e a frustração que sinto são arrebatadoras, mas tenho de lidar com isso. Tenho de descobrir como foi que aconteceu, e consertar de alguma forma. Eu devo isso a Steve.

Balbucio futilidades, e ela, com a graça europeia de mudar de assunto, pergunta como foi minha reunião com o diretor Tony Stark. Dum Dum Dunga dissera a ela que não tinha ido muito bem.

Estou tão esgotada emocionalmente que conto a ela a história completa sem edição.

Não foi uma "reunião" no sentido exato da palavra. Fiquei sabendo na S.H.I.E.L.D. que Stark tinha removido secretamente o corpo de Steve do necrotério do hospital, e que agora ele jazia no laboratório de criogenia do aeroporta-aviões como algum maldito tipo de *espécime*. Eu corri furiosa até a comporta do laboratório, onde o novo diretor me aguardava para me interceptar. Stark estava vestido com o traje de combate preto e branco da S.H.I.E.L.D., o que me irritou ainda mais. Seria muito difícil ele entrar em uma luta sem estar usando seu traje do Homem de Ferro.

O novo diretor estava parado diante da escotilha, bloqueando o caminho, e eu não estava a fim de falar com ele, pois sabia que viria com alguma conversa mole para me acalmar. Minha indignação era justa e completa. Eu disse coisas que nunca deveria ter dito. Stark era racional e cheio de explicações, e era enlouquecedor como me explicava as coisas com sua superioridade solidária, que só podia ser herança do fato de ser muito inteligente e complexo.

– Não tivemos outra escolha a não ser trazer o corpo dele para cá – ele disse. – Steve foi o único produto bem-sucedido do Programa do Supersoldado. As informações na cela dele são protegidas por diversos atos de segurança nacionais.

Aquilo simplesmente aumentou a minha raiva.

– Steve não era um "produto". Ele era seu amigo, Tony.

Por um momento, pareceu que Tony Stark tinha uma consciência. Eu não estava com vontade de ser boazinha e compreensiva, e esperava que a culpa o apunhalasse no coração. Assim como acontecia comigo.

– Algo aconteceu – ele disse. – Eu não queria assustá-la.

Ele posicionou o olho na frente do escâner de retina, e a comporta se abriu.

Tony dispensou meia dúzia de guardas, e entramos em uma sala de autópsia. A forma sob o lençol parecia tão pequena e atrofiada que fui acometida pelo pensamento de que a morte atinge cada um de nós sob vários aspectos diferentes. Mas não – era mesmo muito pequeno. Comecei a dizer que aquilo deveria ser um engano, que não era possível aquele ali ser o Steve. Mas então Tony puxou o topo do lençol e vi que realmente era. Steve Rogers, como se nunca tivesse tomado o Soro do Supersoldado: um velho magricela com o peito afundado e ralos cabelos brancos.

– De algum modo, o Soro do Supersoldado se reverteu quando ele morreu. E, obviamente, isso é algo que não queremos que caia no conhecimento público.

Eu considerava Tony Stark o responsável por aquilo. Não tinha sido o Homem de Ferro o ponta de lança para a aplicação do Ato de Registro? Não era o seu traje vermelho e dourado que estava em todos os cartazes? Não foi por culpa de Stark que Steve Rogers tinha sido preso? E agora Stark é diretor da S.H.I.E.L.D., e Steve está esticado em uma gélida maca. Eu disse isso a ele, e ele respondeu que estava tentando fazer a coisa certa, que ver Steve daquele jeito também o matava.

Nesse momento, perdi a calma.

Desferi um tapa no rosto dele com toda a força que pude e disse que ele não podia dizer aquilo.

Val parou de andar e se virou para mim.

– Você não fez isso!

– Fiz.

– Mas por que *você* se sentiria culpada?

Será que eu disse aquilo em voz alta? Devo ter dito. Às vezes, quando se conta a verdade, verdade demais vem à tona. Eu fingi que não ouvi e continuei andando.

– E então pedi demissão.

– Sharon! O que Nick vai dizer quando descobrir?

– Ele não seria Nick Fury se já não soubesse. Seja lá onde estiver se escondendo esta semana. Ele é mais esquivo que o Pimpinela Escarlate.
– Mas *se demitir*... viver sem a S.H.I.E.L.D.? O que você vai fazer?
Abri a porta do bar.
– Sem Steve, qual é o sentido de tudo isso?

O bar é duas vezes maior do que qualquer boteco da vizinhança. E todos os ventiladores de teto, painéis de madeira e vitrais falsos me fazem suspeitar de que os donos apostavam em uma valorização da área que nunca aconteceu. Por ser evitado por turistas e formadores de opinião, de atração principal se transformou em um lugar em que os heróis fantasiados e sua índole pudessem relaxar à paisana no anonimato. O lugar está cheio essa noite, mas sem a habitual camaradagem barulhenta. Não há nenhuma música tocando, e a grande TV de tela plana sobre o bar está com o volume baixo e sintonizada em um canal de notícias. Val é cercada por amigos assim que entramos, mas o pessoal me evita. Talvez porque estão desconfortáveis com a natureza pessoal de minha dor e perda, ou sentem minha falta de vontade de me enturmar. São indivíduos ágeis, com poderes de percepção afiados, mas geralmente lhes faltam habilidades sociais. E acrescente a isso o fato de que há bem pouco tempo algumas pessoas nesse salão estiveram ativamente no encalço de outras que também estão aqui, e há algo de ruim prestes a acontecer. Não há nenhuma "celebração da vida" acontecendo. Há apenas perda, e a terrível compreensão de que alguém que se pensava que estaria ali para sempre simplesmente se foi. Eu sei que deve haver luto e devemos deixar partir, mas parece ainda muito cedo para mim. As feridas ainda estão abertas.

Tenho a mesma conversa estúpida e impessoal três ou quatro vezes com pessoas que mal conheço, que me pagam vinho branco e me dizem para ligar qualquer hora dessas. Sinto-me aliviada quando avisto Sam Wilson inclinado sobre o balcão, com a aparência desolada. Para mim é difícil pensar nele como o Falcão vendo-o vestido com aquele terno de grife em vez do uniforme vermelho e branco. Ele é o que de mais próximo eu tenho de uma família. Eu não falei mais com ele desde o funeral, e nem ao menos lhe agradeci por ter estado ao meu lado na sala de espera do Mercy Hospital. Eu lhe dou um abraço apertado e digo que seu discurso tinha sido lindo.

– E que história é essa de entregar os pontos na S.H.I.E.L.D.?

É a primeira coisa que ele pergunta. Não tenho que responder. Ele pode ver em meu rosto que é verdade.

– Sharon, você é uma das melhores agentes de campo do seu setor. Steve não aprovaria que você jogasse sua carreira fora.

Eu digo a ele que não tenho estômago para receber ordens de Tony Stark, e que simplesmente não estou mais me sentindo bem. Ele diz que não é culpa minha. Por dentro, estou gritando: "Sim, é culpa minha". E quando ele diz que não havia nada que eu poderia ter feito, eu quase despejo tudo que estou tentando segurar.

É Rick Jones que me salva de soltar os cachorros. Ele se aproxima sorridente, dizendo que não mudei nem um pouco. Rick havia sido um "Bucky" substituto por um breve período de tempo, mas permaneceu próximo ao Capitão desde então. Rick foi um dos que carregaram o caixão no funeral; em seu discurso, afirmou ter sido um dos poucos que sabia como era chamar o Capitão América de parceiro. Sam, preocupado e sincero como sempre, perguntou a Rick como ele estava lidando com tudo. Havia dor em seus olhos, mas Rick disse a Sam que estava bem e se desculpou pela interrupção.

Sam Wilson aproveita a oportunidade para fugir.

– Bem, já estou de saída. Sharon, eu ligo amanhã, tudo bem?

Ele se vai antes que eu consiga pensar em algo para dizer, e sou deixada ali, em busca de palavras para preencher o silêncio constrangedor. A regra nessas situações é evitar contato visual, não balbuciar e nem respirar fundo. Rick ignora as regras enquanto olha diretamente para mim e diz:

– Ele realmente a amava. Você sabe disso, não é?

Em um momento paranoico, parece que todas as conversas do bar cessam e todos se voltam para mim, só para ver a minha reação. Tenho medo de olhar ao redor para confirmar, e por isso preciso reunir todo o controle que tenho para responder.

– Sim. Eu sei. Obrigado por ser... um amigo.

Eu peço licença, recolho os destroços da minha dignidade e caminho o mais tranquilamente que consigo até o banheiro feminino. Quando entro, apoio-me na pia e tento desesperadamente não chorar. Quando olho no espelho, as palavras voltam para mim.

– Doutor Faustus disse: "Lembre-se".

O que eu fiz? O que eu fiz? O que eu fiz?

– Dane-se. Dane-se tudo isso.

INTERLÚDIO #5

NA COBERTURA EXECUTIVA no topo da Torre da Corporação Kronas, Pecado aponta sua pistola para a TV de tela plana que toma metade da parede. Um canal de notícias está transmitindo ao vivo a vigília à luz de velas no Central Park, onde milhares de pessoas se reuniram para prestar homenagem ao Capitão América. O locutor informa que centenas de vigílias similares estão acontecendo por todo o país, e as multidões representam defensores e oponentes do Ato de Registro de Super-Humanos. Referem-se ao homem que foi preso na cena do crime como o "pistoleiro solitário" ou "suposto assassino". Pecado grita para a tela.

– O nome dele é Brock! Por que não dá algum crédito a Ossos Cruzados?

O Caveira Vermelha pede que sua empolgada cria baixe a arma e garante a ela que o sacrifício de Ossos Cruzados será recompensado. Ela faz beicinho e segue as ordens do pai. Pecado pode até ser uma jovem obstinada, mas tem consciência das consequências – pois a visão que o seu pai tem sobre criação de filhos deve-se mais ao Dr. Moreau do que ao Dr. Spock.

– Já escolhi meus subordinados para o restante de seu plano – ela diz ao sair da sala. – Estou pronta para ir adiante.

Os sentimentos que Caveira Vermelha nutre por Pecado nada têm a ver com amor ou dever paternal – é mais um tipo de orgulho de posse que sente por certas armas eficazes. Ele não teria remorso de deixá-la de lado quando não lhe fosse mais útil. Sentimentalismo é para os fracos. A mãe de Pecado foi escolhida por suas qualidades reprodutoras, e Caveira Vermelha não sentiu nada além de raiva quando ela morreu dando à luz uma filha em vez do herdeiro masculino que ele esperava receber.

Depois de descer por seu elevador particular até o laboratório secreto, Caveira Vermelha segue pelos corredores, confiante de que não há nenhum visitante não autorizado naquela seção, a mais segura da Torre Kronas. Ele se lembra dos prazerosos passeios que dava por seus laboratórios de pesquisa durante a Segunda Guerra Mundial – o cheiro de sangue, os gritos. Naquele tempo, ele não compartilhava o corpo com um ex-general russo. Ele não tinha que desperdiçar energia mantendo outra consciência ao largo.

Doutor Faustus sai do lavatório quando Caveira Vermelha surge no corredor e entra na sala de pesquisa. Não escapa à atenção de Caveira Vermelha que Faustus usou uma toalha de papel para abrir a porta, mas não se nega a apertar a mão do homem.

– Estava a caminho para vê-lo – Faustus diz enquanto enfia um lenço umedecido no bolso de seu terno risca de giz. – Estava me perguntando se você estará em meu escritório para a sessão desta noite.

– Eu estarei onde preciso estar, quando decidir estar, Faustus.

– Não peça minha ajuda para depois cuspir em minha cara.

– Se eu não precisasse de você, arrancaria suas tripas pela garganta por falar assim comigo.

– Se não precisássemos um do outro, eu jamais falaria com você.

As portas à prova de explosão do laboratório de Arnim Zola deslizam e se abrem com um sibilo hidráulico, e uma voz de robô interrompe a discussão.

– Desculpem-me interromper essa batalha de egos, mas talvez vocês queiram ver o progresso que tenho feito antes que saquem suas espadas de duelo...

Caveira Vermelha e Doutor Faustus seguem Arnim Zola pelo laboratório. Passam por um corredor de robôs com corpos idênticos – todos ligados aos dispositivos de monitoramento e manutenção, mas nenhum deles exibindo a face holográfica que marca a presença de Zola. Às vezes, Zola transfere seu "eu" para um corpo sobressalente, para que possa melhorar o que ele geralmente "usa".

Zola abre uma porta blindada e conduz seus convidados até uma câmara onde o dispositivo de Doutor Destino está pulsando e emitindo pulsações de luz azul. Pouco tempo atrás, aquilo era apenas uma massa de metal inerte, tubos de vidro e fios. Agora, irradia um campo de energia que distorce a luz ao redor dele, criando a ilusão de que o lugar está se inclinando.

– Você descobriu como é o funcionamento interno do dispositivo? – Caveira Vermelha pergunta.

Zola ajusta uma configuração para baixá-lo a um ciclo de 60 pulsações. A proximidade do dispositivo deixa o holograma em seu peito piscando.

– Não inteiramente, *Herr* Schmidt. Mas o que Victor von Doom pode inventar, eu posso fazer engenharia reversa, com tempo e recursos adequados.

Zola, sendo completamente robótico, não sente a vertigem e a náusea que o dispositivo está infligindo aos dois humanos. Ele continua, sem tomar conhecimento da aflição deles.

– Quando eu entender completamente como ele funciona, posso adaptar a tecnologia para que supra nossas necessidades. Onde Destino vislumbrava apenas momentos isolados, todo o passado e o futuro deverão se abrir para nós.

Caveira Vermelha aciona o botão que desliga o dispositivo e se recompõe. Já se sente melhor, mas Faustus continua com péssima aparência. Caveira responde com ironia para Zola:

– *Nossas* necessidades? *Nós*?

Um relé estala em algum ponto de dentro do corpo mecânico de Zola, e um "filtro obsequioso" é ativado no gerador de fala.

– Perdoe-me, líder. *Suas* necessidades, é claro.

Caveira Vermelha toma Doutor Faustus pelo braço e o guia para fora do laboratório.

– Venha, meu bom doutor. O General Lukin e eu temos um encontro esta tarde com o secretário do Tesouro, e sua presença é necessária.

7

OS PASSAGEIROS DO METRÔ DA LEXINGTON AVENUE estão cientes de que a última parada do trem número 6 para o centro é o começo de um caminho que passa pela estação City Hall, abandonada e fechada para o público desde 1945. Parte da estação foi selada por paredes de tijolos que a separam dos trilhos, ainda em operação, mas os sistemas de energia elétrica que servem a estação são os mesmos que ligam os sinais e comutadores, portanto, as luzes da estação ainda funcionam. E ela agora é o cenário de um velório secreto do Capitão América – composto pelo "outro lado" da Guerra Civil, aqueles que não puderam ir ao funeral ou ao velório oficial.

Falcão havia vestido seu uniforme quando saiu do bar. Ele voou até o centro e entrou no metrô pelo acesso da manutenção, no porão do Edifício Municipal. Diferentemente do oficial, os participantes do velório secreto estão vestidos com seus trajes de combate ao crime, mas sem as máscaras. Não há nenhuma cerveja importada na geladeira, maltes de dez anos ou bandejas com petiscos. É um esquema estrito de "traga sua própria bebida", com pacotes de seis latinhas em isopores e salgadinhos sendo passados adiante nas próprias embalagens.

Luke Cage está ali com a esposa, Jessica, e o bebê deles. Ele está prestes a dizer algo para Falcão, mas tem que esperar até que um trem termine de passar nos trilhos atrás da parede.

– Eu vi pela TV seu discurso no funeral, Sam. Achei que foi algo especial. Eu mesmo gostaria de ter dito algumas palavras...

– Aquilo foi uma palhaçada, Luke. Não foi correto todos vocês não estarem lá. Foi muito ruim aquele outro velório. Estava tudo errado.

– Tudo a respeito desse assunto parece errado. Como ver seu nome na lista de heróis registrados.

– Aquele foi o ingresso para que eu pudesse ter voz ali. Senão, só estariam ali aqueles que o perseguiram. E Tony Stark...

– Aquilo foi estranho, Sam. Ver Stark desmoronando daquele jeito. Considerando...

Danny Rand, também conhecido como "Punho de Ferro", entrou na conversa.

– Eu quase senti pena dele, mas então me lembrei de que foi Stark quem me mandou para aquele campo de concentração na Zona Negativa.

– Não morro de amores por Tony Stark neste momento – Falcão disse. – Mas não foi ele quem matou o Capitão.

Luke Cage não parece convencido. Há mais do que antagonismo em sua voz.

– Tony Stark colocou Steve Rogers como um patinho numa galeria de tiros ao submetê-lo àquela caminhada até o tribunal. Não sei se foi ou não a intenção de Stark, mas com certeza parecia que o Capitão havia entregado os pontos depois daquele combate com o Homem de Ferro. Por qual outro motivo ele aceitaria receber um golpe daqueles?

Peter Parker veio do canto onde estava empoleirado, perto do topo de uma pilastra. Ele estava com o uniforme negro de Homem-Aranha, e tinha suas próprias opiniões.

– Acho que não. Já assisti ao vídeo uma centena de vezes. Rodei programas de melhoria da imagem e assisti de novo. O Capitão vê o ponto laser nas costas do agente que estava diante dele, vira-se e, de algum modo, parece descobrir onde está o atirador. E então ele deliberadamente empurra o agente para fora da linha de tiro e toma o lugar dele sob o ponto laser. Aquele foi o primeiro tiro. A multidão enlouquece, e é quando o resto do tiroteio acontece. Com os restritores de força, é provável que o Capitão tenha esvaído sua última gota de energia para conseguir subir os degraus, mas ele foi um herói até o fim.

A estação fica em silêncio pelo tempo suficiente para que todos possam ouvir os pingos que caem dos buracos da ventilação. Mulher-Aranha quebra o silêncio ao erguer uma taça de Merlot.

– Então chegou a hora?

Copos de plástico se erguem em saudação. Os olhos cheios de dúvidas se voltam para Falcão, que não hesita sobre o que pretende dizer.

– Essa vai para Steve Rogers. Ele foi o primeiro de nós, e sempre será o melhor.

– O melhor de nós – é a resposta que ecoa por toda a estação.

Os copos são esvaziados, um celular dá um alerta. Sam Wilson o retira do bolso e olha fixamente para a mensagem que chegou. Luke Cage pergunta se ele precisa ir a algum lugar.

– Maldição, sim.

Falcão puxa a máscara sobre o rosto e sai do segundo velório daquela noite.

O bar fica do outro lado da cidade e é o tipo de estabelecimento no qual Sam Wilson não se sentiria confortável para entrar usando roupas civis. É o tipo de lugar que vende cerveja em garrafas e doses de bebida barata para uma clientela composta apenas por trabalhadores brancos descontentes da classe operária. Quando Falcão entra, o bartender está saindo, gritando em seu celular com o atendente do número de emergência da polícia. A poeira ainda está baixando, e os clientes que continuam conscientes estão gemendo ou mancando. A televisão sobre o bar está exibindo uma reprise do funeral.

Bucky está inclinado sobre a mesa de sinuca olhando para o sangue em suas mãos enluvadas. Falcão rola a bola oito pela mesa e a encaçapa. Bucky ergue o olhar e há lágrimas em seus olhos.

– Porra, Bucky. Quando Fury disse que você estava numa pior, eu não achei que tivesse destruído o bar inteiro. Por favor, me diga que aqui é um esconderijo da Hidra ou uma estação de monitoramento da I.M.A.

– Não. São apenas idiotas.

O olhar de Falcão vaga até a televisão.

– Foi por isso que tudo começou – Bucky explica. – Eu vim até aqui para assistir e tomar uma cerveja. Eu só queria ver o funeral do meu melhor amigo. O cara que não tive coragem de encarar durante o último ano. E que agora se foi, e eu não pude estar lá quando o enterraram. O atendente disse que havia sido uma "tragédia bizarra". O cara que estava a dois banquinhos de distância disse que foi uma enganação, que o Capitão não estava realmente morto. E então um grandalhão com tatuagem da Marinha, passando giz em um taco, disse que a grande tragédia era enterrarem o Capitão em Arlington, um lugar destinado a heróis, e não a traidores. Quando eu o ameacei, dizendo que não se atrevesse a falar aquilo novamente, ele começou a imitar um desses caras do rádio... dizendo que o Capitão tinha se voltado contra a vontade do povo americano e desonrado o uniforme que usava. Foi aí que eu perdi a cabeça, Sam.

Falcão não diz nada.

– É, eu sei o que o Capitão teria feito. Ele tentaria argumentar com o cara. Diria que o fato de a maioria dos cidadãos acreditar em algo não significa que este algo está correto. Ele teria dito que antes a maioria dos americanos acreditava na escravidão e se opunha ao voto das mulheres. E teria se afastado do confronto, antes que se tornasse físico. Mas eu não sou o Capitão.

Bucky olha ao redor, para a devastação que causou.

– Sei que Steve estaria com vergonha de mim neste momento, e isso me faz sentir mais intensamente a falta dele. Nos dias mais terríveis da guerra, quando eu queria mandar as regras às favas, quando eu olhava para o abismo, considerando que talvez aquilo não fosse má ideia, o Capitão foi minha consciência, minha bússola moral e meu confessor. E agora eu não tenho mais nada.

Falcão pega Bucky pelo braço e o vira em direção à porta.

– Precisamos tirar você daqui, Bucky. A polícia vai chegar a qualquer momento.

Enquanto Bucky deixa um maço de notas sobre o balcão, a tentativa de discurso de Tony Stark é reprisada na TV pela milionésima vez naquela noite. Bucky não consegue tirar os olhos da tela e dos murmúrios de Stark: "Não deveria ter sido desse jeito...", caindo em lágrimas e se afastando do pódio. Falcão dá um puxão forte em seu braço, mas Bucky não se move.

– Você vai vir ou não?

O homem que tinha sido o parceiro adolescente do Capitão América de repente se dá conta de que não poderá trazer Steve Rogers de volta à vida, muito menos ser o herói que o Capitão queria que ele fosse. Mas sabe que pode fazer uma única coisa.

Matar Tony Stark.

O homem que era um dos mais habilidosos assassinos da União Soviética deixou que o herói de uniforme vermelho e branco o guiasse até a porta enquanto o barulho das sirenes se aproximava pela noite.

– Está certo. Vamos cair fora daqui – Bucky diz.

8

A FILA PARA A NOVA EXPOSIÇÃO do Capitão América no Museu Nacional de História Americana, em Washington, D.C., dá a volta no quarteirão. Tony Stark esteve nos canais de notícia naquela manhã anunciando que o uniforme e escudo usados por Steve Rogers estariam em exposição permanente ali, e que não haveria nenhum "novo" Capitão América. O título, o manto e o equipamento seriam aposentados.

O homem que havia sido mais próximo do Capitão América do que qualquer outra pessoa no planeta ficou parado na fila por mais de duas horas. A segurança era rígida, mas Bucky não se preocupou. O upgrade que Nick Fury fez em seu braço protético incluía um dispositivo que confundia detectores de metal, uma molécula neutralizadora que despistava o faro dos cachorros e um gerador de imagem falsa para os raios X. Somente uma busca tátil poderia revelar as duas pistolas, a faca de combate, as granadas e outros dispositivos letais que ele escondia sob os trajes.

Bucky entrou na sala de exibição com um grupo controlado de dez pessoas. Guardas estavam a postos, para prevenir os visitantes de não tocarem o vidro à prova de balas que encerrava os artefatos. A sala era decorada para se parecer com um santuário, mas havia um traço festivo infiltrado no design.

Bucky ainda estava tentando digerir as observações que Tony Stark havia feito na televisão – era muita hipocrisia e amargura, depois do que fizera, referir-se ao Capitão como a "melhor pessoa" que já tinha conhecido. E dizer que era "uma tragédia nacional ele ter sido tirado de nós", já que ele foi o responsável por Capitão ter sido levado pelos degraus do tribunal bem à vista do atirador. Ver a placa de bronze destacando que a exposição só fora possível por conta de uma doação das Indústrias Stark fez Bucky apertar os punhos com raiva.

As peças principais da exposição são o uniforme e o escudo do Capitão. Uma grade de cobre mantém o público a uma distância em que é impossível tocá-los – mas com qual finalidade? Nada menos que uma pequena bomba nuclear pode danificar o uniforme com fibra de vibranium e o escudo feito de vibranium sólido. Uma mulher idosa está parada diante deles, observando as relíquias como se fossem o Manto de Turim e o Santo Graal.

– Ele salvou a vida do meu pai durante a guerra. Ele, Bucky e os Invasores – a senhora diz.

De repente, Bucky se dá conta de que ela é mais nova que ele.

– Ah, verdade? Onde?

– Na Batalha de Saipan. Meu pai nunca parou de falar sobre isso.

Bucky não diz que ele e o Capitão não estavam nem perto do Pacífico naquela época. Saipan havia sido um inferno, e ele supõe que o pai dela se sentiu mais confortável em inventar histórias sobre heróis uniformizados do que contar à filha o que realmente vivenciara. Todos os soldados sabem bem como é isso. Então o homem que havia sido tanto um garoto-soldado quanto o Soldado Invernal não estraga as lembranças da mulher. Ele sabe que não seria mais capaz de fazer isso com ninguém.

E o que Bucky também sabe é que, por mais belo que seja esse tributo da exposição do Capitão América, Tony Stark é um mentiroso.

O escudo em exibição é uma falsificação.

Aquela peça pode enganar todos os outros, mas não alguém que viu o verdadeiro escudo de perto por muito tempo. Não pode enganar alguém que provavelmente pode descrever o *cheiro* do escudo.

E isso significa que Tony Stark está mentindo descaradamente.

A promessa sobre não deixar mais ninguém usar o uniforme ou carregar o escudo não é verdadeira. É um engodo. Vão esperar um ano ou dois, e então, quando o público estiver clamando por um novo Capitão América, Stark será capaz até de cloná-lo. Enquanto tiverem o escudo real armazenado em algum lugar, não vão conseguir simplesmente deixá-lo encostado. Vão criar um clone, dar um banho de raios gama em algum idiota cheio de esteroides ou injetar nele algum novo soro. De qualquer modo que isso for feito, o novo herói será um "bom soldado", que aceita seus pontos de vista e faz tudo o que lhe mandarem fazer. Sem nunca questionar se é certo ou errado. Nunca considerar as consequências. Mas James Buchanan Barnes não vai deixar isso acontecer. Ele não vai deixar que algum estranho sem valor porte aquele escudo.

Mas onde estaria o verdadeiro? Onde a S.H.I.E.L.D. está escondendo o escudo do Capitão América?

9

SÃO TRÊS DA MANHÃ. Decido dar um tiro na cabeça, sentada na beirada de minha banheira. Estúpido, não é? Quem será beneficiado pela minha consideração? Meu locador? É bem mais fácil limpar resquícios de sangue e cérebro do azulejo do que do carpete e do papel de parede. O cano está sob meu queixo, há uma bala na câmara, e o cão está acionado. Eu digo a mim mesma:

– Vá em frente e aperte o gatilho, Sharon.

Obliteração é um bom jeito de partir. Cessar de existir resolve todos os problemas e apaga a dor. Mas então por que não consigo fazer isso? Abaixo a arma, e vejo Doutor Faustus no espelho acima da pia.

– *Não, não há um jeito fácil de sair dessa, Agente 13. Você não pode apertar o gatilho, assim como não pode contar a seus amigos o que fez. Ou melhor, o que eu fiz você fazer.*

Mando-o calar a boca e destruo o espelho com o cabo da pistola. Doutor Faustus ri para mim das centenas de cacos do espelho, e eu grito para que ele saia da minha cabeça. O vizinho de cima começa a bater no chão. Ele estaria fazendo bem mais do que bater se eu tivesse dado um tiro na cabeça dentro desse banheiro.

Acalme-se, Sharon.

É, certo. Nem mesmo sou capaz de dar cabo de mim com alguma eficiência.

Sigo cambaleando para a sala escura com uma pistola armada na mão, vejo alguém passando pela janela da escada de incêndio. Meu treinamento fala mais forte e eu me posiciono com a arma apontada e com o dedo no gatilho.

– Parado, ou eu atiro.

Mais uma coisa do que aprendi no treinamento. Sempre dar um aviso ou tomar uma bronca da diretoria por ter atirado em alguém por engano.

É Sam Wilson, com seu uniforme de Falcão. Acho que voar até a janela de um apartamento no quinto andar faz mais sentido do que descer e tocar o interfone quando se está usando um traje vermelho e branco e uma máscara.

– Caramba, garota – ele diz. – Sou eu.

– Que diabos, Sam... quase atirei em você.

– Eu percebi. Você está bem?

– Está brincando? Estou um caco. Steve está morto, minha carreira na S.H.I.E.L.D. acabou, não tenho amigos e não consigo... dormir.

Cuidado, garota. Você quase contou a ele que nem ao menos consegue se matar.

– Nenhum amigo? E o que eu sou, fígado picado? E você sabe muito bem que tem muita gente que tomaria um tiro por você.

Tiro? Péssima escolha de palavra, Sam. Mas não posso dizer nada, posso? Melhor me esquivar de qualquer assunto que possa me fazer dar com a língua nos dentes. Tento segurar a arma ao lado do corpo do modo mais casual possível, mas Falcão está olhando para ela e provavelmente se perguntando por que eu estava armada quando saí do banheiro. Eu travo o ferrolho da pistola e enfio a arma na cintura.

– Então. Algo ruim deve estar acontecendo para você aparecer na minha janela a essa hora. Mais notícias ruins?

– Eu só estava preocupado com você. Está tudo ordenado?

Essa é a senha que Fury me passou para ativar a caixa preta de embaralhamento de sinal. "Ordenado". Outra péssima escolha de palavra, mas nada que me faça ter que tomar cuidado. Eu estico o braço para fora da janela, tiro o tijolo solto, extraio o dispositivo enrolado em um saco plástico e o ligo. Falcão espera a luz vermelha se acender.

– Acabei de receber uma ordem de Fury. Ele precisa que você e eu façamos um trabalho para ele.

– Fury sempre precisa que alguém faça um trabalho para ele.

— É mais pessoal desta vez. O Soldado Invernal desapareceu ontem. Parece que ele está prestes a chutar o balde e precisamos acalmá-lo.

Sinto uma pontada na fronte, sinal de uma enxaqueca se aproximando, mas aquilo soa como uma boa desculpa para sair do apartamento e me distrair de meu próprio poço de depressão. Eu então concordo em ajudar e vou para o quarto vestir alguma roupa confortável para lutar. Peço a Sam que me atualize, falando com ele pela porta entreaberta.

— Fury disse que Bucky tem acessado os bancos de dados da S.H.I.E.L.D. para descobrir onde estão escondendo o escudo do Capitão. Aquele em exibição em D.C. é uma réplica. O verdadeiro está aqui em Manhattan. Logo depois que os dados de localização foram descobertos, uma dos esconderijos de armas de Fury foi saqueado. Portanto, o Soldado Invernal está fora do radar, seriamente armado e sedento de sangue. E, pelo que entendi, o escudo é um meio de ele chegar a algum lugar, e não sua finalidade principal.

— E o que isso significa?

— Uma tonelada de dados baixada por ele dizia respeito a Tony Stark. Fury acha que Bucky pretende apagar o novo chefão da S.H.I.E.L.D.

Eis algo que eu mesma não me importaria em fazer, mas estou mantendo minhas cartas escondidas até descobrir o que o Doutor Faustus me fez fazer. Visto as botas, coloco o coldre sobre o uniforme, pego alguns cartuchos extras e estou pronta para ir.

— Vamos voando ou pegamos um táxi?

10

O ATO DE MATAR É APENAS 1% DA CAÇADA. Dois por cento constituem a perseguição. Noventa e sete por cento são destinados à espreita – ou, em alguns casos, à espera. Na era do computador, muito da espreita é feita on-line e exige grande habilidade de hackeamento. Uma boa parte do treinamento formal do Soldado Invernal na KGB foi no departamento de ciência da computação do Instituto de Treinamento em Inteligência Estrangeira de elite em Chelobit'evo, bem perto de Moscou, em um edifício que supostamente havia sido um manicômio. Ele fora treinado para antecipar e planejar necessidades futuras, por isso instalou uma *"backdoor"* no banco de dados deles, pela qual ainda consegue acesso. Esse acesso fornece um algoritmo de senha que lhe permite penetrar pelo mesmo sistema tanto na rede internacional da S.H.I.E.L.D. quanto na entrada virtual secreta que Nick Fury programou para si mesmo.

O Soldado Invernal foi capaz de invadir remotamente o M.I.V. de Nick Fury, que por sua vez já o havia invadido para forçar sua entrada em um laboratório secreto da S.H.I.E.L.D. em Long Island. Houve um confronto entre o robô Fury e dois agentes, que resultou na destruição e exposição do M.I.V. e mandou os dois agentes para a UTI da enfermaria do aeroporta-aviões. Antes que o M.I.V. se desligasse, ele confirmou a presença do escudo do Capitão América naquela instalação. Tony Stark reagiu dobrando a segurança do laboratório e formulando planos para mover o escudo para um local mais seguro.

A dois quarteirões da subestação, Soldado Invernal observa a atividade através de seus binóculos com telêmetro. Ele removeu alguns tijolos do parapeito, e agora pode enxergar pelo buraco sem que sua silhueta se destaque contra o céu, escondido sob uma lona preta, para o caso de as câmeras dos satélites passarem por ali. As lentes de seus binóculos estão cobertas, para evitar que o reflexo denuncie sua localização. Tony Stark pode ser um gênio tecnológico e um homem de negócios muito esperto, mas não faz bonito quando o assunto é entrar às escondidas em algum lugar. E não se pode evitar que alguém faça alguma coisa a não ser que você mesmo saiba bem como fazer.

Mesmo assim, Bucky teve de tirar o chapéu para Stark, caso tenha sido ele quem traçou o plano de mudar o escudo de local. Há quatro veículos de transporte blindados saindo da área de carga ao mesmo tempo. A estratégia é dar a impressão de que três dos veículos são chamarizes, e o quarto está levando o grande prêmio. Teria funcionado se tivessem tentado camuflar as quatro saídas dos veículos, mas é exatamente essa abertura que entrega o plano, que só pode ser percebido pela mente de um assassino treinado. Ele não se move para seguir nenhum dos veículos, mas muda o foco para o telhado do laboratório, onde vislumbra o brilho de uma dúzia de binóculos que estão observando os tetos dos edifícios próximos ou acompanhando os veículos.

O Soldado Invernal faz um movimento muito sutil para apertar o botão de rediscagem no celular descartável, que faz uma chamada para outro celular descartável no topo de um edifício a quatro quarteirões dali, do outro lado do laboratório. O toque do outro celular aciona um controle remoto, liberando um manequim vestido com roupas pretas para que deslize pelo teto inclinado, na direção da escada de incêndio. A reação é imediata. Grupos de Mata-Capas e veículos de apoio tático convergem na direção do manequim. Ao mesmo tempo, uma porta de garagem se abre na área de descarga do laboratório. Um único carro emerge e se afasta a uma velocidade dentro do limite estabelecido. O veículo tem a aparência externa de um Aston Martin Vanquish, mas o ruído do motor não chega nem perto do rosnado rouco de um V13 de 362,2 polegadas cúbicas.

É um carro voador da S.H.I.E.L.D.

As rotas se dividem em quatro direções a partir do prédio em cujo telhado Bucky está, e foram estudadas antecipadamente pelo Soldado

Invernal. Ele escolhe seguir aquela que o deixará mais perto de onde ele estima que o carro estará nos próximos cinco segundos, então desce pela escada de acesso ao telhado e salta para um poste de luz, chegando à rua no momento em que o carro voador sai do asfalto, já com os pneus se posicionando no modo de voo.

Bucky atualizou os capacitores e bobinas do gerador de pulso eletromagnético em seu braço esquerdo para o triplo da potência normal. Ele teria apenas que deixar na metade da potência para queimar os circuitos de controle do carro e fazê-lo cair sobre uma fila de carros estacionados. Quando ele abre a porta amassada do Vanquish falso, uma bota preta lhe dá um chute no rosto. Ele nota a precisão e a força aplicadas no chute, e também que é um pé feminino.

A sequência seguinte de chutes vem com uma fúria precisa. Soldado Invernal os bloqueia com o braço cibernético, mas tem que recuar três passos para isso. A autora dos chutes sai do carro em um borrão de couro negro, pousando de pé como a bailarina e artista marcial que é.

Viúva Negra.

O Soldado Invernal a conheceu como Natalia Romanova. Ele ajudou a treiná-la para o Departamento X da KGB. Aquilo havia acontecido logo depois da guerra, durante o pior período da paranoia causada pela Guerra Fria. Ela havia feito todo o treinamento na Sala Vermelha, outro dos programas criados pelo Camarada Karpov. A Viúva Negra era a segunda melhor assassina soviética até desertar para o Ocidente. Agora, ela encara Soldado Invernal com o escudo do Capitão América preso às costas.

– Natasha Alianovna.

Ele usa o diminutivo e o patronímico, indicando familiaridade e afeição, mas não baixa a guarda. Ele sabia que havia uma Viúva Negra trabalhando com a S.H.I.E.L.D., mas aquele havia sido o nome do *programa*, e não de um indivíduo.

– Achei que você já estaria velha a essa altura.

Ela sorri, mas também não baixa a guarda.

– Você, mais do que qualquer um, não precisa que eu conte as maravilhas da biotecnologia russa. Agora, por que você está atrás do escudo? Para quem você está trabalhando, *Zeemneey Soldat*?

– Não trabalho mais para ninguém, Natasha. Estou aqui por um velho amigo.

Viúva Negra se surpreende. É claro. Todas as pistas se encaixam.

– Então não era apenas um rumor... sobre quem você *realmente* era, de que Karpov o encontrou flutuando no Canal da Mancha.

– Era uma espécie de piada que todo mundo conhecia, menos eu. No entanto, isso acabou. Karpov e Lukin criaram-me para seus propósitos pessoais, mas agora serei aquilo que sempre deveria ter sido.

As palavras do Soldado Invernal soam sinceras para Viúva Negra, mas ela sabe que ele foi treinado por uma das mentes mais maléficas de *Lubyanka* na Dzerzhinsky Square. Ela sabe a quem pertence sua fidelidade e qual é o seu dever. Mas as lembranças também a sobrecarregam.

– Afaste-se, Soldado – ela diz. – Não quero machucá-lo.

Ele muda sua posição de batalha para a esquerda.

– Engraçado, eu estava prestes a lhe dizer a mesma...

Ela ataca antes que ele termine a frase, executando um *grand jeté* que se transforma em uma voadora enquanto dispara feixes eletrostáticos de seus braceletes.

As cargas de 30 mil volts são bloqueadas pelo braço protético do Soldado Invernal enquanto ele saca uma pistola como distração, e então aplica um chute tão forte que ela atravessa uma parede de tijolos a dez metros acima da calçada.

O mais eficaz assassino da Era Soviética saca a outra pistola e abre fogo contra o segundo assassino mais eficaz. Microscópicas ventanas de eletrostática nas botas e luvas da Viúva Negra permitem que ela escale a parede enquanto as balas ricocheteiam no escudo. O homem que antigamente foi o ajudante do Capitão América para de atirar assim que se dá conta de onde as balas estão ricocheteando. Aquele momento de hesitação é tudo que a Viúva Negra precisa para um contra-ataque. Saltando da parede, ela se lança com um chute giratório que teria causado um traumatismo craniano em Soldado Invernal se o tivesse acertado.

Sirenes de polícia gemem, e o efeito Doppler causado por elas indica que estão se aproximando. A linha policial deve ter ficado congestionada de tantas chamadas relatando "disparos". E, sem dúvida, as equipes táticas da S.H.I.E.L.D. e os esquadrões Mata-Capas vão chegar primeiro que os policiais. Soldado Invernal sabe que tem menos de dez segundos para neutralizar a oponente, apossar-se do escudo e escapar. Em dois desses segundos, ele volta a um tempo em que Natalia Romanova o lembrava de como era se sentir humano. Outro segundo se passa enquanto ele deseja que estivesse em outra das missões de Karpov, e que houvesse um tanque de estase esperando por ele para limpar suas memórias. Mais um segundo para reprimir o sentimento e sua resolução antes de se esquivar para a direita e golpear com força com a esquerda.

Soldado Invernal solta o escudo das costas dela e foge antes que o corpo inconsciente da agente atinja o chão. Quatro segundos depois, o primeiro Mata-Capas chega ao local.

A dois quarteirões dali, no telhado de um armazém, Sharon Carter e o Falcão observam a chegada da polícia. Os policiais são deixados de escanteio quando os times de controle de situação da S.H.I.E.L.D. somem com a Viúva Negra e limpam o lugar.

– O garoto não perde tempo, não é, Sharon?

– O garoto é mais velho que seu avô, Sam. Você tem alguma ideia de qual seja o Plano B?

– Está a fim de conversar com a S.H.I.E.L.D.?

– Nem um pouco.

– Então temos que começar a rastreá-lo por conta própria. Imediatamente.

Viúva Negra desperta na enfermaria do aeroporta-aviões e vê Tony Stark parado ao seu lado. Ele está dizendo que ela sofreu uma concussão, mas ela deseja que ele pare de falar para que possa se lembrar do sonho que teve e que já começa a desaparecer. Foi mais do que um sonho, foi uma lembrança, melhorada e romantizada, com todas as partes ruins cortadas. O Soldado Invernal entrando às escondidas pela janela de seu quarto muitos anos atrás, uma noite antes de ela ser enviada para se casar com o piloto de teste Shostakov. Ela se lembra do primeiro e do último beijo, pois foram os mais doces e os mais amargos; todos os beijos entre eles são fragmentos de sentimentos perdidos que ela nunca poderá recuperar. Ela mal consegue esconder o ressentimento ao falar com Stark.

– Você sabia que ele estava lá fora. Você sabia que o Soldado Invernal estava lá, e sabia quem ele é na verdade. Não acha que eu deveria ter sido informada sobre isso?

– Até ter me contado, ninguém além de Steve Rogers acreditava que Bucky ainda estivesse vivo, e ele quis que isso fosse mantido em segredo, então respeitei a vontade dele.

Stark estende o braço para tocar a Viúva Negra, ela se esquiva.

– E eu também não sabia que vocês tinham uma história.

Ela sabe que tem que ser leal, mas o que é pessoal é pessoal. E o diretor da S.H.I.E.L.D. não tem razões válidas para saber dos segredos de seu coração. Evasiva, ela apresenta a versão crua dos fatos.

– Nós treinamos juntos por algumas semanas, depois nunca mais falei com ele.

Mas ela nunca o esqueceu.

Stark cruza os braços, um jeito bastante conveniente de fazer algo com as mãos depois que ela rejeitou sua tentativa de contato.

– Acho que o Soldado Invernal está trabalhando para Nick Fury. Todos os arquivos da S.H.I.E.L.D. a respeito do Soldado Invernal sumiram na mesma época em que Fury executou seu truque de desaparecimento – Stark diz.

As feridas no rosto dela começaram a perder a cor, tornando mais difícil para Stark ler a sua expressão.

– Ele disse que não está trabalhando para ninguém, e eu acredito nele. Ele queria o escudo do Capitão América porque não confia em *você*.

– Ele disse isso? A respeito do escudo?

– Não precisou. Pude ver nos olhos dele. Era algo pessoal.

– Você chegou a conhecê-lo bem naquelas poucas semanas em que treinaram juntos? É por isso que ele venceu? Você não conseguiu ficar contra... um velho amigo?

Sim, essa é a verdade, mas ela não pode revelar isso.

– Não, não foi por isso. Eu sei como ele pensa. Nós éramos armas forjadas pelo mesmo ferreiro. Nós dois éramos usados do mesmo modo.

Sua memória desenterra as imagens da terrível noite em que ela seguiu a dica de um informante para invadir o arsenal da KGB em Chelobit'evo, perto do manicômio. Foi lá, em um canto escuro atrás dos apoios de lança-foguetes e caixotes de lança-chamas, que ela encontrou a mais perigosa arma do arsenal. Ela limpou a condensação que se acumulara sobre o cilindro de vidro do tamanho de um caixão e o viu suspenso em um líquido borbulhante, com tubos pulsantes inseridos nas narinas e veias. Dormente, e não morto, mas também não muito vivo. O Soldado Invernal entre missões.

Stark não aceita ser deixado sem resposta.

– Se você o conhece tão bem, o que acha que ele fará em seguida?

– Ele o culpa pela morte do Capitão América.

– Ele vai ter que entrar na fila, Natasha.

– Ele é capaz de cortar a cabeça de todos na fila. Ele é capaz de derrotar o melhor segurança da S.H.I.E.L.D. que você destacar.

Ela se levanta da cama de exame e prende os cabelos vermelhos para trás.

– Ele está vindo atrás de *você*, Tony Stark.

INTERLÚDIO #6

PECADO HAVIA VESTIDO PARA A OCASIÃO aquilo que ela considerava seu traje de luta. Um corpete vermelho, botas de cano alto combinando e malha e luvas brancas. A ocasião seria uma invasão a uma empresa de processamento de dados em Wall Street, considerada o centro nervoso do mercado de ações asiático. A equipe montada para a incursão incluía Rei Cobra, Enguia e um novato chamado Víbora. Pecado os apelidou de Esquadrão Serpente, mas, para si mesma, os chama de "Sociedade Viscosa".

Esta não é uma operação secreta, mas uma invasão brutal durante o expediente noturno (tarde da noite), com disparos, veneno esguichado e descarregamento de raios elétricos. E também é um tipo de teste para determinar se o Esquadrão Serpente merece servir ao Caveira Vermelha.

A segurança local da empresa é pesada por conta das ameaças terroristas, espionagem corporativa e a raiva dos trabalhadores americanos pela prática de *outsourcing*. O pai de Pecado a supriu de informações detalhadas sobre a localização dos guardas armados e do sistema de alarme central. Antes que o chefe da segurança conseguisse ativar o alerta vermelho, Pecado o derrubou com uma saraivada de suas pistolas Magnum .44.

– Vamos ver o que vocês têm aí, rapazes! – Pecado grita enquanto derruba outro guarda.

Rei Cobra enrola as pernas elásticas em volta da garganta de um guarda, arrancando a vida dele enquanto dispara projéteis venenosos de seus pulsos em outros dois. Seu ressentimento por Pecado ter sido escolhida como líder é evidente.

– Cuidado com seu *tom*, Pecado. Há apenas um de nós aqui que ainda precisa provar o próprio valor.

Pecado chama Víbora enquanto guarda as armas para esmagar com os polegares dois globos oculares.

– Você escutou o cara, Víbora. Você tem que provar seu valor causando terror, dor e morte agonizante se quiser ser parte deste esquadrão.

Víbora ergue os punhos e projeta campos de força contidos, que pulverizam os ossos de um dos agentes de segurança, transformando seus órgãos internos em uma massa disforme. Sua voz é branda e completamente sem expressão.

– Você definitivamente é a filhinha de seu pai, Pecado.

Os punhos de Víbora ainda estão fumegando quando ele esmaga o rosto de um guarda que suplica para lhe pouparem a vida.

A filha do Caveira Vermelha rapidamente desfere um chute nos dentes de uma administradora de dados enquanto ordena que Enguia frite os servidores e *mainframes*. Enguia cumpre a ordem induzindo uma sobrecarga de eletricidade que ultrapassa os protetores e transforma cada chip da instalação em montes de silicone fumegante.

Pecado lidera seus comparsas para a saída através das portas destruídas enquanto Víbora dá cabo dos sobreviventes. Rei Cobra tem a audácia de perguntar o que era o lugar que acabaram de destruir.

– Todos os dados do mercado de ações chinês, japonês e coreano são processados aqui para o início da manhã em Wall Street.

– Então acabamos de quebrar o mercado de ações?

– Não completamente, mas o suficiente para acalentar o coração de meu pai. Nada melhor do que um pouco de anarquia misturada a capitalismo, certo?

Víbora e Enguia acham a piada de Pecado hilária. Rei Cobra pergunta:

– E agora? Mansão dos Vingadores?

A resposta de Pecado faz com que as risadas cessem.

– Ainda não. Antes nós vamos chutar uns traseiros na S.H.I.E.L.D.

11

NO EAST VILLAGE, sobre o telhado de algo que antigamente era chamado de abrigo, mas que agora é conhecido como "acomodação transitória", Bucky Barnes respira o ar noturno e foge da claustrofobia que seu quarto lhe causa. Ele tem tentado conter a raiva e repensar sua estratégia. Sabe que não deve agir precipitadamente, e é um homem paciente. Mas também sabe que os inimigos não vão dar trégua, e que seu tempo para agir está se esgotando rapidamente.

O Caveira Vermelha está por trás de tudo isso. Essa é a única coisa da qual Bucky tem certeza. Mesmo tendo ele mesmo, quando estava sob ordens de Lukin, como Soldado Invernal, atirado em Caveira Vermelha, Bucky sabe que esse mestre do mal já forjou a própria morte antes. Uma única bala pode não ter feito o truque. Estar morto é o melhor disfarce que existe. A marca do Caveira Vermelha esteve evidente em muitas das coisas terríveis que aconteceram, incluindo o assassinato de Steve Rogers.

Ossos Cruzados, o atirador que ele entregara para a S.H.I.E.L.D. por intermédio do Falcão, é apenas uma marionete sendo manipulada por algum intermediário para benefício do Caveira Vermelha. O velho *Roter Totenkopf* é esperto demais para sujar as próprias mãos lidando com capangas e assassinos. Soldado Invernal é agora um *ronin* fantasma, uma aparição sem mestre, portanto não tem acesso aos canais de informação que poderiam ajudá-lo em suas buscas pelo Caveira Vermelha.

A cobertura de nuvens se abre, e Bucky vê de relance o aeroporta-aviões fazendo sua rota de patrulha padrão sobre Manhattan, Brooklyn e Queens. Está acompanhado por um par de subnaves, cuja função é semelhante às das pequenas lanchas que acompanham os porta-aviões marítimos. Menores e mais rápidas, essas naves aumentam a segurança e podem interceptar e notar ameaças à nave mãe.

Ele se arrepende de ter estragado o disfarce do M.I.V. hackeado de Fury enquanto procurava o escudo. Poderia ter descoberto outra maneira de fazer aquilo. O Nick Fury falso poderia ter sido usado para lhe garantir acesso ao aeroporta-aviões. Havia duas pessoas ali nas quais ele gostaria de colocar as mãos: Tony Stark, é claro; e a segunda é Ossos Cruzados – que pelo menos poderia levá-lo até o intermediário, e possivelmente até o próprio Caveira Vermelha.

Não havia como saber exatamente o que a Viúva Negra teria contado em seu relatório, mas certamente era o bastante para que eles estivessem preparados para uma eventual aparição do Soldado Invernal. Bucky não fazia ideia de como entraria no aeroporta-aviões, mas tem certeza do que Steve Rogers teria dito:

– Sempre há um jeito.

Mas até que encontrasse esse jeito, manteria sua busca pelo Caveira Vermelha por qualquer meio que estivesse à sua disposição.

Brock Rumlow estava na sala de interrogatório, na área de segurança no Nível Sete do aeroporta-aviões, sentado do outro lado da mesa, diante do Professor Charles Xavier, o fundador dos X-Men e o mais poderoso telepata do planeta. O pretenso assassino do Capitão América não respondeu a uma única pergunta. Mas isso era o que se esperava, já que Professor X não havia feito nenhuma. O único som na sala na última meia hora foi o ruído da corrente que prendia os pulsos de Ossos Cruzados à mesa e o ocasional zumbido eletrônico da cadeira de rodas de Xavier. Por fim, Rumlow quebrou o silêncio.

– Posso sentir você lá, rondando, você sabe... em minha mente.

Xavier acenou para o espelho bidirecional, sinalizando que queria sair. As trancas da porta de aço recuaram enquanto ele se afastava da mesa.

– Aquilo foi uma ilusão sensorial. Suas memórias, esperanças e medos são chocantes, mas não mais do que os de um sociopata homicida comum. Terminei meu trabalho aqui.

Ossos Cruzados sorri e balança as algemas.

– Vamos lá, você não quer vasculhar todas as coisas que reprimi da minha infância?

Professor X continua em direção à porta. Não se dá ao trabalho de olhar para Ossos Cruzados quando responde.

– Se eu fosse um homem vingativo, arrastaria de volta à luz a memória que seu subconsciente bloqueou totalmente: o que o namorado de sua mãe fez com você com aquela chave de fenda quando você tinha sete anos, e o que você fez com o gato de sua mãe por vingança.

Tony Stark está esperando Xavier do outro lado da porta.

– Conseguiu tirar alguma coisa dele, Charles? Faz dias que ele não abre a boca.

– Vasculhei o mais profundamente possível, Tony. Alguém apagou seções inteiras da memória desse homem. Ele nem ao menos tem certeza se o Caveira Vermelha está supostamente vivo, quanto mais seus planos e onde ele está.

Através do espelho bidirecional, os dois podiam ver Brock Rumlow fazendo caretas para eles. Então uma sombra passou por seu rosto, como se uma lembrança ruim tivesse borbulhado na superfície.

– Foi outro telepata que apagou a memória dele? Você consegue descobrir algo assim?

– Um telepata teria sido mais seletivo e removido apenas o necessário. Ele sofreu uma extirpação brutal de áreas inteiras. Tem sorte de não sofrer apagões. Sinto muito... não é possível recuperar essas memórias se as trilhas que levariam a elas já não estão mais lá.

Na sala de interrogatório, Ossos Cruzados golpeou a mesa de aço com a testa.

Xavier tocou o vidro bidirecional.

– Você não pode mantê-lo indefinidamente no aeroporta-aviões, Tony.

Por um segundo, Tony Stark achou que sua mente havia sido lida. Mas sabia que o Professor respeitava sua privacidade. Ele desviou o olhar da punição que Ossos Cruzados infligia a si mesmo.

— Estamos transferindo-o para o Nível de Segurança Máxima da balsa.

Professor Xavier sempre desconfiou de instalações especiais construídas para conter e controlar criminosos super-humanos e mutantes. Mas Ossos Cruzados não é muito mais do que um humano extraordinariamente forte com um longo passado de dor. A prisão de segurança máxima de Rikers Island no East River seria mais do que suficiente para contê-lo. Ocorreu a Xavier que a parte mais vulnerável do sistema de aprisionamento é a transferência entre o aeroporta-aviões e a balsa, mas não deu voz à sua opinião.

No dia seguinte, Falcão estava no teto do edifício do *Clarim Diário*, no centro de Manhattan. Ele tinha aberto um compartimento pequeno e secreto na parte de trás do icônico D de dez metros que formava o nome do jornal. Na altura de seu rosto, Falcão viu uma pequena lente e um microfone ainda menor; um dos onze pontos de comunicação que Nick Fury escondera em lugares espalhados pela cidade. Falcão teve que memorizar as localizações e a lógica por trás dos códigos de acesso rotativos. Era tão seguro quanto qualquer coisa pode ser, já que os sinais são codificados e pegam carona em canais de comunicação legítimos, mas Falcão e Fury escolhiam suas palavras considerando a possibilidade de interceptação mental.

— O escritório principal está indo para o inferno em um carrinho de mão, e aquele garoto novo desligou os malditos fones. Precisamos trazê-lo de volta ao programa, e rápido.

— Ele é um dissidente, chefe... assim como você quando era jovem. Será que ele está pensando em fazer algum trato para se salvar?

– Se ele fizer do jeito dele, cabeças vão rolar em alguns escritórios da esquina.

– Acho que ficaríamos felizes em ver alguns desses escritórios vagos.

– Mas o outro executivo é uma laranja boa num cesto cheio de ruins, que pode estar fora do caminho por enquanto, mas tem a chance de voltar aos trilhos.

– Você é mais bondoso do que eu pensava, chefe.

– Não, sou apenas prático. Sou como um sargento de campo, e não um oficial de quartel. Você tem que encontrar aquele dissidente e trazê-lo de volta ao rebanho.

– Entendi, mas ele está sumido...

– Vamos manter contato. Estou de olho em algumas opções que podem fazer o garoto querer aparecer.

Falcão desligou a unidade, fechou o compartimento e se virou para ver Sharon Carter surgindo de trás de um enorme condensador de ar-condicionado, onde ela se manteve longe do raio da câmera. Falcão deu de ombros.

– Fury sabe tanto do paradeiro de Bucky quanto nós.

– Eu sei que ele teria entrado em contato com você se tivesse alguma pista.

– Pareceu-me que Nick está lançando algumas armadilhas ou soltando iscas por aí, mas até um velho soldado como ele pode ter dificuldade em enganar o Soldado Invernal. Eu tenho sérias dúvidas...

– Aonde quer chegar com isso, Sam?

– Estou pensando que talvez devêssemos avisar a S.H.I.E.L.D., fazer com que Tony Stark saiba que Bucky está querendo pegá-lo.

Uma enorme revoada de pombos circulou o letreiro *Clarim* e pousou sobre as letras gigantes. Sharon se distrai quando começa a lembrar que os pássaros são os olhos e ouvidos do Falcão. Todos parecem estar olhando para ela. Rapidamente ela volta a atenção para a conversa.

– Tony já sabe. Suspeitaram disso logo que Bucky derrotou Natasha, e tiveram certeza logo que a interrogaram. O Soldado Invernal não opera a esmo. Ele tem um plano, e o escudo de Steve faz parte desse plano.

Todos os pombos inclinaram as cabeças na direção de Falcão.

– Você não acha que deveria compartilhar essa visão com Stark?

– Eu não me comunico com eles, Sam. Não confio mais neles. Deus sabe que eles têm recursos suficientes para resolver o lado deles nessa situação. E se pretendemos encontrar Bucky, devemos fazer de tudo para encontrar o Caveira Vermelha. Bucky vai esperar pela oportunidade de ir atrás de Stark, mas o Caveira Vermelha tem de estar na lista negra dele também. Do ponto de vista de Bucky, Stark tem muita culpa, mas Caveira Vermelha foi o responsável pelo que aconteceu.

Falcão foi até a beirada e abriu as asas. Os pombos voaram ao redor dele.

– Suba aí, Sharon. Tenho algumas pistas sobre uma base da I.M.A. Vamos começar a balançar essa árvore. Não há como dizer o que vai cair dela.

Sharon travou os braços em volta dos ombros de Falcão, e ele voou para o céu azul. Manteve-se em queda livre por cem pés antes de pegar uma corrente termal e planar pelos cânions de aço e vidro da cidade.

– Encontrar o Caveira Vermelha vai nos levar até Bucky – Sharon teve de gritar mais alto que o ruído do vento. – E não podemos esquecer que foi o Caveira Vermelha que matou Steve. Nada nunca é simples com aquele maníaco. Aquilo foi apenas o primeiro ato de um plano bem maior. Ele está planejando algo, e precisava de Steve fora do caminho. Essa rixa entre eles vem de muito longe. Se fosse apenas para matar Steve, o Caveira teria feito um enorme espetáculo para esfregar em nossa cara.

– Você está induzindo bastante, Sharon. Tem certeza de que não sabe algo a mais do que eu?

O silêncio de Sharon durou tempo demais. Falcão pôde sentir o coração dela acelerando. Era intrigante, mas ele deixou para lá. Ela tinha passado por muitas coisas difíceis nos últimos dias.

– Está certo, então vamos tentar ficar longe da S.H.I.E.L.D. e ir atrás dos malvados em vez disso. Para isso, precisamos de um *plano*!

INTERLÚDIO #7

ESTÁ HAVENDO OUTRA AVALIAÇÃO PSICOLÓGICA de rotina no Edifício Administrativo da S.H.I.E.L.D. O Agente 776 se apresentou para a sessão em seu horário de almoço, ainda de uniforme. O consultório do psiquiatra é pouco iluminado e mobiliado conforme as especificações gerais das Nações Unidas, sem nenhum toque pessoal. O Agente 776 está ansioso para ter seu teste de aptidão aprovado, e se esforçando para parecer sincero e aberto. Embora saiba que passou os últimos cinquenta minutos falando, não consegue se lembrar de uma única coisa que dissera. Isso deveria alarmá-lo. No entanto, não alarma. Parece perfeitamente normal. Tudo está perfeitamente normal. Perfeito.

– Tudo está perfeitamente normal – o psiquiatra disse em tom de voz calmamente modulado. – E você entendeu exatamente o que estou lhe pedindo que faça, Patrick?

– Completamente, Doutor. Eu estou...

– Você não deve falar sobre isso com ninguém, e vai esquecer o que eu lhe disse. Isso não é simplesmente perfeito, Patrick?

– Sim. Perfeito.

– Então você deve voltar às suas tarefas na estação de reabastecimento. Esteja pronto para a mudança amanhã de manhã.

– Obrigado, Doutor.

12

TRINTA E SETE ANDARES ACIMA do consultório do psiquiatra, na suíte executiva, o Agente 352 – Lindley R. Hermann, um líder de seção da 3ª Equipe de Reação de Emergência – está parado em posição de sentido diante da mesa do diretor.

– Senhor, acredito que os Estados Unidos necessitam agora de um Capitão América mais do que nunca. Como combatente veterano no auge de minha forma física, sem parentes vivos, eu me ofereço para ser considerado para esta honra, Senhor.

Invisível a Hermann, seu histórico de serviços, relatório da investigação sobre seu passado e arquivo médico está correndo em uma tela de retina que brilha diretamente no olho direito de Tony Stark. O diretor o trata com desinteresse, mas com compreensão.

– Agradeço por sua devoção ao dever, Agente 352. Não há nenhum plano para um novo Capitão América. O escudo e o uniforme estão aposentados. Este assunto não está aberto para futuras discussões. Há mais alguma coisa que queira conversar comigo?

– Não, senhor.

– Agradeço sua oferta. Está dispensado.

O agente executa um cumprimento e sai do escritório exibindo sua dignidade como se fosse um distintivo.

Stark espera até ter certeza de que o agente saiu efetivamente do recinto antes de chamar a recepcionista pelo interfone.

– Por favor, me informe meus compromissos mais próximos, Anna. Tenho uma tonelada de trabalho que preciso finalizar antes de voltar ao aeroporta-aviões.

– Entendido, senhor. Há mais uma pessoa esperando para vê-lo. Ele diz que tem uma carta de Steve Rogers para você. Devo dizer a ele que está ocupado?

– Não. Pode pedir que entre.

O homem de meia-idade que entra no escritório de Stark está usando um terno cinza bastante conservador, apesar de parecer caro, e carregando uma valise de couro marroquina com um monograma. Ele não estende a mão para cumprimentar, apenas se senta com a valise no colo.

– Como vai, diretor Stark? Meu nome é Maurice Greely, sou o advogado que representa os interesses do recém-falecido Steve Rogers. Devo dizer que é muito difícil encontrá-lo. Há tempos venho tentando marcar uma reunião...

– E quais interesses você representa, Sr. Greely?

O advogado abre as travas da valise.

– Durante aquilo que vocês chamaram de "Guerra Civil", foi-me dada uma carta para entregar-lhe sob certas circunstâncias, e uma delas seria a morte de meu cliente. Acredite em mim, eu nunca quis esse tipo de fardo, então é com grande alívio que a entrego para você.

Um envelope branco é retirado da valise, colocado sobre a mesa e movido exatamente três centímetros na direção de Stark. "Apenas para Tony Stark" está escrito com uma bela caligrafia no envelope selado.

– Tudo o que sei é que este envelope contém os últimos desejos do Capitão América. Você pode verificar a letra. Ele disse ter incluído coisas que são conhecidas apenas por vocês dois e também que, apesar de tudo o que aconteceu, você seria o único capaz de fazer o que precisa ser feito caso ele morresse.

– Por que ele simplesmente não mudou o testamento?

– Eu sugeri isso. Mas ele insistiu que isso era privado, e apenas entre você e ele. Ele disse que você entenderia assim que lesse.

Tony Stark abriu o envelope, extraiu a carta e fez uma pausa para olhar para o advogado antes de ler. Greely não fez menção de sair.

– Minha obrigação não estará cumprida até testemunhar que você leu o conteúdo. São instruções explícitas do Sr. Rogers, e...

Stark desdobrou a carta e a leu. Em seguida a leu novamente, e uma terceira vez. Dobrou a carta, a reinseriu no envelope, abriu a gaveta da escrivaninha, a colocou lá dentro, trancou a gaveta e bateu os dedos no tampo da mesa antes de erguer o olhar para o advogado.

– Obrigado, Sr. Greely.

Sr. Maurice Greely fechou elegantemente sua valise e saiu sem mais comentários.

Novamente, Tony Stark esperou até que a área da recepção estivesse vazia para então chamar Anna.

– Preciso da Viúva Negra em meu escritório o mais rápido possível.

13

NÃO HÁ SUTILEZA EM UM ATAQUE FRONTAL DIRETO. Você apenas arromba a porta e derruba tudo o que se move.

Bucky, em sua exaustiva busca por Caveira Vermelha, passou por toda a lista de locais inativos da I.M.A. e os verificou um por um. No segundo dia, ele deu sorte. Um dos postos de escuta itinerantes que tinha um histórico de trabalho com Rei Cobra estava de volta à ação e repleto de técnicos e especialistas em segurança. De um ponto de observação no teto, Bucky viu furgões sem placa estacionando. Diversos operários da I.M.A., vestindo macacões e capuzes amarelos, saíram dos veículos e entraram na instalação pela porta que dava acesso a um beco. Bucky sabia que seus alvos estavam muito bem marcados.

Ele largou o casaco na escada de incêndio enquanto descia até o beco e colocava a máscara negra. Ele carregou os capacitores de seu projetor de pulso eletromagnético até o máximo e fritou os circuitos de controle da porta de aço, assim as trancas permaneceriam fechadas. Ele não pretendia entrar por ali, mas não queria que ninguém saísse.

Caminhar até a frente do edifício é um risco calculado, mas é o início de uma manhã em uma vizinhança comercial sem vida noturna. No edifício funcionam pequenas empresas que fabricam tecidos, zíperes e botões para a indústria da moda, portanto, a porta da frente é mais uma barreira para evitar que bêbados venham dormir no lobby do que uma segurança contra invasões. Um empurrão com o braço protético é o suficiente para conseguir entrar. A porta para o posto de escuta da I.M.A. é de aço reforçado, assim como a porta do beco. Uma carga de termite queima a fechadura; e um golpe do braço robótico do Soldado Invernal faz a porta voar para dentro, esmagando dois vigias.

A maioria dos membros da I.M.A. é aficionada por tecnologia, e não tem nenhuma força física ou habilidades de luta, então entrar ali é relativamente fácil. Os poucos que estão armados não são sábios o suficiente para usar as armas atrás de algum tipo de proteção e acabam tendo a cabeça esmagada pelo próprio coice de seus rifles projetores de plasma. Não há nenhum esquadrão O.M.P.A.C. (Organismo Militar Projetado Apenas para Combate) nesse local, então Soldado Invernal pode continuar com mais facilidade. Ele caminha pela instalação chutando para longe do alcance as armas dos que estão semiconscientes, e finalmente se aproxima dos primeiros três misantropos vestidos de amarelo que foram propositalmente deixados conscientes para fins de interrogatório. Ele arranca o capuz amarelo e vê um rapaz pálido, de rosto barbado e com um dos olhos arregalado de medo. O outro olho está fechado, esmagado sob o cano de uma enorme pistola.

– Você tem uma chance, idiota. Onde está o Caveira Vermelha?
– Eu não sei! Eu juro...

Sangue e dentes espirram nas outras duas fontes de informação em potencial, e então o Soldado Invernal reorganiza a estrutura facial de seu reticente refém com o cabo da pistola. O mais confiante dos dois recebe um tiro no joelho, e a pistola fumegante volta a ser apontada para o operativo da I.M.A. que acaba de borrar o uniforme e treme descontroladamente. Soldado Invernal é forçado a falar alto, para ser ouvido além da gritaria.

– Seus amigos serão chamados de "Pegajoso" e "Manquinho". Você quer ser chamado de "Maneta" ou sua memória vai melhorar de repente?

– Ele não está mentindo. Nós não nos comunicamos diretamente com o Caveira Vermelha... apenas com a filha maluca dele e com o Rei Cobra.

– Continue falando.

– Ela é louca, mas não é burra. Ela sabe que todos estão procurando por eles, principalmente depois do que aconteceu em Wall Street. Não temos como iniciar um contato com ela, pois é ela quem entra em contato conosco.

– Para quê? Que trabalho estão fazendo para ela? Qual é a informação que estão reunindo e passando para ela?

– Estações de reabastecimento e manutenção da S.H.I.E.L.D., aquelas nos topos dos arranha-céus, que servem os aeroporta-aviões e as pequenas naves. Ela quer o nome dos agentes de cada local e suas agendas de turno, e também os horários em que cada nave vem em busca de suprimentos. Não nos disseram o que eles querem com isso.

Pecado fizera o certo não contando para eles, mas isso não importava.

Soldado Invernal tinha certeza de que sabia quais eram os planos de Pecado. Mas como encontrá-la? Se ele tivesse vinte agentes à sua disposição, poderia montar uma operação de vigilância em todas as estações de reabastecimento. Por conta própria, e incapaz de fazer vigilância 24 horas por dia, sete dias da semana, as chances de estar no lugar certo na hora certa eram de sessenta para um. O melhor é esperar que ela ataque e depois tentar seguir sua trilha. Não precisa agir prematuramente.

Ele é o Soldado Invernal.

Ele tem todo o tempo do mundo.

14

A CENTRAL DE INFORMAÇÕES DE COMBATE do aeroporta-aviões é um cômodo sem janelas conectado à Ponte de Comando e Operações por uma passarela. Não há luminárias nessa câmara. Toda a iluminação vem de centenas de monitores, displays situacionais de multifunção e projetores holográficos. Esse é o ponto central onde todos os dados de inteligência da S.H.I.E.L.D. são classificados, processados e marcados para avaliação. Há locais de *backup* dessas informações em *bunkers* espalhados pelo mundo. Mas, em combate, e durante operações grandes, a CIC é o principal centro nervoso que provê informações estratégicas e táticas diretamente para a Ponte de Comando e Operações. Os tripulantes do aeroporta-aviões a chamam de "Colmeia" e se referem à equipe de analistas que trabalham nela como "Zangões".

A diretora executiva Maria Hill requisitou que todo o pessoal saísse do CIC para que pudesse ter uma reunião particular com o diretor Tony Stark. Os dois oficiais do alto escalão olhavam atentamente para os diversos monitores, que exibiam múltiplos vídeos de câmeras de segurança que haviam captado o mesmo indivíduo: uma garota ruiva e de rosto sardento, com um uniforme da S.H.I.E.L.D., empunhando um par de enormes pistolas automáticas, atirava alegremente em agentes vestidos como ela.

– Os programas de reconhecimento facial confirmaram a identidade dela como Sinthea Schmidt, a filha do Caveira Vermelha – a diretora executiva relatou. – Atualmente, ela se autodenomina Pecado.

As imagens dos monitores mudaram para uma cobertura mais ampla. Agora Pecado e sua equipe atacavam uma das subnaves, atirando para todos os lados e golpeando, estrangulando e eletrocutando todos que ficavam em seu caminho. Tony Stark está analisando as faces dos colegas de Pecado.

– Reconheço Rei Cobra e Enguia, mas o terceiro é um mistério para mim.

– Depois que melhoramos o áudio, conseguimos ouvir os outros chamando-o de "Víbora".

– Outro? Madame Hidra vai amá-lo.

– Ela matou o primeiro... Talvez a gente dê sorte e ela mate este também.

Nas telas, a carnificina fica mais intensa. Pecado está em um estado máximo de fúria. Ela uiva e ri, ao mesmo tempo em que atira, desfere violentos golpes e chuta pelos corredores da subnave.

– Eles realmente conseguiram entrar em uma subnave? – Stark pergunta, pegando o controle remoto. – Passaram por nossa segurança assim tão facilmente?

– Entraram na subnave usando uniformes autênticos e apresentando cartões de segurança reais. Tinham até geradores de imagens holográficas que faziam seus rostos se parecerem exatamente com os dos agentes que estavam fingindo ser.

– Pode me explicar isso tudo, Maria? Detalhadamente, por favor.

– O aeroporta-aviões só dispõe de certo número de especialistas em segurança de prisioneiros, já que não estamos equipados para lidar com muitos detidos a bordo. Quando movemos Ossos Cruzados para uma subnave, para transferi-lo à balsa, foi preciso fazer uma parada em uma estação de reabastecimento para pegar o time de segurança de transferência. Foi aí que deu tudo errado.

Stark entrega a Hill o controle remoto, criticando mentalmente suas escolhas. Como fora estúpido em não ter se dado conta de que dobrar a segurança do aeroporta-aviões e da balsa não faria a menor diferença se deixasse a estação de reabastecimento vulnerável. Mas era tão fácil assim comprometer qualquer instalação da S.H.I.E.L.D.? Ele se virou para a diretora executiva Hill, que antecipara a sua pergunta e já tinha usado o controle remoto para acessar os vídeos da investigação da estação de reabastecimento no teto da Torre da

Transunilateral Telecom, no centro de Jersey City. Agentes mortos, deixados apenas de roupas íntimas, jaziam caídos pelo lugar. A maioria não havia nem ao menos sacado a arma. Um crachá da S.H.I.E.L.D. com a foto de um homem loiro com traços bem delineados preenche a tela central.

– Este homem... Agente 776, Patrick Stansfield... desligou as câmeras de segurança, trocou as linhas de transferência de dados para o modo de repetição e colocou o sistema de alarmes em espera, e então simplesmente abriu a porta e os deixou entrar.

Tony Stark imediatamente capta a falta de lógica na declaração de Hill.

– Tudo isso foi descoberto por um exame do local após o acontecimento? Como é possível descobrir tudo isso?

– Stansfield tinha alguns pequenos problemas pessoais e estava sob vigilância. Até que esses problemas fossem resolvidos, a segurança interna destacou outro agente para gravar secretamente com uma microcâmera de córnea as ações de Stansfield durante seu turno. A câmera, que parece uma lente de contato normal, não foi detectada por Pecado e sua equipe.

O diretor da S.H.I.E.L.D. sentou-se em um console vazio e esfregou os olhos.

– E o Agente Stansfield foi morto com todos os outros agentes que estavam na estação, assim como o pessoal de segurança da subnave? Fui eu que autorizei a transferência, e sou responsável por não ter notado o elo mais fraco em nossa segurança. Vou pessoalmente escrever cartas às famílias de cada agente morto.

A diretora executiva quase diz à Stark que, na verdade, não é culpa dele, mas decide que isso pode ser interpretado como bajulação da pior espécie. Ela também acha que não deve amenizar qualquer sentimento de culpa do diretor. *Ele* precisa *sofrer*, ela pensa. *Contanto que a dor psicológica não afete a eficácia da organização, por que não deixá-lo sentir todo o peso da dor?* Maria Hill muda novamente as transmissões mostradas nas telas para os vídeos de vigilância da subnave. No calor da batalha, com os disparos ensurdecedores das sirenes e as luzes de emergência piscando, Pecado atira nas algemas de Ossos Cruzados e os dois se jogam nos braços um do outro, trocando um beijo de língua ardente e demorado, quando deveriam estar correndo para os módulos de fuga.

— Isso é injusto — Stark diz, desviando o olhar. — Ossos Cruzados era nossa única ligação com o plano que matou Steve Rogers, e escapou bem debaixo de nossos narizes.

— Há mais, diretor Stark.

— Hã?

— Supostamente, deveria ter mais uma dúzia de agentes durante a transferência e entrega. Todos eles sumiram do mapa pouco antes do ataque. Sem sinais de GPS, sem respostas nos comunicadores, sem nada ter sido levado dos alojamentos deles. Simplesmente desapareceram.

Stark se apoia no console momentaneamente e então se senta, alerta e nervoso.

— Temos um espião... ou uma grande infiltração, no mínimo. Eu quero que todas as unidades de campo tenham como prioridade caçar Pecado e Ossos Cruzados. Quero toda a seção de Inteligência vetada pela Segurança Interna, e vice-versa. Depois disso, as duas seções executarão uma profunda investigação do passado dos agentes mortos e desaparecidos, e vão relatar cada segundo das atividades do Agente Stansfield no último ano.

— Vou subir isso para a central de arquivos o mais rápido possível. Precisa de mais alguma coisa, senhor?

— Mais uma. Recebi um relatório de campo preliminar da Viúva Negra, que destaquei para rastrear o Soldado Invernal. E também conseguimos todos os relatórios do Departamento de Polícia de Nova York sobre incidentes que foram marcados porque nosso analista achou que a Viúva estaria envolvida. Ao que parece, ela tem invadido bares e hotéis pulguentos que Bucky costuma frequentar. Lacerações, pequenos machucados, fraturas e concussões foram listados nos relatórios da polícia. Mas ninguém quis dar queixa, e todos os envolvidos foram acometidos por um conveniente caso de amnésia a respeito da aparição do atacante. Os relatórios da Viúva Negra listam todos os bares e hotéis também mencionados nos da polícia.

Maria Hill avalia cuidadosamente suas opções de resposta. Ela tem opiniões bem definidas sobre Natalia Romanova, mas será que expô-las não poderia ser entendido como uma reação rancorosa? Ela tem ambições, o que a fez ser deixada de lado para o cargo de diretor, que Tony Stark assumiu. E ela também tem o dever de mostrar ao diretor uma avaliação honesta.

— Você enviou uma ex-espiã e assassina russa no encalço de outro ex-espião e assassino russo. As técnicas e metodologias que eles empregam não são sutis nem gentis. O que você esperava?

Stark dá um comando verbal ao computador que controla as telas, e uma cópia digital do relatório aparece na tela principal.

— Como você disse antes, Maria... há mais. Viúva Negra forneceu um relatório detalhado de suas investigações no circuito subterrâneo de mercenários, vendedores de armas ilegais, negociantes itinerantes de informação, delatores e caras barra-pesada que têm algo a vender. E ela não descobriu nada. Também tenho a impressão de que ela está mantendo algo em segredo.

A diretora executiva Hill fica intimamente assustada com o pouco que esse homem parece entender as mulheres. Mas seu rosto não a trai quando ela responde.

— Mulheres sempre mantêm algo em segredo a respeito dos homens com os quais já se envolveram.

— Ela me disse que eles apenas treinaram juntos. E também que Bucky me culpa pela morte do Capitão, e que ele estava planejando vir atrás de mim por isso. Isso não seria uma grande traição da confiança dele?

— Eu duvido que ela tenha usado o advérbio "apenas". Isso muda completamente o sentido. E às vezes uma pequena traição é a cortina que esconde uma ainda maior.

As palavras saíram de sua boca antes que ela tivesse tempo de se arrepender do que tinha dito. Mas não havia como voltar atrás. Ela teria que deixá-las se contorcendo na mesa como pequenos vermes brancos.

— Obrigado, Maria. Você me deu muito sobre o que pensar.

INTERLÚDIO #8

"**NÃO FOI ISSO QUE ACORDAMOS, CAVEIRA.** Nosso pacto foi muito bem especificado nos detalhes."

"Assim como o Pacto Molotov-Ribbentrop, entre Hitler e Stalin, e nós sabemos como acabou, não é?"

"Sim, com a morte de seu mestre e a ascensão de Rodina, a Terra Mãe."

"Você chama aquilo de ascensão, Lukin? Cinco décadas desperdiçadas em uma corrida armamentista fracassada e exportando revoluções para países ainda atolados no tribalismo, e você ainda não conseguiu um Schnitzel decente em Moscou."

"E quanto ao seu glorioso Reich de Mil Anos?"

"Quem se importa com o Reich? Sou maior do que o fascismo agora. Eu sou minha própria força."

"Não. Você é um sádico ignorante, Johann. E está jogando muito tempo fora porque está distraído por vendetas pessoais. Está perdendo de vista o objetivo pelo qual concordamos em trabalhar juntos. Não me faça ter de lutar com você por dominação. Este é meu território, e esmagarei você, se for preciso."

"Você não fará nada disso, Lukin."

"Você não vai querer pagar para ver."

"Não há o que pagar. Eu sei a vantagem que você pode vir a ter... Essa aliança é importante demais para ser jogada fora. Eu sei disso porque tenho visto seus mais íntimos e ocultos pensamentos."

"Maldito seja, Caveira Vermelha..."

"Sim, isso é um dom. E o que você pensava? Que eu estava aqui dormindo esse tempo todo?"

15

ELE ESTÁ EM UM BAR. Mas não é um boteco do bairro operário, um barzinho qualquer ou um refúgio para motoqueiros como os que James "Bucky" Barnes costuma frequentar. Este é outro estabelecimento, frequentado prioritariamente por homens, mas definitivamente preparado para atender à clientela feminina de alta classe que prefere apreciar um Cosmopolitan do que tomar cerveja. Mudar seus padrões de comportamento era o melhor a fazer depois que percebeu que a Viúva Negra estava em seu encalço. Dar um tempo dos bares baratos do Lower East Side e frequentar os mais modernos e mais caros da West Side Highway também fazia parte de seus planos de evasão. Ele havia dado uma boa gorjeta ao bartender, para deixar claro que não estava procurando confusão, não era policial e só queria ficar em paz bebendo sua cerveja importada e assistindo ao canal de notícias.

Quando a notícia que ele esperava finalmente surge na TV, nota que lhe é dispensado muito menos tempo no ar do que o espetacular surto em público de uma popular ex-artista mirim. A reportagem é baseada no vazamento de uma "fonte anônima interna", e apoiada em eufemismos e presunções vagas. O âncora do telejornal diz basicamente que Brock Rumlow – também conhecido como Ossos Cruzados, o único suspeito preso pelo assassinato do Capitão América – aparentemente fugiu com a ajuda de cúmplices, cujas identidades ainda não foram divulgadas. A S.H.I.E.L.D. ainda não dera nenhuma declaração oficial, o que levava os analistas a acreditar que poderiam ter ocorrido mortes e que os familiares ainda não haviam sido notificados. Havia um rumor ainda não confirmado de que a fuga ocorrera durante a transferência do prisioneiro do aeroporta-aviões para a balsa. A reação dos clientes do bar é unânime.

– Deviam jogar aquele cretino de cima do aeroporta-aviões.

O bartender se vira para comentar as notícias com o cliente mal-humorado usando uma jaqueta de couro, mas ele tinha desaparecido e deixado um maço de notas ao lado do copo vazio sobre o balcão.

O ultraje inicial de Soldado Invernal arrefece conforme ele percorre os telhados na direção do centro. A raiva obscurece seu julgamento, e ele precisa de todas as suas faculdades em harmonia se quiser ter a sua vingança. A parte analítica de seu cérebro está revendo o assunto, reorganizando os fatos conhecidos, sobrepondo-os com as probabilidades e reajustando o curso. Os fatos conhecidos são: Caveira Vermelha tem bons motivos para ajudar Ossos Cruzados a fugir; Pecado, a filha de Caveira Vermelha, conseguiu informações sobre as estações de reabastecimento da S.H.I.E.L.D. com a I.M.A.; as estações de reabastecimento servem as pequenas naves de apoio, que são o meio mais seguro de transferir um prisioneiro. No entanto, o cenário mais provável é que Pecado – agindo sob ordens do pai – orquestrou um ataque a uma nave de apoio para libertar Ossos Cruzados, e o assassino do Capitão América agora está livre para fazer mais trabalhos em nome do Caveira Vermelha. A única pista certa que Soldado Invernal tinha para encontrar o Caveira Vermelha agora se foi, e a única opção restante é aquela que o obriga a ir aonde jamais desejava ter que voltar: a Torre Kronas, no centro de Manhattan.

O covil de Aleksander Lukin.

A trilha da lógica de Bucky começa com uma de suas mais queridas memórias dos tempos atuais: a última vez que lutou lado a lado com o Capitão América, em Londres, durante o início da Guerra Civil entre os super-humanos. O Caveira Vermelha havia soltado uma versão melhorada de seu Hibernante, que Capitão América e Bucky encontraram pela primeira vez durante a Segunda Guerra Mundial.

Foi uma clássica batalha de equipe, com o Capitão oferecendo uma distração que possibilitou a Bucky lançar uma carga de explosivos em um buraco na armadura do robô. Um dos edifícios destruídos no ataque do Hibernante foi a sede da Corporação Kronas. Em retrospecto, o que se considerava um brilhante sacrifício obscurecia o fato de que o Hibernante havia sido construído em um sistema de túneis que pertencia à companhia de Lukin. E a pergunta mais irritante permanece: será que Aleksander Lukin havia colocado de lado seu ódio pelo Caveira Vermelha para se juntar a ele com um objetivo em comum?

Bucky tinha de encontrar, por quaisquer modos disponíveis, um meio de descobrir isso. Penetrar na Torre Kronas seria quase impossível a qualquer um que não fosse o Soldado Invernal. Sendo um dos instrumentos mortais de Lukin, ele tinha acesso completo aos mais secretos e seguros cantos do arranha-céu. Ele havia passado várias vezes pelas passagens e escadas secretas, viajado verticalmente para cima e para baixo por dutos de ar e se arrastado por passagens subterrâneas que saíam nos prédios próximos. As senhas e códigos de segurança mudavam diariamente, mas ele conhecia os algoritmos que as criavam.

O Soldado Invernal havia sido uma arma perfeita, de risco zero para a segurança, porque sua memória podia ser seletivamente apagada depois de cada missão. Mas agora ele *se lembrava*, e essa arma perfeita estava solta, e sem nada o restringindo – operando sem nenhum tipo de misericórdia no coração pelo homem que também o usou sem nenhum tipo de misericórdia.

16

PRESUME-SE QUE UMA ORGANIZAÇÃO composta por muitos gênios da tecnologia aprenderia com os erros passados. Mesmo as instalações da I.M.A. tendo sido invadidas recentemente, tudo o que fizeram foi aumentar a complexidade dos códigos de entrada. Aparentemente, os viciados em tecnologia são muito bons em se proteger de outros viciados em tecnologia, mas bastante inúteis contra pessoas como Falcão e eu.

Eu dou um tiro na fechadura e Falcão derruba a porta. Alguns deles tiveram o bom senso de montar uma modesta defesa armada, mas a maior parte apenas corre em pânico de um lado para o outro. Por sorte, os que estão armados são aqueles que torcem o nariz para armas de fogo convencionais e preferem pistolas de pulso e projetores de plasma desenvolvidos por eles mesmos, coisas que são complexas demais para ser usadas em campo ou para se confiar. Aqueles de nós que têm de lidar com os fanáticos da I.M.A. nos referimos a eles como "apicultores" ou "cabeças de balde", por causa do capacete cilíndrico, que lembram aqueles usados por quem cria abelhas.

A batalha se mantém equilibrada quando um dos membros da I.M.A. dá a ordem de chamar o esquadrão O.M.P.A.C. A última coisa de que precisamos são capangas bem armados com a mente vazia aparecendo para estragar a nossa festa. Falcão grita:

– Detenha aquele cabeça de balde!

Um dos apicultores feridos vai cambaleando até a parede demarcada por uma área listrada de amarelo e preto, onde está um grande botão vermelho coberto por uma tampa de acrílico, para ser acionado em caso de emergência. Quando ele levanta a tampa, eu desço o cotovelo com força em sua espinha, no ponto logo abaixo do crânio.

Nenhum "Organismo Militar Projetado Apenas para Combate" poderá ser convocado agora.

Lutar em equipe envolve cobrir a retaguarda do parceiro, mas minha escapada preventiva deixa abertura para que um cabeça de balde empunhando um lança-chamas surja de um canto. Ele ateia fogo no uniforme de Falcão com uma rajada de gasolina em gel. Eu fico de joelhos e me apoio para mirar com a pistola. O disparo rompe o tanque de combustível comprimido do lança-chamas nas costas do operador. Fagulhas geradas pela entrada da bala incendeiam o conteúdo; o operador corre pela sala, gritando *"en flambé"*.

Falcão está tirando a camiseta incendiada com uma das mãos e socando um dos cabeças de balde com a outra. É uma visão que desanima os outros seguranças da I.M.A., já que suas luvas e cabeça ainda estão em chamas. Agarro um extintor e começo a descarregá-lo em Falcão, mas ele não gosta nem um pouco disso.

– Não perca tempo comigo – ele diz, afundando o punho no tórax de um dos amarelões. – Vá à central de computadores antes que apaguem tudo. Precisamos das informações para encontrar o Caveira.

Nick Fury havia nos disponibilizado um radar de penetração de local que analisou com enorme facilidade a instalação da I.M.A., portanto eu já sabia qual passagem subterrânea levaria à sala do computador. Não houve resistência enquanto eu corria pelo labirinto de corredores com minha pistola em prontidão nas duas mãos, em posição de combate.

Entrei na câmara do computador e encontrei um técnico sênior da I.M.A. digitando uma longa série de números em um teclado, sendo pressionado por um capanga armado. Novamente, os viciados em tecnologia são derrotados por seu vício em complicadas medidas de segurança. O capanga atira em mim com o canhão de plasma que tem apoiado no ombro, e o raio quase raspa meu braço direito, abrindo um buraco de dois metros na parede do corredor logo atrás. Miro em seu peito e disparo três balas de alta velocidade, capazes de furar armaduras de 9 mm, antes de transferir a mira para o técnico, que está tirando o capacete para ler os números de LED na trava de segurança. Eu ordeno que se afaste do maldito teclado. Ele obedece, erguendo as

mãos, como se quisesse proteger o rosto. Está tão apavorado que seu nariz está escorrendo, o muco se misturando com o sangue do companheiro que espirrou nele. Ele suplica entre o choro e as fungadas.
— Por favor, não me mate.
Afasto de seu rosto o cano da arma e começo a dizer:
— Não sou uma...
Mas estou segurando a mesma arma que usei quando...
Ah, meu Deus.
Pisco, e então vejo Steve na escadaria do tribunal. Vejo o sangue jorrando de sua ferida no ombro. Vejo seu olhar quando saco minha...
Fecho os olhos, mas a imagem não desaparece. Ela apenas se ajusta em um foco melhor, e posso ouvir os três tiros de pistola ecoando sem parar.

A náusea que sinto é como um soco no estômago. Virando-me rapidamente, vomito o almoço em uma série de dolorosos espasmos. Isso não traz nenhum alívio para o desespero e para o nojo que sinto de mim mesma. Em minha visão periférica, vejo o técnico tentando pegar o canhão de plasma da mão do capanga que matei. Tudo o que preciso fazer é desviar e atirar. Em vez disso, apenas o observo. Vou deixar que ele faça isso por mim... Deixá-lo extinguir para sempre minha dor mental. Sinto um estranho alívio quando ele ergue a arma. Eu olho diretamente para o cano, e o técnico não parece mais amedrontado. Ele parece jubilante. Triunfante. Então aperta o gatilho.

Uma bota vermelha esmaga a cara do técnico, e o canhão de plasma cai no chão. Falcão.

Ele está em pé diante de mim, perguntando-me se estou bem. Ele está sem camisa, e posso ver as horríveis queimaduras vermelhas em seus ombros e suas costas. Deve estar sentido uma dor terrível, mas sua preocupação é apenas comigo.

Digo-lhe que estou bem, que perdi o equilíbrio por um segundo. Sei que é uma desculpa ridícula. Posso ver que ele não acredita, mas não insiste no assunto. Pergunto a mim mesma se mereço um amigo como esse, e se ele ainda seria meu amigo se soubesse o que fiz.

— Vamos pegar logo o que precisamos e sair daqui, Sam.

17

TRANSCRIÇÃO DE COMUNICAÇÃO COM CRIPTOGRAFIA DE SEGURANÇA DE VOZ ENTRE A AGENTE NATALIA ROMANOVA (VIÚVA NEGRA) E O DIRETOR TONY STARK

NR: Fiquei sem pistas, então comecei uma vigilância rotativa em locais da I.M.A. que a equipe de contrainteligência acredita serem de conhecimento de Nick Fury.

TS: Supondo que os dados foram deliberadamente fornecidos a Bucky por Fury?

NR: Isso não sabemos. O Soldado Invernal pode ter comprometido a segurança de Fury e acessado os arquivos por conta própria. Ele tem a perícia técnica para fazer isso.

TS: Você não estaria se reportando se não tivesse encontrado algo. Você sabe onde Bucky está no momento?

NR: Não, mas encontrei um posto de escuta da I.M.A. que foi higienizado recentemente; todas as superfícies planas foram limpas com desinfetante, e todos os dados dos computadores, apagados. Algumas peças de hardware nos níveis de chefia foram removidas. Isso pode ter acontecido por conta de danos com balas. Os operativos de trabalhos sujos da era soviética eram treinados para buscar por buracos de bala. Havia traços de resíduos de pólvora e sangue dentro de um dos dutos de ventilação. Investiguei os ralos no chão e encontrei um cartucho de .45 usado. O Soldado Invernal certamente esteve lá.

TS: Há muitos operativos por aí usando armas de calibre .45...

NR: Tenho uma amiga armeira que está verificando as marcas no cartucho. Ela disse que nunca viu algo similar. Verifiquei os registros da Segunda Guerra Mundial no Escritório de Serviços Estratégicos. Eles insistiram que os canos das pistolas automáticas calibre .45 fornecidos pela União Soviética, como parte de um programa de contrato de aluguel, tinham um único estriamento, para que pudessem ser identificados no futuro. A arma que ejetou o cartucho que encontrei era parte de um carregamento para a Rússia feito em 1942, e nenhuma peça desse carregamento apareceu nos Estados Unidos — até agora.

TS: Isso é muito convincente, Natasha, mas aonde isso nos leva?

NR: A lugar nenhum. Mas quando concentrei minhas atenções em outro local da I.M.A., descobri que ele estava sendo atacado pela ex-Agente 13, com Falcão.

TS: Sharon Carter e Sam Wilson juntos no mesmo ataque?

NR: Exatamente.

TS: Isso significa...

NR: Que eles provavelmente têm a mesma fonte de informação?

TS: Seria pedir muito que você mantivesse um olho em Carter e Wilson enquanto procura o Soldado Invernal?

NR: Impossível manter vigilância sobre um sujeito que pode voar e tem todos os pássaros a meia milha de distância espionando para ele.

TS: Fique em Bucky, então. E me avise se você encontrar qualquer coisa, não importa o quão trivial pareça.

NR: Entendido.

Pressionando a tecla "delete", o diretor Stark apagou o único registro de sua comunicação com a Viúva Negra. Ele está em seu escritório na cobertura do edifício-sede da S.H.I.E.L.D., um santuário blindado que tem mais monitores de tela plana do que uma sala de edição de filmes. É uma versão menor e mais funcional do Centro de

Informação de Combate no aeroporta-aviões, com a principal diferença de que todos os monitores e sistemas podem ser controlados da mesa de Stark.

O diretor se recosta e gira lentamente a cadeira para avaliar a panóplia de telas exibindo diversos fluxos de informação, blocos editados de vídeos de seguranças e colunas de dados que sobem sem parar. Uma enorme tela começa a piscar, sinalizando um alerta de algo prestes a acontecer. Stark minimiza as outras telas e expande a que está piscando. Na imagem que cobre a metade da parede, surge o Agente 32, o líder da equipe de investigação que chega para interrogar o Dr. Benjamin, o psiquiatra que esteve conduzindo as avaliações de todos os agentes desaparecidos. Embora o corpulento agente tome conta de toda a tela, outros agentes podem ser vistos retirando livros das estantes e abrindo gavetas.

– Não há ninguém aqui, senhor. O lugar está deserto.

– Essa é uma avaliação preliminar ou você já vasculhou tudo de cima a baixo?

– Senhor, nós desligamos a energia principal e executamos uma entrada armada cobrindo todos os pontos de fuga. E então conduzimos uma verificação sala por sala, no escuro, com os óculos de visão noturna, e não descobrimos nada. A energia foi religada, e temos a unidade forense entrando com os cachorros, instrumentos de busca e detectores de metal.

Tony Stark sentiu uma enxaqueca se aproximando. Desejou ter algo para beber. Mas ele sempre deseja ter algo para beber. Está prestes a desligar o monitor quando vê um técnico forense com um avental branco sussurrando algo ao Agente 32.

– Senhor, um dos cachorros encontrou algo no porão.

A câmera oscila conforme segue o técnico e o Agente 32 escadaria abaixo até o porão, onde um dos oficiais responsáveis pelos cães, um beagle e dois agentes de reforço estão parados perto de um freezer aberto que foi parcialmente esvaziado. O técnico forense está explicando enquanto a câmera se aproxima do freezer.

– A Charmaine... a cadela beagle, senhor, insistia em ficar perto do freezer, então começamos a tirar os pacotes de comida congelada e os sacos de carne e faisão. Acho que encontramos o Dr. Benjamin, senhor.

A câmera é inclinada para dentro do freezer e revela o psiquiatra deitado de lado, em posição fetal, com a cabeça aninhada entre um pacote de costelas de porco e um saco tamanho família de brócolis.

– Ele tem uma séria queimadura por gelo, senhor. Eu diria que está aí há um bom tempo.

18

O HOMEM QUE ANTIGAMENTE era o principal assassino e especialista em truques sujos da União Soviética esperava no escuro pelo homem que antigamente era seu controlador. Os alarmes e sensores haviam sido desativados, e um circuito em repetição foi conectado à caixa de controle da porta, para que assim o sistema parecesse estar funcionando normalmente e respondesse ao código de entrada. Três guardas com tatuagens da máfia russa estão na despensa, inconscientes e presos com fitas adesivas.

A cobertura de Aleksander Lukin no topo da Torre da Corporação Kronas é imponente, com imensas janelas que oferecem uma belíssima visão da cidade em todas as direções, mas a atenção do Soldado Invernal está concentrada na porta de acesso direto ao elevador particular.

Quando as portas do elevador se abrem, podem-se ouvir duas vozes distintas discutindo. Soldado Invernal dá um passo para trás, voltando para as sombras atrás de uma parede. Lukin sempre fora um indivíduo muito discreto, portanto Soldado Invernal nunca nem pensou que pudesse haver a possibilidade de Lukin permitir a entrada de qualquer tipo de colega em seu santuário. Agora, seus planos deveriam ser repensados, para contabilizar um fator desconhecido. Soldado Invernal decide avaliar a nova situação antes de agir.

– Maldição, Caveira Vermelha...

É a voz de Lukin, clara como um sino. Lukin estaria recebendo Caveira Vermelha para tomar vodca e comer caviar? Os dois arqui-inimigos estariam agora se ajudando? Como isso é possível? Soldado Invernal recua ainda mais. Ele não consegue ver quem saiu do elevador e entrou na sala. Ouve passos se aproximarem.

– Sim, isso é um dom. E o que você estava pensando...?

Definitivamente é Caveira Vermelha que está respondendo. As inflexões, a pronúncia de "dom" como "daum", o leve sibilar... Mas há algo errado no timbre da voz. O tom é muito alto.

– ... que eu estava dormindo esse tempo todo?

A pessoa que está falando entra em seu campo de visão. É Aleksander Lukin. Não há outros passageiros no elevador. O homem está conversando consigo mesmo em duas vozes diferentes.

O pensamento de que Lukin havia se entregado completamente à insanidade passa pela cabeça de Soldado Invernal, e então ele decide que não está nem aí. Desliza para fora das sombras e lança o oligarca russo contra a parede.

– Surpreso em me ver, Lukin?

– Estou surpreso de que ainda não tenha me matado. Você perdeu o jeito, Soldado Invernal.

– Não, estou guardando isso para mais tarde.

– Então, por que está aqui? Procurando trabalho?

– De jeito nenhum. Você me enoja. Você sempre considerou sua visão de mundo superior, sempre achou que seus ideais eram bons e que era leal a uma causa magnânima... e agora não é nada mais do que uma farsa.

Lukin tenta aplicar um gancho de direita em Soldado Invernal, mas uma mão metálica o intercepta no meio do golpe.

– Não seja estúpido, Aleksander. Você, mais do que ninguém, deveria saber que isso não funciona comigo. Então, me diga... por que está trabalhando com o Caveira Vermelha? Escutei-o falando sozinho, ensaiando uma conversa com ele. Isso é muito baixo, até mesmo para um assassino em série como você.

– Tem certeza de que quer espalhar essa notícia por aí?

Lukin podia sentir o aperto em sua lapela, e não parecia nem um pouco preocupado. Os alarmes de alerta que deveriam estar soando no cérebro de Soldado Invernal estão emudecidos pela raiva que o domina.

– Não me force. Apenas me diga onde eu posso encontrar Caveira Vermelha, e talvez eu o deixe ir apenas com os braços quebrados.

— Você quer encontrar o Caveira Vermelha? Ah, isso é muito interessante. *C'est très drôle*, como dizem os franceses. Mais do que você se dá conta.

Um painel oculto na parede oposta se abre antes que o Soldado Invernal possa responder, e o gigantesco mercenário conhecido como Ossos Cruzados irrompe na sala, seguido por Pecado. Os dois estão com pistolas em punho.

— Tire as mãos do chefe, parceiro.

Pecado ri. Ela acha o amante *tão* esperto.

Lukin se livra da mão de Soldado Invernal.

— Percebe agora?

Ossos Cruzados guarda a arma e desfere o primeiro soco antes que Soldado Invernal possa soltar a gola de Lukin e se virar para ele. Muitos socos, chutes e combinações disso atingem o homem menor, lançando-o no chão. Pecado se mantém a postos, com a pistola apontada, para o caso de Soldado Invernal conseguir derrubar seu namorado.

— Você vai ficar machucado, mas ainda não vai morrer — Lukin diz, puxando uma máscara vermelha do bolso. — Precisamos de você para algo muito importante.

Enquanto Lukin coloca a máscara na cabeça, o timbre de sua voz muda. O Caveira Vermelha agora está completamente no controle do corpo de Lukin.

— Será que o Aleksander Lukin que você conhecia cooperaria voluntariamente com o Caveira Vermelha? Você não foi treinado para estar atento a anomalias como esta? Uma pedagogia muito desatenta por parte de Lukin.

Soldado Invernal intercepta com o braço robótico um violento chute mirado em sua cabeça e lança Ossos Cruzados cambaleando para trás, tentando recobrar o equilíbrio. Antes que Bucky possa contra-atacar, sente Pecado atrás dele, pressionando-lhe o cano da pistola contra a têmpora. Ela pressiona o gatilho, mas a voz de seu pai ruge:

— Eu disse que ainda vamos precisar dele. Você não me ouviu?

Pecado é erguida por Soldado Invernal e arremessada para o outro lado da sala, caindo em cima de Ossos Cruzados. Rapidamente,

Soldado Invernal está em cima de Pecado e Ossos Cruzados, tirando a filha do Caveira do caminho com um vigoroso tapa. Ele puxa Ossos Cruzados para perto, então o levanta e lhe dá uma cabeçada, derrubando-o sobre uma escrivaninha Le Corbusier. O móvel transforma-se instantaneamente em um monte de lixo muito caro.

– Será que doeu? Provavelmente não o suficiente para me alegrar, mas podemos resolver isso.

Pecado tenta atingi-lo com uma facada por trás, mas Soldado Invernal desvia do golpe com o braço protético, esmigalhando a lâmina. Com uma joelhada no estômago e uma cotovelada no rosto, Soldado a derruba no chão, inerte e ensanguentada.

– Vocês nunca lutaram com alguém que sabe o que está fazendo? Ou apenas se especializaram em espectadores inocentes?

Não é o Soldado Invernal que se volta para o homem que tem o Caveira Vermelha habitando a mente. É o garoto crescido que um dia foi o parceiro de luta do Capitão América.

– Não vá embora. Você é o próximo.

A máscara se mantém inexpressiva. É apenas a face da morte moldada em borracha e pintada de vermelho.

O parceiro crescido do Capitão América está sobre o semiconsciente Ossos Cruzados, e chuta para longe os destroços da mesa destruída.

– Você atirou em meu amigo, e eu não tenho muitos amigos.

Dedos mecânicos se fecham em volta da garganta de Ossos Cruzados e o levantam, deixando-o com os pés balançando no ar. As botas do mercenário chutam, buscando uma tração que não está ali. Sob a máscara de caveira preta e branca, as veias saltam. Não há alegria no rosto de Bucky, apenas determinação. Um tremor percorre o corpo de Ossos Cruzados.

– Interessante – diz o corpo de Aleksander Lukin falando com a voz de Caveira Vermelha. – Steve Rogers nunca teria pensado em assassinato a sangue frio como opção.

E é o Soldado Invernal, não Bucky, que larga Ossos Cruzados, e então se vira para se dirigir ao homem com a máscara vermelha.

– Você não tem o direito de falar em nome dele.

– O nome dele não significa nada. Ele está morto.

Soldado Invernal atravessa a sala e empurra Caveira Vermelha até a janela que tem vista para o sul até que a máscara vermelha de borracha toque o vidro.

Os dedos de aço que ainda há pouco esmagavam a garganta de Ossos Cruzados agora se posicionam em volta da laringe do homem que fala com a voz do Caveira Vermelha.

– Você é quem merece morrer.

– Pelo quê? Eu dei ordens, e pessoas morreram. Joana d'Arc fez isso, e é considerada uma santa. *Você* é o único com sangue real manchando-lhe as mãos, Soldado Invernal.

– Vá para o inferno.

– Então me mande para lá. Faça o que o Capitão América nunca pôde fazer. É claro que assim você nunca descobrirá quem o traiu.

Os dedos de aço começam a afrouxar. Um sorriso surge na máscara vermelha.

– Ah, e mais uma coisa... *Sputnik*.

Os olhos de Soldado Invernal reviram-se nas órbitas, seus músculos relaxam, e ele cai, sem sentidos.

Do outro lado da sala, Ossos Cruzados se arrasta para fora dos destroços da mesa, tocando cuidadosamente os hematomas no pescoço. Pecado ainda está desacordada. Ossos Cruzados vai mancando até o corpo desfalecido, caído aos pés de seu chefe, e lhe desfere um violento chute. Não há resposta.

– Caramba. Como você fez isso?

– É o código de desligamento implantado pelos chefes soviéticos dele. Infelizmente, só funciona uma vez.

– Por que você não usou o código enquanto ele estava, você sabe...

– Dando uma surra em você e em Pecado? Eu precisava ver se ele realmente iria tentar matá-lo. Porque, se ele não tivesse essa intenção, seria completamente inútil para mim.

19

NÃO.

Isso não pode estar acontecendo, pode?

Há muito tempo venho me sentindo suja. Mas isso pode ser consequência das circunstâncias dos últimos meses, não é? Tenho significativas razões para me sentir mal, sendo a menor delas a total falta de habilidade de conseguir dar um tiro em minha cabeça e acabar com tudo. Por que eu não deveria ter dores de cabeça e náuseas constantes? Tento dizer a mim mesma que o melhor a fazer é ir atrás das pessoas que me usaram para seus trabalhos sujos, mas como fazer isso se eles podem me controlar sempre que quiserem?

Então aqui estou eu, no banheiro de casa novamente. Mas, em vez da pistola, tenho nas mãos um bastão de plástico branco com duas barras completas exibindo o resultado em um pequeno visor.

"Positivo."

O que você vai fazer, Sharon Carter? O que você vai fazer?

Negação é a primeira fase. Uma frenética pesquisa na internet me diz que as possíveis razões para um falso positivo incluem cinco tipos de câncer. Não é uma alternativa que ilumina meu dia.

A negação dá lugar ao desespero, mas em minha cabeça já estou assim. Estou muito zangada também. Zangada demais para desistir, para deixar os caras do mal vencerem, para chafurdar na autocomiseração.

Saio para uma corrida de oito quilômetros. Isso me ajuda um pouco. Quando retorno, sento-me na beirada da banheira e fico lá, com o chuveiro aberto e espirrando água em meus dedos até que fiquem como uvas-passas. Mas nada faz meu cérebro parar com a enxurrada constante de lembranças. Nada estanca a dor.

O bebê é de Steve.

Não houve mais ninguém.

O que deveria ser alegria se converte em desolação pela culpa implacável que me acomete. Quanto mais penso nisso, pior a situação fica. Lembranças voltam, claras e vivas, por mais que eu tente torná-las distantes e vagas.

Detalhes.

As dolorosas memórias de detalhes observados de perto, a que, na época, eu não dei o devido valor, mas que agora se mostram preciosos, apesar de ferirem minha consciência como adagas de gelo. As manchas douradas no azul dos olhos dele, apenas visíveis a milímetros de distância. O calor de sua respiração na minha nuca quando ele dormiu ao meu lado. O cheiro da loção pós-barba barata comprada em farmácia que ele insistia em usar, porque era a que ele usava durante a guerra, quando ficava nas bases. Todas as adagas atravessam o meu coração.

E a pior lembrança de todas, o hospital depois do tiroteio: Steve na maca da ambulância com os sensores, as intravenosas e os curativos para deter a hemorragia das perfurações – o jeito que ele olhou para mim, disse meu nome, disse que eu era linda.

Ele sabia.

Steve *sabia* o que eu tinha feito.

20

DEPOIS DO CUMPRIMENTO, a carta inicia com "Se você está lendo isso, significa que as coisas ficaram pior do que qualquer um de nós poderia ter imaginado...".

A carta repousa sobre a mesa de Tony Stark, em seu escritório no edifício administrativo da S.H.I.E.L.D. Ele já a leu umas dez vezes; mas está cada vez mais perplexo e confuso. Cada vez que ele lê aqueles parágrafos, sua mente relaciona as possibilidades, escolhe a mais plausível e deduz uma situação possível dentre as opções. Nada se encaixa. Não há nenhuma descoberta. Nenhum avanço.

Em uma alcova na parede oposta ao grande agrupamento de monitores há uma única fotografia em preto e branco emoldurada. Não é uma impressão antiga, mas uma revelação amassada e desbotada feita a partir de um negativo de formato grande. É uma foto em grupo mostrando Capitão América, Bucky Barnes, Sargento Nick Fury e o soldado Dum Dum Dugan parados em frente a uma fazenda bombardeada em algum lugar da Europa durante a Segunda Guerra Mundial. As ruínas ainda estão fumegantes, e há buracos de balas no que restou das paredes. As armas que seguram estão abertas e sem os pentes, e as bolsas de munição estão vazias. É óbvio que lhes foi solicitado que sorrissem para a câmera. Talvez a intenção da foto fosse vender os laços criados pela guerra. Era importante colocar uma cara boa na guerra naquele tempo. Mas qual soldado sorri depois de um tiroteio? O comentário do Duque de Wellington após a batalha de Waterloo foi: "A única coisa mais triste do que uma batalha perdida é uma batalha vencida". Homens como esses podem ser desviados das crenças pelas quais estiveram dispostos a sacrificar suas vidas?

Tony Stark havia revisto todas as imagens e vídeos da segurança, todas as chamadas por vídeo e todas as imagens das câmeras de capacete e lapela dos agentes federais, da Polícia de Nova York, da Segurança de Estado e da própria S.H.I.E.L.D. Ele leu cada um dos relatórios das testemunhas. Estudou uma dúzia de avaliações de ação feitas por técnicos, psicólogos, peritos em balística e especialistas em manipulação de imagens. Fez tudo o que pôde, e ainda assim sentia que estava deixando passar algo.

– Computador, carregue o arquivo "Filho Caído" em todas as telas.

Uma parede de monitores e várias projeções holográficas surgiram, exibindo os eventos na escadaria do Tribunal Federal no dia em que o Capitão América morreu. Há centenas de diferentes pontos de vista e ângulos, mas nem um único quadro de Steve Rogers quando os três tiros fatais foram disparados, segundos depois que o primeiro tiro do rifle do franco-atirador o tinha atingido. Nenhuma imagem de satélite, pois todos tinham sido desviados. Havia evidentemente um dedo de Nick Fury por trás disso, provavelmente porque ele tinha algo além do plano de libertar o Capitão, e não queria que isso fosse filmado.

Sharon Carter está no centro do foco em muitas gravações, e há uma razão para isso. Ela é fotogênica; está usando um uniforme da S.H.I.E.L.D., portanto pode ser facilmente rastreada na multidão. O diretor assiste à gravação de Sharon correndo até o Capitão depois que o primeiro tiro é disparado. Ela foi uma das testemunhas mais próximas no momento em que os três tiros fatais foram disparados, mas alega não ter visto nada...

– Computador, volte até o disparo do franco-atirador.

Em uma imagem melhorada de uma das câmeras da reportagem, o ponto vermelho do laser é claramente visto nas costas do agente na frente de Steve Rogers. Steve grita "Cuidado", e então empurra o agente para fora da linha de tiro. O disparo é ouvido. Capitão começa a cair e alguém grita "atirador".

– Computador, volte a cena para o ponto antes do áudio "atirador", amplie e reproduza em câmera lenta.

A parede é tomada por imagens da multidão na escadaria do tribunal se movendo como se estivessem em areia movediça. Um homem barbudo usando gorro e óculos escuros olha na direção de um dedo que aponta para o alto, e a maioria das câmeras faz o mesmo. As duas gravações em que a câmera não se virou registraram Sharon Carter movendo-se na direção de Steve Rogers enquanto ele caía, até que a imagem é obscurecida pelas pessoas da multidão subindo os degraus e tentando obter uma visão melhor do edifício de onde tinha vindo a bala do atirador. Em nenhum momento Sharon Carter se vira para olhar para o outro lado da praça.

— Computador, aumente a imagem do homem usando gorro e óculos escuros.

— Pedido inválido. O sujeito usa próteses na região nasal e dos maxilares.

Tony Stark se senta ereto e olha fixamente para a imagem congelada de Sharon Carter subindo os degraus na direção de Steve Rogers. Ele solta um longo suspiro, e então chama sua assistente pessoal.

— Anna, naquela lista dos pacientes do Dr. Benjamin... também estão incluídos os nomes de agentes inativos?

PARTE 3
LEGADOS E CULPABILIDADES

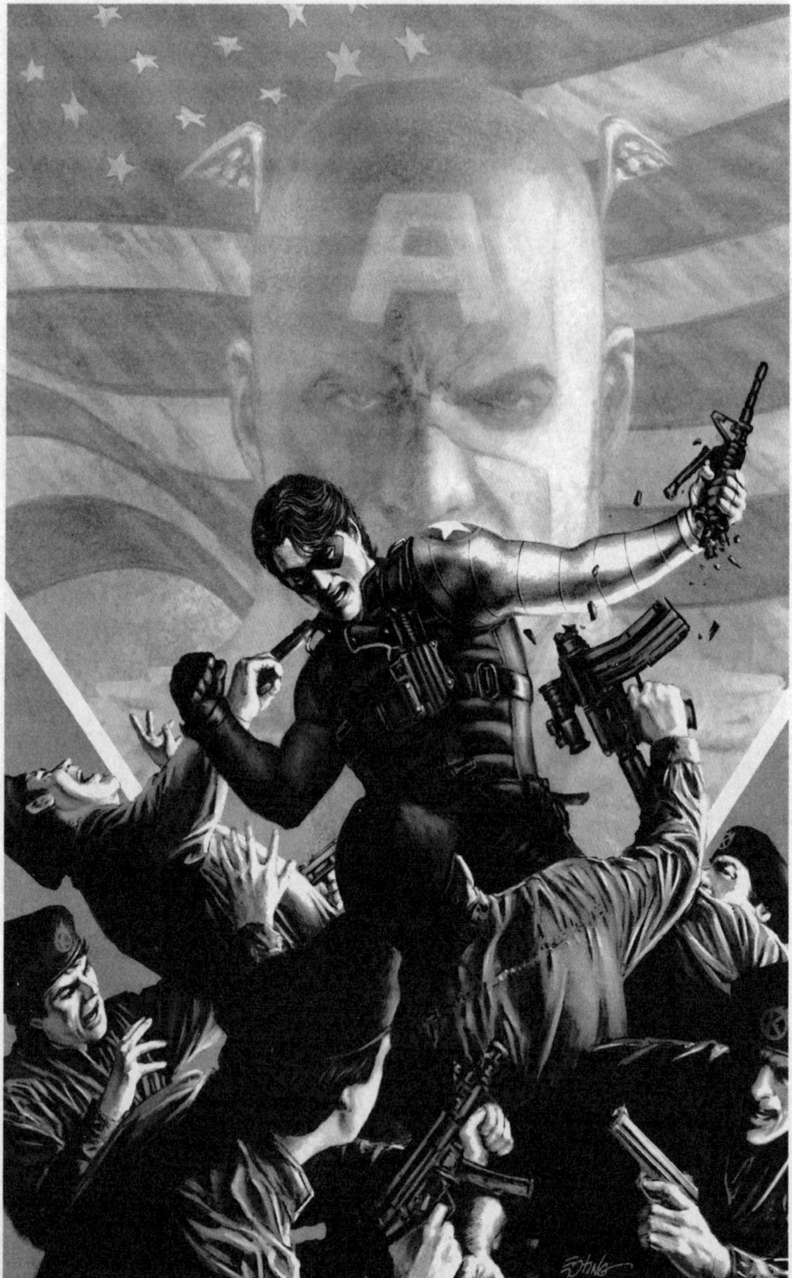

INTERLÚDIO #9

O DISPOSITIVO DE CONTENÇÃO DE SUPER-HUMANOS no laboratório de Doutor Faustus na Torre Kronas precisou de seis novas linhas de alta voltagem para subir do porão e energizar os amortecedores e supressores. Funcionários nos andares adjacentes tiveram letargia extrema, náuseas e perda de memória. Alguns desses efeitos podem razoavelmente ser atribuídos a um dos dispositivos sendo testados no laboratório de Arnim Zola no fim do corredor do mesmo andar. Depois que um analista de dados sênior morreu por conta de uma falha do marca-passo, os andares abaixo e acima dos laboratórios secretos foram esvaziados e vedados. Quando os funcionários dos edifícios do outro lado da rua começaram a reclamar de dores de cabeça e sangramentos nasais, o dispositivo foi desmontado para ser religado em uma instalação subterrânea da I.R.D.A. abaixo da cidade. Proteções adicionais foram incluídas, para que funcionários e atendentes pudessem cuidar das necessidades físicas dos que ficariam confinados com o dispositivo sem sofrer qualquer desconforto indevido. A remontagem foi completada bem a tempo de conter o primeiro prisioneiro.

O homem com os braços e pernas presos ao dispositivo em formato cruciforme é James Buchanan Barnes – que já fora conhecido como "Bucky", e depois como "Soldado Invernal" pelo alto escalão das agências de inteligência do mundo. Ele se contorce em agonia enquanto imagens selecionadas do Capitão América são inseridas em seu cérebro através de eletrodos grudados em sua cabeça.

Doutor Faustus entra na sala de contenção para observar mais atentamente o prisioneiro, e fica fascinado pelas caretas e pelo ranger de dentes, que manifestam a dor que ele sente internamente.

Faustus se aproxima para melhor apreciar os tremidos e espasmos. As pálpebras do prisioneiro tremulam tão rapidamente que Faustus reajusta o monóculo e se inclina para mais perto. O monóculo cai do rosto do Doutor quando os olhos do Soldado Invernal se abrem. Instintivamente, Faustus lança a cabeça para trás, no exato momento em que Bucky fecha vigorosamente os dentes, e por pouco não lhe arranca o nariz.

– Você está acordado...

– Talvez não. Aproxime-se e descubra.

Faustus se recompõe.

– Acho que não.

– Então é mais esperto do que parece, seja lá quem você seja.

– Sou o Doutor Faustus, e há muito espero o momento de conhecê-lo. Na verdade, tenho escutado tanto sobre você ao longo dos anos, que sinto como se já o conhecesse.

Soldado Invernal se inclina para a frente, forçando o dispositivo de contenção. Seus olhos se estreitam de modo ameaçador.

– Como se me conhecesse? Você não sabe de *nada*, gordão.

– Eu saberei, Bucky. Muito em breve, eu saberei sobre você mais até do que você mesmo.

21

NÃO POSSO MAIS USAR meu uniforme preto e branco da S.H.I.E.L.D., então visto um macacão totalmente branco. Apesar de apertado, é flexível, e tenho liberdade completa de movimento – graças a Deus que existem sutiãs esportivos. Calço botas leves com solado aderente e coloco um bom apoio para os tornozelos. Prefiro praticidade e conforto a estilo e camuflagem. Com a quantidade de câmeras de segurança e sensores pela cidade, não será possível me esconder de ninguém a partir do momento em que me expor lá fora. Depois de afivelar a arma, estou pronta. Eu sempre uso o menos possível de maquiagem, mas gosto que meus cabelos estejam minimamente apresentáveis, e é aí que cometo meu erro – ir ao banheiro para me olhar no espelho.

O homem barbudo usando monóculo está no reflexo, parado atrás de mim, falando perto de minha orelha, com a mão em meu ombro. Mas não há mão em meu ombro.

– Ah, assim está melhor, Agente 13. Pronta para a ação? Pronta para voltar ao trabalho?

É como uma porta de aço fechando-se com estrondo, encerrando meu cérebro. Uma parte de minha consciência corre em círculos, gritando "Não ouça o que ele diz!". A parte de mim que jaz atrás da porta de aço obedece como um autômato. É como aquele sentimento que temos quando nos pegamos dizendo algo que sabemos que resultará em terríveis consequências, mas mesmo assim você diz – só que aumentado mil vezes.

Quando tento resistir à voz calma que sussurra em meu ouvido, o mundo começa a girar, e eu quase desmaio. Quando faço exatamente o que a voz manda, um tremendo sentimento de calma e bem-estar me envolve. A técnica de Faustus é extremamente pavloviana, e funciona.

Estou entrando na sala de estar da minha casa quando ouço um bater de asas do lado de fora da janela. Um lampejo vermelho e branco aparece na escada de incêndio, acompanhado por uma figura ágil toda vestida de preto. Eu volto para o quarto antes que seus olhos consigam ajustar-se à escuridão. De algum modo, eu sei o que a voz em minha cabeça vai me mandar fazer. Eu não gosto disso, mas não consigo desobedecer.

– Ei, Sharon, já está em pé?

Falcão. Eu amo esse cara, mas por que será que ele sempre tem que aparecer na minha janela como o Peter Pan?

– Como você sabe que ela está aqui?

Eu conheço essa voz. É a Viúva Negra. O que ela está fazendo aqui com Sam?

– Ela estava muito mal quando a deixei aqui na noite passada. Não acho que ela tenha saído. Ei, Sharon, é o Sam. Estou com Natasha aqui. Você está bem?

Deslizo a porta do closet e digito a combinação no cofre escondido atrás do armário de sapatos. Tenho de dividir essa ação em minha mente, não deixá-la vazar para o outro lado da porta de aço.

– Saio em um minuto, Sam. Ainda estou me vestindo. Entrem e fiquem à vontade.

O farfalhar de penas. É claro, Asa Vermelha está com Falcão. Com certeza, empoleirado no pulso de Sam e alisando-se.

– A Viúva Negra está procurando Bucky, assim como nós, Sharon... e ela também tem alguns probleminhas para resolver *vis-à-vis* com Maria Hill.

Para carregar a arma que retiro do cofre são necessários trinta segundos. E ela não funciona até que a luz indicando que está pronta se acenda. Eu não quero fazer isso. Sam é meu amigo. Começo a sentir fortes tonturas. Eu quero dizer-lhes que fujam, mas pensar nisso quase me faz desmaiar.

– *Fique de pé e sorria, Sharon. Você consegue.*

Fico um tempo encostada à parede, tentando me manter firme. Posso me ouvir dizendo algo, mas não estou consciente das palavras que se formam.

— Ah, Sam. Você á a única pessoa que usa a expressão *vis-à-vis* em uma conversa normal.

Enquanto caminho para a sala de estar, escuto o leve sussurro de um comunicador da S.H.I.E.L.D. Natasha responde à sua unidade. Ela tem um fone invisível no ouvido.

— O que foi, Tony? Estou com os dois agora...

— Ele sabe! Está dizendo a ela! Você tem que agir agora!

Levanto a arma e disparo duas vezes.

— É mais fácil do que você pensou, não é? Não se sente melhor agora?

— Sim. Não. Deus, quero morrer.

— Não, isso não vai acontecer, Sharon. Venha falar comigo. Posso resolver isso tudo para você. Tudo vai ficar bem. Contanto que façamos o que nos disseram. É hora de se juntar à revolução, minha querida.

TRECHO DA CARTA DE STEVE ROGERS A TONY STARK

... e vou confiar em você para fazer duas coisas:

Não deixar Bucky ser dominado pela raiva e confusão. Ele tem a chance de uma vida nova – ajude-o a encontrar seu caminho. <u>Salve-o por mim</u>.

Quando ao Capitão América, a parte dele que é maior do que eu – que sempre foi maior do que eu –, não a deixe morrer, Tony.

A América <u>precisa</u> de um Capitão América, agora talvez mais do que nunca. Não deixe esse sonho morrer.

Steve Rogers

22

ÀS VEZES, VOCÊ ESTÁ TOTALMENTE CIENTE de que está tendo um sonho, mas a maravilha disso – ou mesmo o puro terror disso – é que você está tão extasiado que se permite continuar sonhando e não acorda.

James Buchanan Barnes está tendo um desses sonhos. Os anos que ele passou como Soldado Invernal lhe foram arrancados e ele é novamente o adolescente Bucky. Ele sente o uniforme azul e vermelho confortavelmente familiar em sua pele. Está em uma missão nas profundezas da "Fortaleza Europeia" do Terceiro Reich com seu melhor amigo, o Capitão América. Estão correndo por uma paisagem cinza e chamuscada de destroços urbano que de certa forma se parece com Saint-Lô no Dia D, Londres durante a Blitz e o World Trade Center depois do 11 de setembro.

No céu escuro, dois aviões com suásticas nas caudas descem para atirar neles. Capitão e Bucky procuram abrigar-se da torrente de balas, que abrem enormes furos nas pedras das montanhas de destroços. Atrás da parede destruída de uma igreja, eles observam os aviões fazendo a volta para sobrevoá-los novamente. Há bombas fixadas em suas barrigas, indicando que o próximo ataque será mais mortal do que a saraivada de balas.

Capitão América aponta para uma abertura no chão da igreja, com escadas que conduzem a um lugar profundo e escuro. Levariam até as catacumbas fechadas? Aqueles seriam os portões para o Hades? Ou o início de uma fantástica viagem pelo buraco do coelho?

Bucky corre na frente, mergulhando no desconhecido. Afinal, é ele quem leva a metralhadora. A escuridão se revela um túnel de mina com fortes e toscas tábuas de sustentação. Vozes à frente discutem em alemão. Dois soldados com capacetes de aço *stahlhelm* empunham submetralhadoras. Sinais silenciosos passam entre os dois heróis. Uma breve confusão no escuro, e os dois soldados Wermacht jazem um sobre o outro. As paredes da mina de alguma forma se transformaram em um céu aberto cinzento. A artilharia brilha no horizonte. Rastros incandescentes de balas atravessam o terreno. Bucky segue o brilho das balas até uma cratera de lama, onde uma metralhadora alemã lança prolongados disparos de metal mortífero. Capitão América entra na cratera. A equipe que opera a metralhadora vê apenas um borrão vermelho, branco e azul, e Capitão acaba com eles usando apenas o escudo.

Bucky assiste com horror o amigo e mentor erguer a enorme arma do tripé e virá-la contra as tropas que avançam pela neblina. Tropas que usam uniformes verdes e carregam rifles M1 Garand.

Tropas americanas.

– Steve! O que está fazendo? São os nossos rapazes!

O rosto que se vira para responder Bucky está distorcido por um ódio que ele nunca vira.

– Abra caminho para a raça superior.

O cano da metralhadora se volta na direção de Bucky, e as balas parecem flutuar como balões vermelhos, então a excruciante dor de seus impactos desencadeia um grito ininterrupto.

Quando a gritaria para, o céu cinzento, os destroços e a cratera de lama sumiram. Bucky se remexe nas correntes do dispositivo de contenção. Doutor Faustus o observa, coçando a barba com uma mão e ajeitando o monóculo com a outra. Uma enfermeira loira usando um jaleco verde está parada ao lado dele. Algo nela lhe parece familiar, mas Bucky está muito sonolento para lembrar, e sua visão está turva pela medicação.

– De fato, muito interessante. Eu esperava que você cedesse mais facilmente depois do que soube que os russos lhe fizeram, mas você está se mostrando um desafio e tanto.

Bucky adoraria arrancar o nariz do Doutor Faustus a dentadas.

– Saia da minha cabeça, gordão.

– Eu entendo mais do funcionamento da mente humana do que qualquer um neste planeta, garoto. Você acha mesmo que me importo com o fato de alguém como você desprezar meus amplos conhecimentos?

O que se forma no rosto de Bucky poderia ser considerado um sorriso se não fosse tão assustador.

– Ninguém gosta de ser chamado de bosta, seu grande balde de merda fedorenta.

Doutor Faustus mantém a fachada de tranquilidade, mas sua voz trai a vaidade ferida.

– Suas aliterações estúpidas e infantis não me atingem, mas gosto de seu carisma. Mostra que você tem um lado mau, e isso é algo que posso manipular para meus propósitos.

Faustus se volta para a enfermeira. Ela ergue uma bandeja com uma fileira de seringas cheias.

– Dobre a dosagem desta vez.

– Sim, Doutor Faustus.

Ela enfia a agulha no braço de Bucky e aperta o êmbolo até o fim. O rosto que olha duramente para Faustus é o de Soldado Invernal, sem nenhum traço do jovem ajudante do Capitão América em seus olhos sem misericórdia. A cara feia se torna inexpressiva, as pálpebras se fecham e o queixo se apoia no peito.

Doutor Faustus tira o monóculo e o limpa na gravata.

– Excelente. Agora, vamos começar novamente.

23

SAM WILSON ESTÁ NO ESTÁGIO REM DO SONO. Ele se vê deitado em uma estreita maca da enfermaria com um tubo intravenoso enfiado no braço e sensores fixados na cabeça e no peito. A perspectiva é incomumente alta, e o foco notavelmente claro. Com um estalo, ele se dá conta de que está observando a si mesmo pelos olhos de Asa Vermelha, e desperta para ver Tony Stark em pé diante dele. Sobre o ombro de Tony, um lampejo de penas escuras revela o raptor empoleirado em cima de um monitor cardíaco instalado no alto de uma parede. Sam se senta, e a dor atravessa seu pescoço.

– Droga, Stark. Por quanto tempo eu estive apagado?

A resposta vem do outro lado do quarto, onde Viúva Negra está encostada em uma centrífuga.

– Desde ontem de manhã, quando ela nos atingiu com um neutralizador neural da S.H.I.E.L.D.

– Ela? De quem você está falando, Natasha?

Tony Stark responde:

– Da Agente 13. Sharon Carter. A mente dela foi tomada. Em qual extensão, no momento ainda não sabemos. Mas temos quase certeza de que foi Carter quem atirou em Steve Rogers, três vezes, à queima-roupa... e que foram os tiros dela, e não a bala do atirador, que o mataram.

Falcão salta da cama e imediatamente se arrepende disso. Ele aperta firmemente a cabeça e cerra os dentes quando diz:

– De jeito nenhum!

– Eu também não quis acreditar nisso, Sam.

Essa é a última coisa que Falcão quer ouvir.

– Isso é mentira. Sharon *amava* Steve. Ela daria a própria vida por ele. Você, mais do que qualquer um, não deveria acusar alguém de...

– Deixe-me terminar. É altamente provável que ela não esteja mais em posse do controle da própria mente. E ela não é a única.

Natasha pega Sam Wilson pelo braço e o senta em uma cadeira. A raiva de Falcão ainda está ali, mas agora foi redirecionada. A voz de Viúva Negra é equilibrada, mas insegura.

– Nos últimos dias, vinte agentes da S.H.I.E.L.D. desapareceram, e todos eles estavam sendo avaliados pelo mesmo psicólogo no prédio da nossa administração. Achamos que o Dr. Benjamin estava trabalhando para o Caveira Vermelha.

Falcão liga os fatos.

– Foi assim que conseguiram libertar Ossos Cruzados.

– É o que parece, Sam. Metade da equipe de segurança destacada para Ossos Cruzados nunca se reportou, e nunca mais se ouviu falar deles.

– Esse psiquiatra, Benjamin... ele fez lavagem cerebral em Sharon?

– E em muitos outros. Ainda estamos executando uma avaliação de danos.

– Então vocês pegaram o cara?

– Uma equipe de investigação da S.H.I.E.L.D. encontrou o corpo congelado de Benjamin no porão da casa dele. Estava lá havia meses. Alguém foi bem-sucedido em se passar por Benjamim esse tempo todo, e esse alguém deve ser tanto um psicólogo treinado quanto um mestre dos disfarces holográficos.

Sam junta todas as informações em sua cabeça.

– Isso já diminui a lista. Inclua um histórico com o Capitão América à mistura e a lista fica ainda menor. Doutor Faustus tentou mais de uma vez fazer lavagem cerebral em Capitão para que ele cometesse suicídio. Da última vez, ele usou hologramas... e na casa do Caveira Vermelha... Mas Faustus foi morto em sua cela quando estava sob custódia dos federais.

Viúva Negra continua a história.

– Enviamos uma equipe forense para exumar o corpo do Doutor Faustus. O corpo no caixão tinha piolhos, picadas de percevejo e uma enorme quantidade de Moscatel barato no estômago. O Doutor Faustus que conhecemos torceria o nariz para qualquer coisa inferior a um Château Lafite Rothschild... Nunca beberia uma coisa dessas, que pode ser encontrada em qualquer geladeira de bar.

– Faustus e Caveira Vermelha estão trabalhando juntos? – Falcão perguntou. – E Sharon está sob o controle deles? Isso não é uma notícia boa, gente.

Stark alisou a barba bem aparada.

– Verdade, mas há outra coisa que precisamos considerar. Sharon poderia ter matado vocês dois. Nem Caveira Vermelha nem Faustus teriam hesitado em ordenar que ela fizesse isso. Mas, em vez disso, ela os atordoou com um neutralizador neural.

– Isso é importante, Tony?

– Deveria ser.

24

O SOLDADO INVERNAL NOVAMENTE DESVANECEU, e Bucky está na frente e no centro. Dessa vez o sonho tem um narrador. O garoto ajudante parece se lembrar de que a voz pertence a alguém que ele chamou de "gordão", mas não consegue encontrar um rosto que possa relacionar à voz. É assim com os sonhos. Só que esse parece melhor produzido e editado do que as bagunças desconjuntadas que o subconsciente geralmente exibe. A voz é altiva e pedante.

– *Você se lembra de qual era a sensação, Bucky? Fazer parte de uma equipe? Você era um membro dos Invasores, a arma secreta dos Aliados contra a máquina de guerra do Eixo.*

Bucky se vê no meio do barulho cinzento e genérico de uma batalha terminada há muito tempo. Há tanques passando estrondosamente – imensos Shermans verdes com estrelas brancas pintadas nos canhões. Tanques com canhões de 88 mm trovejando a distância. O lento e cíclico disparo dos rifles automáticos Browning tocando em contraponto ao ruído de serra das MG-42.

Os Invasores estão adentrando uma posição *wehrmacht* entrincheirada. Bucky está cobrindo o flanco direito do Capitão. Namor está se posicionando. Tocha Humana e Centelha brilham acima. Bucky deixa cair o pente de sua Thompson e rapidamente o substitui por um cheio, sem perder o passo.

– *Claro, diferentemente dos outros, você não tem nada de especial a oferecer. Eles voavam sobre você. Todos eles. Consegue se lembrar da inveja que o dominava? Aquela sensação de não ser capaz de se igualar?*

Mesmo em seu delírio, o garoto-soldado sabe que o que está sendo dito não é verdade.

— Não está nem perto da verdade. Você está projetando em mim sua própria mente mesquinha e distorcida. É assim que você teria visto, mas não eu.

— Não há motivo para discutir. Eles eram como deuses, enquanto você era um mero rapazinho humano...

A metralhadora cospe chumbo. Uma figura nos campos cinzentos abre os braços e cai.

— ... um garoto assassino. Um pós-adolescente assassino.

— Pare com isso! Era uma guerra. Todos nós matamos. Tínhamos que matar.

Por toda a paisagem tomada de crateras, soldados alemães esfarrapados erguiam as mãos e se aproximavam dos Invasores sob uma bandeira branca. Eles passavam pela lama e pelo sangue com o andar cambaleante dos homens derrotados, os olhos voltados para o chão. Capitão América ergue uma metralhadora Browning calibre .30 como se fosse um brinquedo de criança. Ele começa a gritar enquanto puxa o gatilho.

— Nazista bom é nazista morto!

Uma torrente firme de balas atravessa como uma ceifadeira o grupo de soldados inimigos que se rendia. Capitão repete o horrível mantra diversas vezes. Tocha e Centelha lançam fogo do céu. Namor caminha imperiosamente por entre as fileiras de alemães, quebrando pescoços com as próprias mãos.

Não.

— Esse não é o Capitão. Esses não são os Invasores.

O passado evapora, deixando Soldado Invernal de frente para o Doutor Faustus na sala de contenção. A enfermeira loira de jaleco verde está preparando outra injeção. Não há mais luta contra os restritores. Mas também não há resignação... apenas calculismo e paciência. Melhor conservar a força do que desperdiçar energia inutilmente.

— Não está funcionando. Não vai conseguir me fazer acreditar que aqueles caras eram menos do que heróis.

— Ah, é? Acho que você precisa ver isso no mundo real, ver que não há heróis de verdade.

A enfermeira enfia a agulha seguinte no braço do Soldado Invernal. O cheiro da maresia toma as suas narinas. Pássaros marinhos grasnam, e um motor sobrecarregado faz um som agudo. Novamente ele é o jovem ajudante do Capitão América. Seus dedos estão dormentes depois de um tempo se segurando na fuselagem de um protótipo de drone americano ultrassecreto roubado pelo Barão Zemo. Capitão América está pendurado na asa. Os dois sabem que a nova arma não pode cair nas mãos de Hitler, mas também sabem que aquela aeronave era única e jamais poderia ser substituída. Bucky abre a escotilha do sistema de controle e faz uma terrível descoberta.

– Steve, é uma armadilha. Vai explodir! Temos que pular daqui!

– Não, Bucky. Não podemos deixar que seja destruído. Você precisa desarmá-lo.

Mesmo com o vento feroz uivando e chicoteando seus olhos, Bucky pode ver que a unidade de autodestruição está conectada em série a dois dispositivos antiadulteração.

– Não dá para desarmar, Capitão! Nós vamos morrer!

– Mesmo assim, você tem que tentar, Bucky. E como sou eu quem importa e não pode ser substituído, sou o único que vai sobreviver. Cumpra seu dever, soldado.

Capitão se soltou da asa e mergulhou nas águas geladas do oceano. Parecia que, mesmo acima do rosnado do motor, Bucky podia ouvir os relés dos detonadores se encaixando no lugar.

– *Mas você falhou, não é? O dispositivo detonou, e todo o investimento do Tio Sam foi perdido: o protótipo do drone, Capitão América e você.*

– Eu morri. Capitão nunca disse aquilo. Ele nunca...

– *Era isso que estava em sua mente, Bucky. Mas você não permaneceu morto, não é? Você foi trazido de volta à vida, seu braço explodido foi substituído e você se voltou contra seu próprio povo. Você era deixado no limbo entre missões, então não tinha vida quando não infligia terror e morte. Que destino horrível, e tudo porque Steve Rogers o considerava descartável.*

– Isso é mentira. Steve me mandou pular. Foi decisão minha.

– *O fato é que você sobreviveu, e morreu nas águas geladas, esquecido e depreciado. Jogado fora como lixo inútil.*

– Não.
– *Pode negar algum desses fatos?*
– Estou confuso...
– *Você só teve valor quando era o Soldado Invernal.*
– Mas...
– *Então quem você prefere ser? Bucky ou o Soldado Invernal?*

O homem no dispositivo de contenção ficou em silêncio e fechou os olhos. Dez minutos se passaram sem que ele fizesse um único movimento. A enfermeira ficava mais nervosa a cada minuto. Doutor Faustus esperou pacientemente. Outrora, já havia atravessado períodos de silêncio mais longos. Faustus deixou sua atenção vagar por um momento, e então voltou para encontrar um intenso par de olhos castanhos o fitando.

– O que estou fazendo preso aqui, e porque diabos você está me encarando desse jeito?
– Você sabe quem é?
– Sou o Soldado Invernal.
– Sabe quem eu sou?
– Você é o Doutor Faustus. Você trabalha para o meu chefe, Lukin.
– E sob o comando de quem você está, soldado?
– Eu sigo ordens, e você está acima de mim na cadeia de comando.
– Excelente. Eu sabia que tudo o que tinha de fazer era levá-lo de volta para onde você sempre esteve.

O Soldado Invernal sacudiu as correntes.

– Pode me soltar agora, Faustus.

Doutor Faustus pressionou um botão, e então o dispositivo de contenção soltou o Soldado Invernal.

– Agora, pode devolver minhas armas.
– Ainda não. Não faço nada motivado pelas aparências. Você está preparado para seguir minhas ordens como seguiria as do General Lukin?
– Achei que já havíamos estabelecido isso.

Faustus extrai uma enorme pistola automática do bolso da jaqueta e a estende com o cabo na direção do Soldado Invernal.

— Exijo uma demonstração prática de sua lealdade. Quero que você pegue esta arma e atire em minha enfermeira. Um tiro na cabeça, por favor. Não somos sádicos.

A enfermeira derruba a bandeja. As seringas rolam pelo chão.

Doutor Faustus se afasta para dar a Soldado Invernal uma linha de tiro livre.

— Você se lembra da Agente 13, não se lembra? Sharon Carter, consorte de Steve Rogers, inimiga da Mãe Rússia?

Soldado Invernal ergue a pistola e mira com cuidado. Seu olhar diz tudo o que ele precisa saber, e já está bastante resignado quando aperta o gatilho e sente o recuo.

INTERLÚDIO #10

A CORPORAÇÃO KRONAS opera um centro de treinamento em um local remoto no meio de uma densa floresta. A construção tem a aparência e o funcionamento de uma base militar, e é exatamente isso. Naquela noite, a maioria das forças de segurança da Kronas está reunida no centro para ouvir um pronunciamento de seu líder: Aleksander Lukin, oligarca corporativo e ex-general da KGB. Lukin sobe ao pódio usando a máscara do Caveira Vermelha, ou seria na verdade o Caveira Vermelha usando o corpo de Aleksander Lukin? Quem pode dizer? Certamente nem o próprio Lukin, já que tem Caveira Vermelha vivendo em seu cérebro por tanto tempo que já não consegue distinguir seus pensamentos daqueles que pertencem a Johann Schmidt. Para todos os intentos e propósitos, o homem parado atrás do microfone no pódio é o Caveira Vermelha usando o corpo de Lukin.

Os seguranças foram previamente expostos a um gás especial criado por Doutor Faustus para assegurar a completa aceitação do que lhes será transmitido. Os ex-agentes da S.H.I.E.L.D. subvertidos por Faustus receberam tratamento similar e estão assistindo a uma transmissão criptografada em um local seguro. Caveira Vermelha não sente necessidade de testar o microfone para verificar se está ligado – os técnicos de som conhecem muito bem as consequências de uma falha.

– Soldados da Kronas, eu sou o Caveira Vermelha, e fiz um pacto com seu líder, o grande General Lukin. Juntos, Aleksander Lukin e eu lideraremos vocês pelo caminho da grandiosidade. Os dias de glória pelos quais vocês têm esperado por tanto tempo estão diante de nós.

A multidão murmura sem muita confiança, apesar do gás. Por que deveriam confiar naquele estrangeiro usando uma máscara de Halloween?

– Não deixem que este rosto terrível os confunda. Ele foi criado para pôr medo nos corações dos fracos e inferiores, para inspirar os corajosos e os que têm força de vontade... como todos vocês.

Os murmúrios diminuem e cessam. Ele conseguiu a atenção deles, e o gás está fazendo efeito completamente.

– Vocês, que estão prestes a embarcar em uma grande aventura pelos anais da História. Vocês, que nunca serão esquecidos porque ousaram aspirar a alturas que os insignificantes nunca poderão compreender. Vocês, que vão marchar comigo e com Lukin até uma vitória sem precedentes...

Ele faz uma pausa, para conseguir maior efeito. Os soldados Kronas se inclinam para a frente ansiosos, segurando o fôlego.

– ... quando escreveremos o epitáfio da América com seu próprio sangue!

25

AINDA ESTOU VIVA.

Nem consigo acreditar nisso. A pistola com a trava liberada e o cartucho vazio está fumegando na mão do Soldado Invernal, com o cano apontado diretamente para o nariz do Doutor Faustus. O monóculo e o rosto do grandalhão estão manchados de resíduo de pólvora sem fumaça.

– Um cartucho de festim.

O Soldado Invernal diz isso com tanta certeza que sinto vontade de gritar. Será que ele sabia disso quando apontou a arma para mim, antes de virá-la para Faustus? E, o mais importante, será que o Doutor Faustus se deu conta de que o choque de pensar que eu ia morrer enfraqueceu seu controle hipnótico sobre mim? No entanto, preciso ganhar tempo. Preciso trabalhar para recobrar mais controle, e não posso deixá-lo perceber o que está acontecendo.

– O peso não estava coerente.

O quê? O Soldado Invernal disse isso. Eu tenho que me concentrar. Tenho que ficar ligada. A pistola se ergue. O que ele está fazendo? Está prestes a golpear Faustus com a pistola?

Faustus emite um comando com a voz firme.

– Obstinação.

Dois eletrodos afiados saltam do cabo da pistola que Soldado Invernal segura, perfurando-lhe a palma e o polegar. Um taser de eletricidade em capacidade total o atinge com tanta força que ele cai no chão, e fica se retorcendo de dor, com violentas contrações musculares lhe dando um nó no braço, com dúzias de cãibras. Faustus olha para o homem tremendo e se retorcendo com um revoltante sorriso no rosto.

– Eu lhe disse que não dou nada por garantido. Você deveria saber que eu não lhe daria uma arma funcional. Deveria ter tentado atirar em Carter, pelo menos para manter as aparências.

Soldado Invernal grunhe com os dentes cerrados.

– Vá para o inferno. Eu não deixaria de passar no teste se desse um tiro na sua cara feia, não é?

A sola de um elegante sapato de numeração grande esmaga o rosto do Soldado Invernal. O peso do Doutor Faustus em cima dele é considerável.

– Ah, James... você está começando a ficar cansativo.

Ele continua pisando com força, até Soldado Invernal ficar imóvel e uma poça de sangue se formar embaixo de sua cabeça.

– Enfermeira, preciso de um pano.

Há uma pilha de compressas de gaze entre os suprimentos, no carrinho médico de aço inoxidável que está perto do dispositivo de contenção. Eu dobro uma delas e entrego a Faustus. Ele limpa os resíduos de pólvora do monóculo, e então se curva cuidadosamente e limpa o sangue dos sapatos com o mesmo gaze. Aproveito o intervalo nos procedimentos para tirar o jaleco de hospital que estou usando sobre meu macacão e equipamento de combate.

Uma dupla de soldados da I.R.D.A. levanta um Soldado Invernal inconsciente enquanto Faustus me acompanha para fora da sala de contenção até um dos corredores da instalação subterrânea. Faustus expressa abertamente seu desdém pelos aliados de Caveira Vermelha que estão guardando seu dispositivo de contenção.

– Ideias Radicais de Destruição Avançada. É um nome particularmente pesado e cheira à arrogância, também. Não concorda, Agente 13?

– Não sou mais a Agente 13, e não consigo nem ao menos começar a entender as motivações de um grupo como o I.R.D.A., quanto mais adivinhar as razões por trás de um nome desses. Mas estou curiosa, Doutor Faustus: como você sabia que não tinha subjugado o Soldado Invernal?

Percebo meu erro no exato momento em que pergunto aquilo. Não deveria ter expressado minha curiosidade. Ele vai saber que seu controle está lhe escapando.

– Ele ficou muito obediente de repente. Um sujeito hostil é sempre mais problemático. É preciso dobrá-los várias vezes para ter certeza.

Ele não se deu conta. Está completamente absorto em se vangloriar, muito cheio de si.

Os soldados da I.R.D.A. jogam Soldado Invernal em cima de uma grade, posicionada sobre um ralo, e o lavam com uma mangueira, limpando o grosso do sangue. Faustus continua andando.

– São inúteis até estarem completamente subjugados, você sabe. Eles têm de estar dispostos a fazer qualquer coisa... inclusive morrer e, especialmente, matar. Como você bem sabe, minha cara.

– É claro.

– Minha mãe teria feito qualquer coisa por mim. Ela teria morrido por mim e, claro, até matado por mim. Minha mãe era muito forte. Como você, Sharon.

Por que ele está me contando isso? É bizarro demais.

Os soldados da I.R.D.A. arrastam Soldado Invernal, que está com a cabeça caída, e o colocam de novo no dispositivo de contenção. Com o queixo arrastando pelas irregularidades do chão, seus dentes batem como castanholas.

Faustus continua falando com seu jeito egocêntrico e enlouquecedor. Eu imagino uma marreta atingindo seu rosto, mas sorrio e assinto nos momentos apropriados.

Este prato será servido frio, mas ainda assim será saboroso.

26

A AVE DE RAPINA CIRCULA acima do beco escuro onde Falcão e Viúva Negra estão parados diante de um bueiro aberto.

– Tem certeza de que está ouvindo-o corretamente, Sam?

– Não é como ouvir qualquer outra coisa, Tasha. Asa Vermelha está me mostrando o que viu... É um tipo de projeção em minha cabeça. E o que ele viu foi Sharon descendo por este bueiro logo depois que nos atacou em seu apartamento.

Asa Vermelha desce em espiral e se empoleira no braço de Falcão. Há algo nos olhos daquela ave que faz Natasha se lembrar dos velociraptores em um filme de dinossauros.

– Seu pássaro não foi derrubado também?

– Ele sofreu danos residuais através de mim... pelo caminho neural que permite que nos comuniquemos. Ele rapidamente se recuperou e a seguiu, mas não entrará no esgoto, nem mesmo se eu entrar.

Viúva Negra olha fixamente para a escuridão malcheirosa a seus pés.

– Concordo com Asa Vermelha. Eu não gosto da ideia de entrar em um bueiro. Nada de bom pode vir dali.

– Temos que entrar dessa vez. Temos que encontrar Sharon.

– Então vamos logo com isso.

Levantando voo do braço de Falcão, Asa Vermelha vai até uma escada de incêndio e pousa ali, onde beberica água de uma tigela para gatos. Sem piscar, ele observa Falcão e Viúva Negra descerem os degraus de ferro até o sistema de drenagem de águas pluviais da cidade de Nova York.

"Esgoto" é um termo inapropriado. A maior parte da água da chuva cai de telhados, calçadas, asfalto e outras superfícies impermeáveis da cidade e não é absorvida pelo chão. Ela deve ser redirecionada para os bolsões de água mais próximos por uma série de condutores. Os condutores menores convergem para túneis maiores, tais como este em que Falcão e Viúva Negra estão. Falcão está cismado, guardando os pensamentos para si mesmo. Viúva Negra quebra o silêncio.

– Você está bem?

– Acabei de descobrir que uma boa amiga matou meu melhor amigo, e que ela está fora de si. Sim, estou muito bem.

– Bom saber, Sam.

Uma passagem na intersecção entre três dos grandes condutores está fechada com uma placa de madeira compensada com o aviso "FECHADO POR MOTIVO DE OBRAS".

Uma marca de arrastão na sujeira no chão do túnel faz uma curva a partir de um dos lados da madeira, formando um arco, o que indica que há uma dobradiça no lado oposto do compensado. Falcão puxa a madeira, que se abre como uma porta, revelando um corredor estreito que faz uma curva para a esquerda. O corredor termina numa portinhola de metal. Sam segura a maçaneta, mas Viúva Negra o detém. Ela cuidadosamente examina as bordas da portinhola.

– Apenas verificando se há alarmes ou armadilhas. Hoje em dia, nunca é demais tomar certos cuidados.

Um Falcão não muito seguro puxa a portinhola.

A continuação do corredor atrás dela é totalmente cheia de raios laser cruzando o caminho em todas as direções.

Falcão dá um passo para trás.

– Com certeza isso é tecnologia da I.M.A. ou da I.R.D.A. Acho que devemos ficar aqui, pedir reforços e deixar que uma equipe de assalto da S.H.I.E.L.D. caia matando sobre eles.

Viúva Negra retira do cinto uma unidade de alimentação de circuitos.

– Mas isso é o mesmo que pedir um ataque de um B-52 com bombas antiabrigo. Nós queremos tirar Sharon viva de lá, não queremos?

27

OS NERDS DA I.R.D.A. ESTÃO CURVADOS sobre seus consoles ou digitando furiosamente em seus tablets quando eu entro atrás de Doutor Faustus no centro de controle. Eles estão tacitamente ignorando a face do Caveira Vermelha que brilha no monitor central de comunicações codificadas. Suponho que o Caveira Vermelha os tenha em tão baixa conta quanto eles o têm. São apenas itens úteis uns aos outros. Se aquele maníaco mascarado estivesse nas instalações da I.R.D.A. conosco, eu encontraria um jeito de arrancar aquele sorrisinho de sua cara. Os nerds da segurança portam pistolas. E não tenho dúvidas de que posso derrotar um deles. Mas devo deixar meus desejos de lado por enquanto e planejar com cuidado. Só terei uma chance, e vou tirar o máximo dela. Caveira está furioso por ter sido deixado esperando.

– Já era hora de você aparecer, Faustus. Você é importante demais para responder às mensagens, é isso?

– Eu estava cuidando de negócios. Dos seus negócios, Johann. Estava cuidando do seu sujeito.

– Não se dirija a mim usando esse nome, e pare de arrastar os pés. Seu progresso com o sujeito é insatisfatório. Eu quero o Soldado Invernal de volta à ação, do jeito que costumava ser. Eficiente, confiável... e, acima de tudo, *obediente*.

Faustus se inclina para trás e para a frente em seus sapatos caros, com as mãos enfiadas nos bolsos, em uma demonstração de que não é subserviente.

– E se eu não conseguir fazer isso a tempo?

– Não complique meus planos com suas falhas. Se ele não for útil novamente em vida, extrairei algum valor de seu cadáver.

Sem se dar ao trabalho de se despedir, Caveira Vermelha simplesmente interrompe a conexão. A tela fica preta.

Eu deveria saber que o plano era matá-lo desde o começo. Nada em meu treinamento me preparou para resistir a um sequestro mental e à manipulação, mas eu preciso resistir, e tenho que fazer o Caveira Vermelha pagar por seus atos.

Luzes vermelhas começam a piscar nos consoles de controle. Em algum lugar, um alarme começa a soar. Uma equipe de segurança atravessa o centro de controle e corre por um corredor na direção do alarme. Um técnico da I.R.D.A. se dirige a Faustus.

– Falha de segurança, senhor. Houve uma flutuação de energia em um de nossos perímetros de campo alguns minutos atrás, então eu enviei uma equipe de manutenção armada para verificar.

A luz vermelha piscante refletida no monóculo de Doutor Faustus o faz parecer mais diabólico do que nunca.

– Por que não fui informado imediatamente?

– Essas coisas acontecem. Ratos roem os cabos, água danifica os circuitos... O problema é que a equipe não se reportou mais, e suas unidades GPS ficaram mudas.

– Isso aconteceu quando você iniciou o alerta e soou o alarme?

– Não, senhor. Primeiro despachei o esquadrão de segurança para investigar. Soei o alerta quando eles deixaram de responder e suas unidades de localização saíram do radar.

Empurrando o técnico para o lado, Faustus vai até o console. Quando acessa as imagens das câmeras de segurança e o mapa das instalações, vê a equipe de segurança, indicada por luzes verdes piscantes, convergindo até a falha no perímetro. Meu coração acelera um pouco quando as câmeras começaram a falhar, e a luz verde mais próxima da falha se apaga.

Faustus se ergue e se volta para me encarar.

– Acho que nós ainda não terminamos, Agente 13.

O quê?

Eu já tinha ouvido essa frase antes...

Ah, meu Deus, é um *gatilho*. Está reinstalando e reforçando todos os controles que consegui desmantelar até agora. Eu tento resistir. Devo seccionar minha mente para que meu verdadeiro eu continue intacto e em segurança, já que não pode estar no controle.

Outra luz verde pisca no mapa da instalação. Um técnico em outro console grita em pânico.

— Temos confirmação visual, Doutor. São os Vingadores.

O técnico ergue seu tablet, que está recebendo transmissões da câmera de capacete de um dos esquadrões de segurança. A imagem está tremida e embaçada, mas parece mostrar uma figura de preto e outra de vermelho abrindo caminho a socos e pontapés por uma tropa da I.R.D.A.

Faustus está agora visivelmente abalado.

— Isso é ridículo. Impossível. Como eles conseguiriam...?

— São apenas dois. Viúva Negra e Falcão. Devo selar e explodir o local?

Sinto tontura e fico paralisada. É quase como se estivesse vendo tudo de fora do meu corpo – um fantasma de mim mesma, observando desinteressadamente a distância. Faustus acaricia a barba obsessivamente, imerso em seus pensamentos.

— Confinamento total. Negue o acesso pelas portas de contenção a todos os cartões de segurança, exceto o meu. Apague todos os discos rígidos, jogue as impressões no fogo e comece os procedimentos de evacuação. E traga até mim meu maldito prisioneiro.

Ele se vira para mim, agarra-me pelo colarinho, segurando-me com os dedos de salsicha, e puxa meu rosto para perto do dele. Seu hálito fede a mocotó suíno e enguia defumada, cujos restos eu posso ver por entre seus dentes.

— *Acho que nós ainda não terminamos, Agente 13.*

O Doutor Faustus se transforma de um homem odioso com halitose em um venerável mentor. Tudo o que ele diz faz o mais perfeito sentido para mim. Eu sei que tudo o que ele me pede é o melhor para mim. E fico extremamente feliz em poder agradá-lo de todos os modos.

No entanto, por que será que sinto essa pungente sensação de desconforto?

Ele saca do bolso do paletó uma arma de aparência familiar e a enfia no coldre vazio do meu cinto.

– Você é um soldado, Agente 13. Fará seu dever sem falhar, não é?

– É claro, Doutor, eu sempre farei a escolha que beneficiará nossa causa.

– Muito bom.

Sem soltar meu colarinho, ele me arrasta pelo corredor com ele. Mais luzes estão piscando e equipes de segurança passam correndo com armamento pesado. Agora posso ouvir o tiroteio. Disparos de armas automáticas e o zumbido estridente de armas de energia avançadas. Eu tento manter o passo com a corrida desajeitada de Faustus, mas simplesmente sigo tropeçando em minhas próprias pernas. Por que ele não me larga? A única coisa que quero é servi-lo.

Embora possua inúmeras cópias do cartão de segurança, ele tem que procurar nos bolsos até encontrar aquele que nos permite entrar na área de fuga. Na verdade, é um hangar para um transporte secreto da I.R.D.A. – uma coisa metálica quadrada com asas largas e planos lisos em ângulos, para melhor desviar os sinais de radar. Jaz sobre um trilho de lançamento que faz uma curva ascendente em um túnel que provavelmente passa através de um edifício abandonado na área industrial acima. As portas de rampa da cauda estão abertas e os técnicos estão carregando itens de segurança de último minuto enquanto as turbinas de lançamento começam a ganhar velocidade. O piloto está parado na rampa, verificando o cronógrafo em seu pulso. A janela para fuga é de menos de cinco minutos, a este ponto. E eu vejo tudo, claro como água, e não dou a mínima. É assim que funciona quando alguém está controlando sua mente.

Um técnico de comunicações corre até Faustus.

– Doutor, o prisioneiro escapou. Nós o dopamos com um sedativo, o tiramos do dispositivo de contenção e o trancamos em uma camisa de força de fibras de adamantium. Mas ele derrubou duas equipes de segurança apenas com os pés.

Para a sorte do técnico, Faustus não estava segurando uma arma, ou ele ganharia um buraco fumegante na testa. Fico feliz por Faustus não estar bravo comigo. Tudo o que quero é agradá-lo. Faustus me entrega um de seus cartões de segurança.

– Agente 13, você tem três minutos para derrotar o Soldado Invernal e trazê-lo aqui. Não esperaremos nem um segundo a mais. Agora vá.

Não perco tempo respondendo a ele. Corro a toda velocidade pelos corredores, em direção ao ponto de onde está vindo a confusão, contra o fluxo de técnicos da I.R.D.A. que está fugindo.

– *Mais rápido, Sharon. Você tem menos de noventa segundos para encontrá-lo e...*

– Salvá-lo. Sim, eu devo salvá-lo.

– *Não, isso não faz parte do protocolo. Derrote-o e o traga até mim.*

– Mas você vai matá-lo.

– *Obedeça às minhas ordens, Sharon. Lembre-se, você matou Steve Rogers, que significava muito mais para você do que este. Você pode matá-lo também se eu pedir isso, certo?*

De algum modo, estou de joelhos no chão do corredor.

Espasmos musculares e enjoo me abatem como ondas. Eu preciso seguir as ordens. Mas preciso salvar Bucky. É como se meu cérebro estivesse tentando se dividir em dois. Não posso abandonar Faustus, mas Bucky era... é... oh, Deus... Bucky. Estou dizendo seu nome em voz alta?

– Estou bem aqui, Sharon. Está tudo bem.

E ali está ele, diante de mim. Com o rosto todo machucado. Os braços ainda presos nas vestes de adamantium. Há sangue em suas botas.

Bucky.

– Nós vamos sair daqui. Você e eu. Eu abandonei o Capitão nos degraus do Tribunal, e agora vou fazer o que é certo.

Ah, Bucky, tudo aquilo foi muito errado para ser feito novamente... Mas eu não digo isso em voz alta. Ele me lança seu sorriso infantil e honesto.

– Vamos lá, Sharon, recomponha-se. Vamos acabar com isso. Eu sei que ainda há uma parte de você no controle aí.

Estou aqui, mas não no controle.

Puxo o neutralizador neural que Faustus me devolveu, ligo-o, configuro-o para "carga máxima" e aperto o gatilho. Bucky ainda está se contorcendo no chão quando dois soldados da I.R.D.A. se aproximam para ajudar a carregá-lo até o transporte de fuga.

As equipes de segurança dão cobertura à nossa fuga, mantendo fogo de supressão. Falcão e Viúva Negra estão a menos de dez metros de nós. Faço um esforço imenso para não pensar neles. Isso me faz sentir vertigem.

Bucky é jogado dentro do transporte. Os pistões hidráulicos fecham a rampa, e nós aceleramos sobre os trilhos de lançamento.

Cargas explosivas são detonadas para abrir o silo de escape no edifício que serve como cobertura. Fragmentos de tijolos e cobre atingem a fuselagem enquanto irrompemos na direção do céu. Aperto o cinto o melhor que posso, observando Bucky rolando e debatendo-se, então o avião atinge massas de ar quente e passa por gradientes de vento enquanto voa por entre os edifícios. O piloto berra para se fazer ouvir além do ruído dos motores.

– Um deles está vindo atrás de nós, e está ganhando velocidade!

Alguém que voa rápido o bastante para alcançar um minijato da I.R.D.A.? Só pode ser o Falcão. Ele é meu amigo... Ei, espere, ele é meu *amigo*... A dor apunhala meu cérebro. O piloto manobra enlouquecidamente para se livrar do perseguidor. O corpo de Bucky parece não ter peso enquanto a nave mergulha, e com um baque atinge novamente o chão quando nivelamos. O nariz da nave aponta para cima, e Bucky rola até a rampa.

A rampa.

Fique firme, Sharon. Compartimentando meus pensamentos, solto o cinto de segurança e me coloco de pé. Seguro em uma das cordas da área de carga e prendo o gancho de segurança no mosquetão que tenho no uniforme de combate.

– *O que você está fazendo? Pare, Sharon. O que você...*

– Cale a boca.

– *O que você disse?*

– Eu disse "Cale a boca". Eu sei como me livrar do Falcão.

Faustus descobre o que estou fazendo antes que eu segure a alavanca de emergência da rampa. Infelizmente, ele é esperto demais para não soltar seu cinto de segurança.

Bucky é o único no compartimento que não está preso, e é sugado para fora antes que a rampa se abra completamente.

Antes que eu feche a rampa, vejo Falcão mudando a trajetória de seu voo para interceptar o corpo de Bucky em queda. Não é muito, mas é o melhor que posso fazer sob as atuais circunstâncias.

O piloto anuncia que estamos em altitude suficiente para viajar de modo invisível. Agora estamos invisíveis aos sensores e radares da S.H.I.E.L.D. O Doutor Faustus não está o que se poderia chamar de calmo.

– O que se passa no resto de sua mente, Agente 13? Hein? Por que você libertaria o nosso prisioneiro?

Seja simples e direta, Sharon. Não elabore e não permita que nenhum de seus reais pensamentos vaze.

– Porque funcionou. Falcão não nos deteve, não é? Você não iria matar o prisioneiro, de qualquer maneira?

Faço um esforço para pensar em móveis suecos e me imagino passando roupas – qualquer coisa, menos a verdade. Faustus me encara sem piscar. Minutos se passam antes que ele diga algo.

– Sim, bem... Eu revisei as permutações e extrapolações; todas as alternativas possíveis seriam altamente insatisfatórias, e bastante fatais. Seus atos podem ter nos condenado diante dos olhos do Caveira Vermelha, mas esse resultado é passível de negociação.

É preciso muita força de vontade para não deixar o alívio visível em meu rosto.

INTERLÚDIO #11

O CAVEIRA VERMELHA vai direto ao ponto.

— Você está certo, Faustus. Eu deveria tê-lo levado para o beco e lhe dado um tiro atrás da orelha.

— Mas o aspecto prático a longo prazo não se sobressai ao aspecto emocional de curto prazo?

Eles caminham pelo corredor de um dos andares privativos da Torre Kronas. Os técnicos e seguranças que passam pelo homem de monóculo e pelo homem de máscara de caveira no hall os ignoram por uma boa razão: o desejo de permanecer entre os vivos.

— Mas o fracasso, assim como perder o Soldado Invernal... — o Caveira Vermelha sibila. — Seria melhor você ter fugido do que ter me trazido tais notícias.

— Um homem deve ser responsável por seus erros. Quantos planos grandiosos se tornaram cinzas porque subordinados falharam em passar os resultados negativos aos seus superiores?

Caveira Vermelha inclina a cabeça para o lado e examina Doutor Faustus, quase como um predador analisando um competidor numa disputa territorial.

— Sua mente é um labirinto maquiavélico de pensamentos duplos e negociações triplas. Seus motivos estão escondidos sob os véus do engano. Mas eu preciso que você finalize seu trabalho, por isso suspenderei qualquer julgamento por enquanto. Quanto à mulher, é outra questão. Quero que ela seja punida.

— Ela está confinada em uma cela, *Herr* Caveira. Verei o que faço com ela assim que possível. Quanto ao meu trabalho, preciso saber se o corpo está pronto.

– Arnim Zola me garante que em breve estará. Mas serei forçado a apressar as coisas. Nossas fontes nos informaram que o maldito garoto-soldado foi salvo pelo Falcão e agora está preso no aeroporta-aviões. Ele conhece nossos segredos, e agora está nas mãos dos inimigos.

28

A VOZ DE FALCÃO ESTALA no viva-voz do escritório de Tony Stark a bordo do aeroporta-aviões.

— Ele já está consciente, Tony? Você falou com ele?

Stark aperta a ponta do nariz, desejando que a dor de cabeça desapareça.

— Sam, ele está acordado e algemado à mesa de aço, na mesma sala onde interrogamos Ossos Cruzados. Está sob vigilância 24 horas, e Natasha foi encarregada de cuidar do laboratório de engenharia.

— Parece que você está evitando o interrogatório...

— Natasha acha que seria melhor ela dar o primeiro passo, já que eles têm uma história e tal. Ela vai deixá-lo cozinhando por um tempo.

O diretor imagina como seria voar ao ar livre, fora do confinamento claustrofóbico de um traje de metal. Pode ouvir o vento por trás da voz de Falcão, mesmo com os filtros ligados.

— Melhor sermos cuidadosos. Não sabemos o que aqueles doentes fizeram com ele. E não se esqueça de que Bucky era importante para Steve, então agora ele é importante para *mim*. Realmente importante.

— Entendi, Sam. Espero que você não acredite que eu precise ser lembrado disso. Olhe, apenas se concentre em rastrear Faustus e encontrar Sharon. Eu agirei certo com Bucky. Eu prometo.

— Confio em você, Tony.

Uma chamada de prioridade vermelha está pulsando energicamente na visão periférica de Stark.

— Preciso desligar. Uma chamada de emergência está chegando do laboratório de engenharia.

— Até mais.

– Diretor Stark falando.

A voz na linha interna é familiar, e forçada, despejando informações em jorros desesperados.

– Senhor, aqui é Milt Shapiro... engenheiro sênior no Laboratório 3... Senhor, o *braço*... a poderosa prótese do Soldado Invernal... a maioria de seu design e de seus componentes... senhor, são *nossos*.

– Foi construído pela S.H.I.E.L.D.? Isso significa que em algum momento tivemos um espião russo?

Shapiro expressa uma opinião alternativa.

– Ou o prisioneiro de quem removemos o braço... estava trabalhando diretamente para o diretor Nick Fury... quer dizer, o ex-diretor Fury.

Andando de um lado para o outro na frente de sua mesa, Tony Stark percorre mentalmente uma centena de possibilidades e suposições.

– Escute, Shapiro. Desconecte a fonte de energia interna desse braço imediatamente e o tranque em um cofre de segurança de adamantium...

– Senhor... ele se autoativou há dez minutos. Ele utilizou algum tipo de arma de descarga elétrica. Todos os que estavam no laboratório ainda estão inconscientes... Quando eu cheguei aqui, ele já tinha sumido. A grade do sistema de ventilação foi arrancada.

Stark fica imóvel enquanto as implicações de tais informações são digeridas.

– E você não soou um alerta de segurança Classe A imediatamente? Essa coisa está à solta no aeroporta-aviões há quase dez minutos?

– Senhor, a autorização para esse tipo de alerta está acima da minha posição, e...

A linha fica muda, as luzes se apagam e o zumbido de fundo da atividade mecânica do aeroporta-aviões silencia.

Quando as luzes voltam a se acender, uma voz gerada por computador anuncia:

– Flutuação no sistema de energia... níveis dois, três e sete.

Nível sete é onde fica a área de segurança.

Em uma ligação direta para lá, Tony Stark passa a senha verbal para os agentes que monitoram o prisioneiro nas celas.

– Natasha, que diabos está acontecendo aí?

A transmissão de vídeo da cabine de vigilância é 50% estática. Viúva Negra responde enquanto verifica as cargas de seu bracelete e aumenta a potência de um neutralizador neural de terceira geração.

– Perdemos energia por alguns segundos. Todas as câmeras nas celas pararam de funcionar quando a energia voltou, juntamente com os sensores de identificação e os detectores de movimento.

Entrando no módulo de vestimenta de seu traje, Stark envia um comando de voz para colocar todo o aeroporta-aviões em um alerta vermelho 227 enquanto transmite ordens à Viúva Negra.

– Vede todo o andar, Natasha. Estou a caminho. Quero que fique de olho em Bucky imediatamente. O braço dele desapareceu do laboratório.

Stark está completamente dentro da armadura do Homem de Ferro antes de terminar de dar a ordem de confinamento à Viúva Negra. Os sistemas internos da armadura já estão carregando os repulsores. Ele transfere as comunicações para o capacete, e a voz de Viúva Negra é ouvida em seus fones.

– Eu estava observando-o pelos monitores segundos antes de desligarem. Isso foi há menos de um minuto.

Há dois minutos de estática enquanto ela atravessa as portas duplas à prova de explosão e os disruptores de campo de força até chegar à área de confinamento.

– Tony, estou no vestíbulo da sala de interrogatório. Há seis agentes no chão. Todos estão respirando, mas suas armas e munições desapareceram.

– E a sala de interrogatório?

– A porta está aberta. De onde estou, posso ver lá dentro. A saída de ar foi destruída, e as algemas foram arrancadas dos suportes de aço na mesa. Bucky está à solta, Tony. E está com o braço.

Um alerta 227 no aeroporta-aviões significa que todos os corredores e passagens devem ser liberados, e todo o pessoal, com exceção dos seguranças em patrulha, deve ficar em suas estações com as escotilhas seladas. A grande nave parece quase deserta enquanto Homem de Ferro voa pelos corredores. Ele chega até os enormes elevadores que movem as naves dos andares de hangar até a pista de decolagem. Este é o ponto fraco dos confinamentos de segurança, pois os enormes poços permitem acesso livre entre os pisos. Se o Soldado Invernal estiver vindo para o segundo andar com a intenção de se vingar de Tony Stark, é por ali que ele vai chegar.

A placa facial do Homem de Ferro está aberta. Ele precisa falar com Bucky cara a cara. Seu traje lhe transmite as últimas atualizações quanto à situação na Sala de Operações do aeroporta-aviões e dos próprios sistemas da armadura.

– Flutuação de energia registrada no Piso Dois. Conexões de comunicação e sensores de detecção de invasores severamente comprometidos.

O nódulo do repulsor implantado em seu peito diz a Homem de Ferro que não há nenhum emissor de energia ativo nas redondezas, ou algo que possa detectar a aproximação do Soldado Invernal.

No canal aberto, Homem de Ferro emite uma ordem de prisão de fugitivo para o Soldado Invernal, com a reserva de que as equipes de segurança não estão autorizadas a usar força letal. Ele está quase terminando de reiterar que o fugitivo deve ser capturado vivo quando é atacado por algo que vem de cima, atrás dele.

O golpe dado pelo poderoso braço de Soldado Invernal manda o Homem de Ferro para o outro lado do hangar. Os estabilizadores giroscópicos e os rápidos reflexos permitem que o vingador vermelho e dourado pouse de pé, de frente para um adversário repleto de submetralhadoras, pistolas e pentes de munição roubados da equipe de segurança na área de contenção.

– Jogada esperta, Bucky... Colocar a fonte de energia de seu braço em espera e protegendo-o até pouco antes de atacar.

– Mais esperta que as suas jogadas, Stark. Muito estúpido de sua parte ter me trazido aqui.

O sistema de análise de ameaças da armadura emite um aviso e uma confirmação de reação nas configurações que Stark havia feito enquanto ia para o andar do hangar. *Ataque de pulso eletromagnético de precisão iminente. Energia da armadura desligada. Fonte de energia protegida.*

O pulso eletromagnético do Soldado Invernal, que poderia ter fritado metade do sistema de energia elétrica de Manhattan, parece não ter nenhum efeito em Homem de Ferro. Tony Stark coloca a placa facial de volta ao lugar e a trava.

– Não sou tão estúpido assim, garoto.

– *Energia da armadura ligada. Repulsores completamente carregados.*

O duplo disparo que sai dos repulsores nas palmas de Stark arremessa Soldado Invernal contra uma das paredes do hangar. A voz do Homem de Ferro reverbera pelas anteparas de metal e grades no chão.

– Você está perdendo seu tempo, e me fazendo perder o meu. Não há como me derrubar, então vamos tratar disso como adultos e...

O soco desferido pelo braço protético ressoa no peito blindado do Homem de Ferro como uma britadeira, lançando-o de volta para perto dos elevadores da gigante aeronave. Implacável, Soldado Invernal fuzila Homem de Ferro com duas pistolas, esvazia os pentes de duas submetralhadoras e lança algumas granadas de atordoamento. Homem de Ferro fica caído contra uma das anteparas do andar. Os painéis da antepara pendem, amassados e tortos. Uma fumaça acre sobe e uma chuva de fagulhas cai sobre o herói. O traje blindado parece não ter sofrido um único arranhão.

– É inútil. Você não pode vencer, Bucky.

– *Atenção. Unidade de armazenamento de dados do aeroporta-aviões comprometida. Diagramas esquemáticos da fiação acessados por usuário não autorizado.*

Diagramas da fiação.

Chuva de fagulhas.

Os cabos de alta voltagem de energia dos elevadores.

O punho protético já está em movimento quando Tony Stark compreende as implicações, e ele é propelido até os cabos arqueados e expostos.

A energia de Homem de Ferro imediatamente se desliga e entra em modo protegido para evitar que se esvaia completamente. Nos dois segundos de desligamento completo, Stark utiliza cada milímetro de energia que tem para se afastar da antepara e evitar contato com os cabos. Pode sentir o coração entrando em arritmia. Pode sentir a escuridão dominando-o enquanto o fluxo sanguíneo do cérebro se torna errático.

– *Perigo para o sistema de energia superado. Armadura recarregando. Energia em 57%.*

O braço do Soldado Invernal já está em volta do pescoço de Stark. O braço construído com tecnologia S.H.I.E.L.D., fornecida pelas Empresas Stark.

– *Integridade do capacete comprometida.*

O capacete está mais do que comprometido – está no meio do hangar, e Stark sente o cano de uma pistola da S.H.I.E.L.D. pressionado contra sua testa exposta.

– Quem está vencendo agora, Stark?

Stark nem ao menos pisca ao responder.

– Eu.

Stark movimenta os dedos. Os olhos do Soldado Invernal se lançam de um lado para o outro entre as duas palmas do Homem de Ferro. Os emissores de raios repulsores emitem um brilho azul-claro.

– Eu poderia liquefazer seu cérebro dentro do crânio desde o início de nosso pequeno impasse, e posso fazer isso agora se você simplesmente piscar. Mas eu definitivamente não quero.

– Por que não?

– Porque Steve Rogers me pediu para salvá-lo de si mesmo.

– O quê?

– Podemos conversar na minha sala?

Soldado Invernal senta-se diante da mesa de Tony segurando a carta de Steve Rogers. Ele a leu uma dúzia de vezes, e não desvia o olhar da carta quando Viúva Negra entra na sala executiva com um esquadrão de reforço da S.H.I.E.L.D. formado por especialistas em segurança armados com enormes neutralizadores neurais "tamanho família" apoiados nos ombros.

Stark, ainda sem capacete, dispensa a equipe de segurança, mas pede a Natasha que fique. A tropa se dispersa. A porta tranca automaticamente atrás deles, e o restritor de som aciona-se.

O homem que ergue o olhar da carta é mais Bucky do que Soldado Invernal, e quase se pode ouvir na voz dele o garoto que seguia Capitão América durante a guerra. Ele lê a mensagem em voz alta.

Silêncio, seguido por um curto "ah" da Viúva Negra.

Bucky pergunta:

– Isto é de verdade?

Stark cruza os braços.

– O advogado que a entregou obteve o atestado de Matt Murdoch, e nossos melhores grafologistas comprovaram que a letra é de Steve. Que tal se colocarmos nossas diferenças pessoais de lado para ir atrás de Caveira Vermelha, o verdadeiro responsável pela morte de Steve?

Bucky empurra a cadeira para longe da mesa, reclina-se e segura os apoios para braço. Ele fala direcionado ao espaço entre Stark e Viúva Negra.

– Eu sei onde ele está. Ele estava bem debaixo do nosso nariz esse tempo todo... Esperem, não comecem a reclamar agora. Eu também não sabia, até que ele me capturou.

A pausa é menos para efeito do que para reunir os pensamentos.

– Ele é Aleksander Lukin. Ou, de algum modo, ele está dentro da mente de Lukin. O Cubo Cósmico está envolvido, então qualquer coisa é possível.

Pouquíssimas coisas podem espantar Tony Stark. Suas reações sempre envolvem o fato de sua mente acelerar para buscar uma solução, e ele nunca demonstra os resultados. Viúva Negra é tão metódica quanto, mas de um jeito diferente, ela relembra os dados à sua disposição.

– Eu conheço Lukin. Ele é um ex-KGB, um protegido de Vasily Karpov que se transformou num oligarca corporativo depois da desconstrução da União Soviética. Ele dirige a Corporação Kronas, e existe um rumor de que ele tem um exército particular. Se agora ele é o Caveira Vermelha, isso significa que...

Com um movimento de mão, Stark liga a tela de múltiplos monitores na parede.

– Computador, preciso da transmissão dos canais de notícias e da imprensa on-line. Busque pelo assunto "Aleksander Lukin", e priorize por data e importância.

As telas e projeções holográficas processam centenas de vídeos e artigos até que cada um deles passa a exibir a mesma reportagem, veiculada havia menos de uma hora. O que se vê na imagem tremida da câmera ao vivo é a fuselagem de um avião Ilyushin Il-96 afundado até a metade em águas agitadas. A legenda abaixo da imagem diz "PRESIDENTE DA CORPORAÇÃO KRONAS, LUKIN, MORTO EM ACIDENTE AÉREO".

A narração é um "pronunciamento recebido" padrão da BBC.

– ... *entre os corpos retirados do local do acidente estava o do recluso presidente Aleksander Lukin, que fundou a Corporação Kronas depois que se autoimpôs um exílio de sua terra natal, a Rússia. Mais detalhes no noticiário das onze.*

Bucky é o primeiro a falar.

– É um truque. Ele não está morto... não se o Caveira Vermelha ainda estiver dentro da cabeça dele. Como Lukin, o Caveira pode andar livremente por aí. Ele sabia que tinha de cobrir suas pegadas assim que caí nas mãos de vocês. Lukin tinha que desaparecer porque vocês têm o poder e os recursos para ir atrás dele.

– E seja lá o que o Caveira Vermelha esteja planejando, com certeza terá que acelerar o cronograma. – Stark se inclina sobre a mesa para ficar na mesma altura de Bucky. – Então, você vai assumir seu papel ou não?

– Papel? Você está interpretando equivocadamente esta carta se acha que Steve me nomeou para assumir o lugar dele.

– A lista é bem curta, só tem o seu nome nela.

A carta ainda está nas mãos de Bucky.

– Ele está com a namorada de Steve. Sua Agente 13.

Viúva Negra faz menção de tocar o ombro de Bucky, mas para de repente.

– Sabemos disso. Era Sharon Carter que Falcão e eu estávamos tentando salvar quando o encontramos.

Bucky movimenta vigorosamente a cabeça, fazendo que não, como se fosse capaz de transformar a negação em realidade se a tornasse física.

– Mesmo assim, Steve não disse isso na carta. Ele não deixou isso claro.

– Eu sei exatamente o que ele escreveu – Stark toca o canto da carta com o dedo indicador, e em seguida o aponta para o nariz de Bucky. – Mas você também não permitiria que ninguém mais assumisse esse papel, certo? Você leu a carta dez vezes? Eu já a li umas cem. Você quer ser aquele que o decepcionou? Eu sei como é esse sentimento. E, acredite em mim, você não vai querer sentir isso.

A carta treme nas mãos de Bucky enquanto ele a lê mais uma vez. Ele joga a folha na mesa e se levanta.

– Está bem. Eu faço isso. Mas com duas condições.

O ex-garoto-soldado passa a mão verdadeira pelos cabelos.

– Primeiro, quero que seus técnicos entrem em minha cabeça e revertam o que foi feito, para que ninguém mais possa me controlar. Quero que arranquem qualquer código de segurança ou implante de códigos de palavras que acordem o Soldado Invernal.

– Feito. Qual é a segunda condição?

– Eu não respondo a você, nem a mais ninguém. Steve não respondia. E, se eu me tornar o Capitão América, também não responderei.

Tony Stark teve de pensar nisso. Mas não por muito tempo.

– Posso conviver com isso.

PARTE 4
OS MELHORES PLANOS DE RATOS E HOMENS

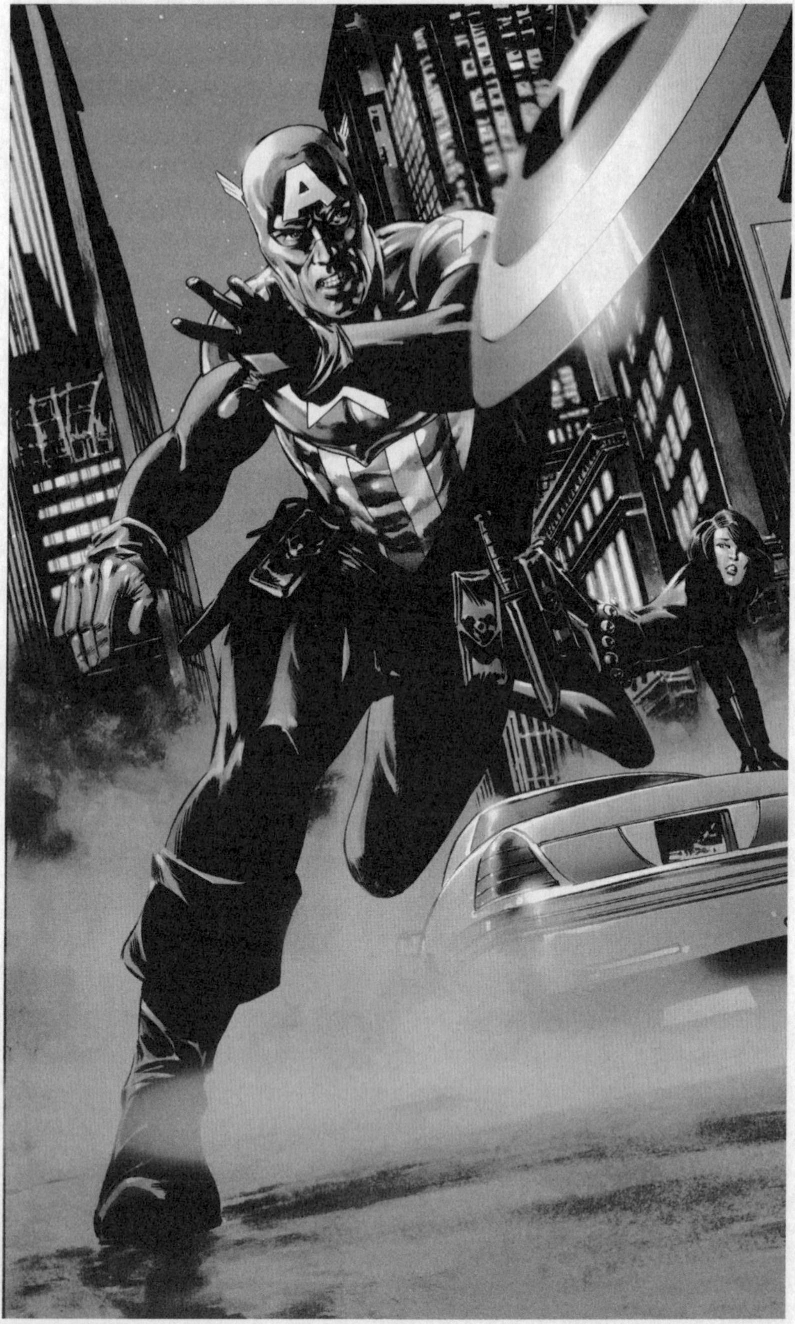

29

PARTE DO ACORDO ERA QUE BUCKY teria um bom lugar para viver, um laptop com wi-fi, um smartphone e TV a cabo com todos os canais de notícias.

Bucky ficou um pouco irritado quando, depois de ter apertado a mão de Stark, o atual diretor da S.H.I.E.L.D. o interrogou a respeito do ex-diretor, Nick Fury. Sem soltar a mão de Stark, Bucky disse:

– Capitão América não entrega seus amigos.

A maior concessão que ele teve de fazer foi entregar suas armas, suas facas e o resto do kit de assassino. Bucky sempre usara armas, mesmo quando era o garoto ajudante durante a guerra. A pistola Thompson tinha sido um peso homérico para um adolescente magrelo carregar para todos os lados, mas sempre fora grato por seu poder de fogo quando a Waffen SS jogava sujo. Ser desarmado não era um preço muito alto a pagar pelo privilégio e a honra de usar o uniforme do Capitão América. Não o uniforme do Capitão América, e sim um novo, que ele desenvolvera com Tony Stark. Bucky dissera:

– Não sou Steve Rogers, e não vou fingir ser ele.

Do ponto de vista de Bucky, ele saíra ganhando com o acordo. Armas, facas e granadas não eram nada comparadas ao *escudo*. E este era o verdadeiro, um ícone, como a Excalibur, mas melhor, porque o escudo era um símbolo da defesa da liberdade. Manejado por mãos habilidosas, era capaz de derrubar os inimigos da liberdade com mais força do que qualquer "espada mágica".

Tinha dificuldade em pensar em si mesmo como o novo Capitão América. Não quando estava usando calça de moletom e camiseta em um quarto de hotel enquanto assistia a três noticiários diferentes em seus novos brinquedinhos eletrônicos. Há mais de meio século que não pensava em si mesmo como James Buchanan Barnes. Muito do que o identificava como Soldado Invernal foi retirado de seu cérebro pelos técnicos neurológicos da S.H.I.E.L.D. durante três dias, e agora havia sumido permanentemente de sua memória. Agora ele é Bucky, até que vestiu o novo uniforme.

Outros haviam usado o traje e usado o nome de Capitão América. Bucky sabia disso por ter lido os arquivos secretos de Fury. Nenhum deles havia se igualado a Steve Rogers. Durante os anos 1950, um deles ficou completamente louco e teve de ser congelado criogenicamente: William Burnside. Uma cirurgia plástica fizera Burnside se parecer com Rogers. Não viver de acordo com ideais era a principal preocupação de Bucky. Mas quem não se preocuparia com isso?

Bucky não estava sentado em uma cadeira confortável ou deitado em sua cama enquanto absorvia as notícias da internet, da TV e dos links de dados. Ele estava se exercitando, praticando seus movimentos e melhorando suas habilidades. De quatro a seis horas por dia, todos os dias. Este era seu *trabalho*.

As notícias eram tristes. Se não fossem tristes, não seriam notícias.

Vendas de bolos em escolas e filhotes perdidos que são encontrados só serviam para vender torradeiras e seguros para carros baratos. A crise financeira é a grande notícia, e qualquer outra história é apenas mais uma peça de dominó caindo na imensa fileira.

– *... chocantes aumentos dos preços do petróleo ao redor mundo são consequência da perda do presidente da gigante Corporação Kronas, Aleksander Lukin...*

– *... novo presidente da Kronas, Vladimir Morovin, estabeleceu que dobraria o valor do barril de petróleo...*

– *... a Financeira Peggy Day, subsidiária da Kronas, estabeleceu que vai executar mais de trinta mil hipotecas nos Estados Unidos...*

– *... poucas das hipotecas que serão executadas pela Peggy Day estão relacionadas à quebra dos subprimes, e sim como consequência da falha dos proprietários em ler os termos dos contratos...*

– ... *cidadãos ultrajados saíram às ruas para protestar...*
– ... *centenas de pessoas são detidas em cidades por todo o país...*
– ... *policiamento em massa durante os protestos de milhares de pessoas na frente da Torre Kronas, no centro da cidade...*

As imagens congelam nas telas, e a mesma legenda surge em todas elas: "Seu país precisa de você".

Estava imaginando quando sua primeira missão iria aparecer. Bucky levou dois minutos para vestir as calças e as botas, pegar o escudo e subir as escadas até o telhado, com o restante do novo uniforme em um pacote. O escudo está guardado em uma discreta caixa negra, que facilmente passaria por uma pasta de artista.

Um helicóptero da S.H.I.E.L.D., pequeno e inteiramente negro, está pairando sobre as unidades de ventilação, com Viúva Negra no banco do piloto. Bucky deposita respeitosamente o escudo e o amarra em um apoio de equipamentos, e então desliza para a cadeira do copiloto e aperta o cinto. Ele resiste à necessidade de falar até que Natasha levante voo e alcance boa altitude.

– Não pude deixar de observar que, logo em minha primeira missão como Capitão América, *você* foi enviada para cuidar de mim.

Há muitas manobras em volta dos edifícios para que ela se permita olhá-lo nos olhos; mesmo assim, surge uma faísca de sorriso que quase passa despercebida.

– Estou lhe dando uma carona e fornecendo reforço, ponto. A S.H.I.E.L.D. não tem mais nenhum registro de sua existência. Limpeza de segurança total. O acordo do diretor Stark com você é estritamente pessoal. Oficialmente, ele não pode dar aval a um herói que não esteja registrado.

Bucky veste a camisa do uniforme e calça as luvas.

– Mas aqui está você. Uma vingadora. Como ele vai responder a isso se a informação vazar?

– Eu sou a Viúva Negra. Vivo entre tons de cinza.

Bucky bufa.

– Isso soa como um bordão de uma antiga novela de rádio: "Malfeitores, cuidado com meu ferrão!", a música fica mais alta, ouve-se um grito Wilhelm.*

– Então você tem senso de humor, Sr. Barnes.

Bucky veste a máscara, assim como veste seu novo comportamento.

– Não quando estou de serviço como Capitão América.

O traço de um sorriso desaparece do rosto da Viúva Negra.

– Suponho que você tem praticado com o escudo...

– Sim, mas eu não precisava. O pessoal do Stark fez alguns ajustes em meu braço, programou códigos de trajetória e instalou um link de alvo direto em meu olho direito. – Ele ajusta os buracos dos olhos e estica a máscara. – Posso nunca ser como Steve em integridade e honra altruísta, mas na mira e no lançamento do escudo talvez consiga chegar bem perto.

A Torre Kronas se ergue diante deles. A avenida logo abaixo está repleta de manifestantes, estendendo-se por três quarteirões em todas as direções.

– Caramba, Natasha. O Caveira Vermelha tem sua própria força de *agentes provocadores* esta noite... Ei, um minuto. Eu não vou ter que dispersar os manifestantes, não é?

Mas o transporte da S.H.I.E.L.D. passa pela manifestação e segue na direção da Park Avenue. Viúva Negra acessa uma imagem de segurança infravermelha na tela de controle do painel multifuncional. Eles veem dois transportes pesados da I.M.A. se alinhando em modo de decolagem e pouso vertical em frente ao Banco da Reserva Federal no Distrito Financeiro. Ela toca a tela.

---

* O grito Wilhelm é um efeito sonoro utilizado repetidamente em diversas produções cinematográficas, televisivas, radiofônicas e em jogos eletrônicos. Foi empregado pela primeira vez em 1951 no filme *Tambores distantes* e ganhou popularidade após aparecer em *Star Wars – Uma nova esperança*. Na maioria das vezes, é usado como uma piada interna, uma homenagem bem-humorada. (N.E.)

– Recebemos a informação de que a I.R.D.A. e a I.M.A. vão atrás das reservas de ouro no cofre da Liberty Street. É claro que toda a força policial está reunida a quilômetros daqui, na Torre Kronas.

O novo Capitão América pega seu escudo, retira-o da pasta e se ergue, segurando-se na janela. Automaticamente, procura pela pistola no lugar onde ela costumava ficar e sente o cinto vazio. Mas o peso do escudo em seu braço o faz se sentir mais confortável. Sentir-se *correto*.

– Estou feliz por entrar em ação pela primeira vez carregando o escudo de Steve e ter como missão lutar contra os serviçais do mais antigo inimigo dele. Parece que o Caveira Vermelha quer atingir nossa economia por todos os lados, até começarmos a nos destruir por dentro. Todos esses anos, ele quis ver nossas cidades queimando, e finalmente está conseguindo mexer os pauzinhos para que isso aconteça.

– Aparentemente.

– Está certo, então. Vamos detê-lo.

Os técnicos "cabeça de balde" da I.M.A. instalaram uma carga de vinte quilos na parede do banco, com soldados da I.R.D.A. fornecendo cobertura com rifles de assalto e lançadores de foguete. Não havia cabos de disparo nem detonadores por rádio que pudessem sofrer interferência. Um temporizador mecânico e simples, protegido por um dispositivo antiadulteração e configurado para trinta segundos, foi ativado. A contagem regressiva não podia ser parada.

– Fogo!

Os terroristas de traje amarelo buscaram proteção. Estavam com as cabeças abaixadas quando o homem com uniforme vermelho, branco e azul passou correndo por eles e então arrancou o explosivo da parede com uma das mãos.

Os técnicos da I.M.A. foram rápidos em avaliar a situação e pedir o reforço de dois Turbo Walkers. As máquinas de combate blindadas com duas pernas articuladas, que lembravam avestruzes metálicas de seis metros de altura, desceram da rampa de carga dos transportes da I.M.A. com as metralhadoras duplas elétricas rastreando a rua em modo de mira. Mas o alvo pretendido se recusava a cooperar, apresentando uma mira livre. A figura azul estrelada estava entre os técnicos da I.M.A. e os soldados da I.R.D.A., desviando as balas com o escudo e balançando a pesada carga explosiva sobre a cabeça deles.

Faltando vinte segundos para a detonação, os técnicos pediram a retirada dos Turbo Walkers para evitar uma devastação causada por fogo amigo. E também se deram conta de com quem estavam lutando.

– Não pode ser ele... ele está morto!

O escudo ricocheteou na cabeça de um dos terroristas e retornou para a mão vermelha enluvada que o tinha lançado.

– Vocês não conseguiram matar seu ideal.

Isso foi dito com convicção pela nova encarnação daquele ideal: o *novo* Capitão América.

A doze segundos da detonação, os técnicos não tinham outra escolha a não ser restabelecer a ordem de disparo aos Turbo Walkers. Dois grupos de pontos laser começaram a convergir para o alvo com a estrela no peito. Uma voz soou claramente, sobressaindo-se ao ruído do tiroteio:

– Viúva... me dê cobertura. Preciso acabar com essas máquinas.

A mulher de roupa negra surgiu por entre os carros estacionados empunhando a submetralhadora MP5K e abrindo fogo em sequências certeiras de três tiros.

– Pare de falar e faça logo isso.

Restavam cinco segundos.

Os soldados da I.R.D.A. que não haviam sido atingidos pelo fogo de cobertura da Viúva Negra eram derrubados pelos tiros de metralhadora dos Turbo Walkers que tentavam acertar seu alvo. Os técnicos haviam inserido um sistema "identificar amigo ou inimigo" quando restabeleceram a ordem de disparo, para que as armas não cessassem fogo quando o alvo passasse por *entre* as duas máquinas que disparavam.

O Walker que colocou o alvo pretendido no centro de sua mira um microssegundo na frente do outro foi o que sobreviveu. O computador de mira do Walker remanescente cometeu o erro de dar uma volta de 180 graus antes de "travar" no alvo enquanto o novo Capitão América saltava sobre ele e a metralhadora.

Faltava um segundo no temporizador quando o sensor de ameaça do Walker restante detectou que a carga de explosivos estava grudada em sua fuselagem traseira. Um segundo depois, o adjetivo "restante" não mais se aplicava.

Viúva Negra jogou longe sua MP5K vazia e derrubou os últimos dois técnicos da I.M.A. com seus braceletes Ferrão da Viúva, mas não antes que os fanáticos vestidos de amarelo ativassem as cargas de autodestruição dentro dos dois robustos transportes. Ela usou um controle remoto para chamar o transporte de tropas da S.H.I.E.L.D. enquanto o novo Capitão América, testado e aprovado na batalha, vinha até ela. Fragmentos ainda fumegantes de tecnologia da I.M.A. e cacos de vidro estavam espalhados pela rua.

– Você sabia o que ia fazer com aquela carga quando a arrancou da parede? – ela perguntou. – Espere... não me diga. Não importa, contanto que tenha funcionado. Temos de ir embora. Estão precisando de nós em outro lugar. Você os manteve tão ocupados que nenhum deles teve tempo de enviar uma mensagem. Caveira Vermelha vai ficar perplexo, e eu gosto disso.

O Capitão América que não era Steve Rogers ergueu o olhar para os edifícios diante do Banco da Reserva Federal.

– Todas essas janelas. Muitas pessoas com câmera nos celulares. Isso vai estar em todos os noticiários.

Viúva Negra ergueu uma das perfeitas sobrancelhas.

– Nova-iorquinos não se aproximam das janelas quando ouvem tiros e explosões. Achei que você já soubesse disso.

INTERLÚDIO #12

COMO MEDIDA PREVENTIVA, o Caveira Vermelha transplantara o laboratório de Arnim Zola novamente, dessa vez para outro local remoto no interior do estado de Nova York. Ele achava divertido ficar parado na porta assistindo Zola trabalhar: os rígidos movimentos de robô, a incansável tensão. Às vezes, é difícil distinguir Zola das máquinas e dispositivos que ele opera, sendo mais semelhante a eles do que a um ser humano. Caveira Vermelha considera estranho e perturbador esse aspecto de Zola, mas também sente certa afinidade por ele: os dois estão presos em corpos nos quais não nasceram.

Caveira Vermelha limpa a garganta de Aleksander Lukin. Zola finge que não ouve. Mesmo assim, Caveira Vermelha fala com ele.

– Quais as novidades de seus operativos de campo na cidade? Eles garantiram as reservas de ouro que deveriam garantir?

Como sempre, Arnim Zola continuou a tarefa na qual estava envolvido antes de Caveira falar com ele. E mostrou que sabia da presença de Caveira Vermelha virando levemente na direção de seu interlocutor apenas a caixa psicotrônica, que ficava onde sua cabeça deveria estar.

– Não são meus operativos. Não tenho nada a ver com o treino e com os equipamentos deles.

– Não está querendo se livrar da culpa, está, Zola?

Caveira moveu-se para um local onde pudesse ver o "rosto" de Zola na tela holográfica em seu peito, mas não conseguiu contato visual.

– Seria difícil. Eles ainda não se reportaram. Os GPS e os sinais de comunicação foram interrompidos. Isso pode significar que estão sendo perseguidos e entraram em modo invisível ou ativaram os dispositivos de camuflagem. É difícil avaliar a situação deles sem os dados disponíveis. Próxima pergunta.

– Quando vai terminar o trabalho que está fazendo para mim?

– Depois do que eu tinha imaginado se você continuar a me interromper. Você quer que a câmara esteja pronta em tempo hábil ou não? E que tal as atualizações nos esquemas da engenhoca que Faustus criou?

Discutir com Arnim Zola é como discutir com uma geladeira.

Caveira Vermelha se vira na direção da porta.

– Muito bem, Zola. Continue seu trabalho. Você deve saber que fomos bem-sucedidos em deixá-los de joelhos. Só estou preocupado em mantê-los nessa posição até estarmos prontos para dar o golpe final. – Ele para na porta e se vira. – E está quase na hora de Faustus lançar a primeira onda de seu ataque psicológico. Você deveria vir assistir comigo, Zola. Tenho certeza de que apreciará a ironia disso.

Zola colocou suas máquinas no modo "automático" e seguiu Caveira Vermelha.

– Ironia é o principal componente da brincadeira que a vida fez comigo... e com você também. Sim, há de ser divertido.

30

O ENCONTRO DO DIRETOR STARK com o secretário do Tesouro ocorre na passarela de comando do centro de operações do aeroporta-aviões. Contentores de som fornecem uma bolha sônica de segurança. Não há como se salvaguardar dos leitores de lábios, mas todo o pessoal do centro de operações tem liberação do tipo ultra-ultra.

Para Stark, o *tête-à-tête* está progredindo como esperado; burocratas nomeados da laia do secretário não fizeram mudanças muito notáveis desde que os sumérios inventaram o caixa dois.

– Sr. Secretário, as fontes do relatório no qual o senhor está se baseando para agir são no mínimo questionáveis, e no máximo invenções deliberadas. Eu tenho informações altamente confiáveis de que o corpo encontrado nos destroços do avião da Kronas não é de Aleksander Lukin. Estamos há dias dizendo isso para o seu pessoal, e todo mundo do alto escalão tem nos ignorado.

O secretário se agita. Está ansioso para exercer sua autoridade.

– Não use esse tom comigo, Stark. Eu não vou admitir. Estamos em meio a uma crise nacional, e suas alegações sem base a respeito de homens falecidos terão que ficar em segundo plano até que possamos deter essa queda livre da economia.

Tony Stark acessa uma foto recente do presidente da Kronas, Vladimir Morovin, no centro do maior dos monitores multifuncionais.

– Ela não será resolvida, a não ser que você aja contra o único que realmente está perpetrando tal colapso. Lukin não está morto, e esse Morovin não é mais real do que o homem honesto que Diógenes[*]

---

[*] Diógenes é um filósofo da Grécia Antiga. É famosa a história de que

estava procurando. Esta crise inteira é um ataque orquestrado na economia dos Estados Unidos pela Corporação Kronas, que é uma nova fachada do Caveira Vermelha.

Não há mesa onde o secretário possa dar um soco, então ele abre e fecha as mãos ao lado do corpo.

– Isso tudo é uma bobagem conspiratória paranoica baseada em boatos, meias verdades circunstanciais e calúnias contestáveis.

A imagem de Morovin no monitor é substituída por uma cobertura ao vivo de uma enorme manifestação em Nova York. Outros monitores são ligados, mostrando cenas similares de descontentamento em Chicago, São Francisco e Washington D.C.

– Claramente alguém está organizando tudo isso, Sr. Secretário. O mercado de ações está perto de desabar, há o medo de uma corrida aos bancos e cidadãos comuns estão armazenando comida e combustível. – Stark faz todos os monitores mudarem para ângulos diferentes do protesto em frente à Casa Branca. – Tive de tomar a precaução de designar agentes da S.H.I.E.L.D. para manter a multidão fora da Casa Branca.

– Onde está a prova, Stark? Onde estão a documentação, os testemunhos juramentados, a arma do crime?

– A prova que eu tenho comprometeria... as investigações que estão acontecendo. Faça uma pergunta a si mesmo, Sr. Secretário. Se alguém quisesse prejudicar este país, quais seriam os primeiros passos para isso?

De seu ponto de vista, o secretário do Tesouro já tinha vencido a discussão.

– Não. A Corporação Kronas está apenas jogando pesado, tentando aumentar seus lucros do primeiro trimestre ou...

– E quanto a Corporação Kronas doou para seus amigos e parceiros no Senado? Particularmente, para a campanha do senador Wright?

---

ele saía em plena luz do dia com uma lamparina acesa, procurando por homens honestos. (N.E.)

O secretário não teve tempo de se mostrar ofendido, pois o chefe do departamento de análise de informações da S.H.I.E.L.D. os interrompeu:

– Diretor Stark, acabamos de receber informações sobre nossos agentes desaparecidos. Todos os GPS acabaram de voltar a funcionar. Eles estão em Washington, D.C., senhor. Infiltrados em nossas unidades de controle de multidão, do lado de fora da Casa Branca.

As telas agora exibem diversas visões da unidade de controle de multidões da S.H.I.E.L.D., e de agentes usando os inconfundíveis uniformes negros e armados com rifles de assalto.

Stark empurra o secretário para o lado e se inclina por sobre a amurada da passarela, gritando para a equipe de operações.

– Embaralhem todos os modos e frequências de comunicações em volta da Casa Branca, imediatamente. Desliguem todos os sinais que estão entrando naquela área. Despachem a equipe de segurança mais próxima para selar os arredores e ordenem que verifiquem com atenção redobrada o pessoal da S.H.I.E.L.D. que encontrarem, conferindo com nossa lista de agentes desaparecidos.

Um irado secretário do Tesouro exige saber o que está acontecendo. O diretor responde abruptamente:

– Estou tentando evitar um banho de sangue.

Stark se volta para a equipe.

– Suspendam a interrupção das comunicações por um segundo e transmitam uma mensagem comprimida. Conteúdo da mensagem: Recuem e baixem as armas.

Toda a sala de operação se volta para as telas, observando as reações dos doze agentes da S.H.I.E.L.D., anteriormente dados como desaparecidos, em frente à Casa Branca. Um por um, cada um deles repetiu as ordens do diretor.

– Recuem e baixem as armas.

As repetições são feitas de maneira robótica e os olhares dos agentes parecem ficar vazios. Ao invés de largar as armas, eles as destravam e colocam os dedos nos gatilhos.

Antes que os primeiros disparos sejam feitos na multidão, Tony Stark sente o estômago se revirando, pois se dá conta de que foi enganado. "Recuem e baixem as armas" é uma ordem padrão. E agora fica evidente que também é uma frase-código que aciona uma ação pré-programada nas mentes controladas dos agentes.

INTERLÚDIO #13

TRANSCRIÇÃO DE UMA ENTREVISTA CONCEDIDA A UMA DAS AFILIADAS DA NATIONAL CABLE NEWS PELO SENADOR GORDON WRIGHT, PRESIDENTE DO COMITÊ DE APROPRIAÇÕES. ENTREVISTA CONDUZIDA POR ROSEANNE MCCARTHY

McCarthy: Pode nos dizer qual foi sua reação ao brutal e trágico incidente acontecido na noite de ontem, quando agentes da S.H.I.E.L.D. abriram fogo contra manifestantes na frente da Casa Branca?

Wright: Terror. Fiquei absolutamente aterrorizado de várias formas. Como sabe, sou a favor da prestação de contas, por isso apoiei a lei de registro. Precisamos ter maior controle de como organizações como a S.H.I.E.L.D. operam em solo americano. E precisamos proteger nossas cidades das multidões de manifestantes estúpidos que querem apenas destruir o nosso modo de vida.

McCarthy: A S.H.I.E.L.D. teve de fazer um pronunciamento oficial, mas houve um vazamento de informações sugerindo que o diretor Stark pretende alegar que os atiradores da noite passada não eram agentes ativos.

Wright: Ativos ou não, isso é um subterfúgio. Um monte de desculpas evasivas! Eles não são uma agência americana, e sim um exército das Nações Unidas. Precisamos que nossas cidades sejam protegidas por americanos de verdade.

McCarthy: Mas quem fará isso, senador? Com os cortes nas forças de polícia municipais, os significativos cortes de orçamento nos gastos militares federais e a realocação internacional de unidades da Guarda Nacional, quem estará lá para nos proteger?

Wright: Estou diligentemente trabalhando nessa questão, Roseanne. Meu comitê está propondo um projeto de lei emergencial... E tenho certeza de que será apoiado por todos os partidos e passará tanto pela Câmara quanto pelo Senado. Nós propomos contratar uma companhia americana, a Kane-Meyer Segurança, para restaurar a ordem nas ruas de nossas grandes cidades, e especialmente aqui em Washington, D.C.

McCarthy: Pelo que sei, a Kane-Meyer fornece segurança para diversas empresas americanas em território estrangeiro e tem contratos com nosso Departamento de Defesa e de Estado protegendo instalações, bases e pessoal de embaixadas...

Wright: É uma companhia operada por americanos, e que emprega americanos. E isso faz nosso dinheiro se movimentar, protegendo os americanos, enquanto fornece mais empregos a americanos. É uma situação em que todos saem ganhando.

– ... em que todos saem ganhando.

Extremamente satisfeito consigo mesmo, o senador Wright aperta o botão de pausar no controle remoto para que a imagem congele em seu rosto sorridente. Ele se vira para o homem barbudo usando monóculo que está sentado no sofá de couro de seu escritório.

– Uma frase brilhante para quem improvisou na hora, não acha? Deveria usá-la como slogan de campanha quando eu concorrer à presidência... É claro que, para isso, vou precisar de muito mais dinheiro...

Doutor Faustus gosta de lidar com políticos. São fiéis a sua verdadeira natureza.

– Podemos fazer mais do que encher seu baú de campanha, senador. Temos meios de suavizar sua passagem para um cargo mais alto apenas persuadindo os oponentes a abrandar suas campanhas. E se eles forem resistentes à persuasão, podem sofrer uma queda fatal no banheiro ou não conseguir sobreviver a um acidente de carro na interestadual. E acho que você compreende que esses infelizes acidentes também podem encurtar a vida daqueles que falham em nos entregar aquilo que prometeram...

É muito forte a tentação que o senador sente de perguntar se aquilo era uma ameaça, mas ele sabiamente resiste a ela. Faustus percebe isso, e a sensação é gratificante. Ele embaça a lente do monóculo com o hálito e a limpa em seguida.

31

O BANHO DE SANGUE que arruinou o protesto no número 1600 da Pennsylvania Avenue alguns dias antes não diminuiu a multidão que compareceu à manifestação na First Street com a Independence. Bucky, vestindo jeans e jaqueta de couro, e não seu alter ego comum, mistura-se à multidão que protesta diante do Capitólio. Ele acreditava que a violência ocorrida em algumas manifestações anteriores era apenas um convite para que acontecesse mais do mesmo. Ele sacudia a cabeça ao ver como a indignação podia impedir as pessoas de enxergar o óbvio e subestimar seu instinto de sobrevivência.

– Onde está o seu pessoal, Natasha? Qual é o plano?

A voz da Viúva Negra é clara e decidida pelos fones.

– Você é o plano, Bucky.

– Isso é loucura. Essa multidão é uma incubadora em potencial para um tumulto.

– A maior parte da S.H.I.E.L.D. está em confinamento por causa da investigação iniciada pelo senador Wright... É por isso que sou seu único reforço, e é por isso que estou posicionada num beco a dois quarteirões daí.

– Preciso desligar, Tasha. Um segurança mal-encarado está me olhando torto.

O "policial de aluguel" da Kane-Meyer em seu uniforme semiparamilitar tocou o peito de Bucky com um cassetete de policarbonato de sessenta centímetros, enquanto mantinha a outra mão pousada sobre o cabo da pistola.

– Está armado, Júnior? Tem alguma coisa afiada em seus bolsos?

– Não para as duas perguntas. Com certeza não perderam tempo em aprovar aquela lei para contratar vocês, não é?

– Cale a boca e coloque as mãos naquele furgão.

O furgão estacionado tinha um alarme, que começou a soar assim que Bucky se apoiou nele, com as palmas abertas e as pernas separadas. O alarme irritou o segurança. E a irritação aumentou quando sua revista não deu em nada.

– Caia fora. Se eu vir sua cara de novo, vou atrás de você.

Movendo-se para longe da multidão, Bucky reestabeleceu contato com a Viúva Negra.

– E o que mais você andou fazendo por mim além de cuidar da minha retaguarda?

– Ontem, Tony Stark me chamou em sua sala para uma reunião a respeito de nossa suspensão de atividades e deixou o código de acesso para nossos satélites espiões à mostra no monitor. Ele não comete erros como esse. Estou acessando agora mesmo. Estive fazendo buscas nos links de dados da Kane-Meyer na última hora.

Bucky sentiu algo o cutucando nas costas e quase reagiu com um chute giratório, mas, em vez disso, se virou lentamente. Um garoto com roupas gastas puxando um isopor em um carrinho de brinquedo lhe oferece uma garrafa d'água.

– Apenas um dólar, senhor.

É um preço razoável. Olhando ao redor, Bucky verifica que o garoto tem pelo menos dez concorrentes tentando chamar atenção dos sedentos manifestantes, que gritam slogans e cantam. A garrafa na mão do garoto é trocada por uma nota amassada de vinte dólares.

– Os outros dezenove são um presente.

Girando a tampa de plástico, Bucky olha para uma lata de lixo. A atualização seguinte da Viúva Negra o impede de tomar um gole da água.

– A busca está dando resultados. Kane-Meyer é de uma companhia que pertence a outra, localizada a vinte passos de uma rede de empresas que pertence à Corporação Kronas.

– Kronas causou pânico e incerteza, e então mexe os pauzinhos para ter a própria força de segurança no local e conter tudo isso? Esse é um bom exemplo de negócios a curto prazo, e o Caveira Vermelha gosta mais de coisas a longo prazo.

– Nesse momento, só podemos lidar com o que acontece a curto prazo lá. Você acha que pode haver um tumulto? Talvez tudo isso seja uma tática para desviar nossa atenção.

Bucky está com sede, então ergue a garrafa novamente.

– O Caveira não faz apostas. Como você garantiria um tumulto?

As letras pequenas no canto do rótulo da garrafa chamam sua atenção.

– ... Uma divisão da KRONAS INTERNACIONAL.

Um rosnado raivoso se ergue no meio da multidão de manifestantes. Mais tarde, algumas testemunhas declarariam que um homem de capuz e com o rosto parcialmente coberto por uma bandana jogou uma garrafa de água em um dos seguranças da Kane-Meyer. Outros jurariam que os seguranças começaram a ameaçar os manifestantes com os cassetetes, sem nenhuma provocação ter sido feita.

Pelos megafones, no espaço entre o Peace Circle e o Garfield Monument, são emitidas ordens para que a multidão se afaste e se disperse. Mais garrafas voam pelo ar. Uma sólida falange de seguranças da Kane-Meyer avança para cima da turba.

Em menos de um minuto, Bucky está no beco, a dois quarteirões da manifestação.

Viúva Negra desativa o dispositivo de camuflagem, e o carro voador da S.H.I.E.L.D. que paira sobre um latão de lixo fica visível. Ela não desvia o olhar enquanto Bucky tira as roupas comuns e as joga dentro do carro.

– Nada que eu não tenha visto antes.

– O Caveira tinha tudo planejado – Bucky diz enquanto ajeita a camisa e alcança o escudo guardado no bagageiro atrás dos assentos. – A água estava adulterada, e provavelmente havia na garrafa alguma substância que se dissipa na corrente sanguínea sem deixar traços.

Viúva Negra começa a abrir a porta.

– Vamos para lá. Eu lhe dou cobertura...

Vestindo a máscara, Bucky se torna o Capitão América.

– Não. Preciso que você seja meus olhos no plano geral. Ligue as câmeras de satélite e as redes de vigilância locais. Atualize-me conforme for recebendo as informações. Tenho de salvar aquelas pessoas de serem os peões que o Caveira Vermelha quer sacrificar em seu jogo insano.

Os seguranças da Kane-Meyer entraram na briga completamente confiantes de que o que parecia ser um caos para a mídia estava absolutamente sob o controle deles desde o início. Agora, essa noção começava a se dissipar, pois um escudo vermelho, branco e azul derruba toda a fileira que ia na vanguarda, ricocheteia em um poste e é agarrado no meio do ar por um homem usando um uniforme familiar, que se lança contra outros três patetas da Kane-Meyer antes que suas botas toquem novamente o chão.

O escudo esmaga outro rosto, um punho coberto por uma luva vermelha fratura uma clavícula e uma bota com o cano dobrado desloca uma mandíbula.

Os seguranças, usando capacete e brandindo os cassetetes, recuam.

– Mas que diabos?

O homem com o escudo grita:

– Saiam daqui, agora!

Alguns saem, mas a maioria não. As forças de segurança se reagrupam e concentram-se em um único alvo. Armas são sacadas, levando a luta a um nível que não havia sido planejado. Balas certeiras são desviadas do alvo por um ágil disco de vibranium, e em seguida o homem com um grande "A" branco na testa, inscrito na máscara, está no meio dos atiradores. Aqueles que não ficam *fora de combate*, depois de serem atingidos pelo escudo ou levar um soco, caem mesmo assim, vítimas de fogo amigo causado pelo pânico.

Luzes vermelhas convergem para o local vindas das ruas, a nordeste e sudoeste: polícia e reforços da Kane-Meyer. Vídeos de celulares postados em redes sociais por quem apoia as manifestações atraem centenas para a área. O homem que deveria ser o Capitão

América começa a perceber a futilidade de seus atos, assim como as consequências. A dissonância cognitiva não o incapacita. Ele é forte demais para isso.

— Bucky, descobri algo.

— Espero que seja algo bom, Natasha.

— Um helicóptero camuflado acaba de pousar no edifício Dirksen. Sem liberação. E o código de identificação não combina com nada que os militares, a polícia ou o Departamento de Defesa usem...

— É isso. Esse é o evento principal, o tumulto é apenas uma distração. Estou a caminho de lá. Acesse as câmeras de segurança do edifício e veja se consegue alguma informação, para que eu não entre lá totalmente às cegas.

O sistema de segurança da área comum do edifício Dirksen, do Senado, já foi acessado e está mostrando uma repetição contínua de imagens inofensivas. Os corredores e recepções cobertos pelas câmeras estão, na verdade, repletos de corpos de funcionários e do pessoal da segurança. Os membros da equipe que saltou do helicóptero no telhado, responsável pelo caos, são alertados de que outro intruso entrou no edifício por uma janela no terceiro andar. Eles esperam por ele no alto da escadaria do quarto andar.

— Já está aí, Bucky? Acho que as câmeras foram adulteradas.

— Foram mesmo, Natasha. Há muitos corpos aqui.

— Alguma pista de quem fez isso? Você quer que eu o ajude?

— Já vi os invasores... Nada com que eu não possa lidar sozinho.

Pecado e seu grupo, o Esquadrão Serpente, se espalham no alto das escadas. Ela aponta a pistola para o novo Capitão América enquanto ele sobe as escadas e diz, rindo:

— Isso é bom demais para ser verdade.

INTERLÚDIO #14

O SECRETÁRIO DO TESOURO está bem irritado. Hospedado em um hotel nos arredores de Alexandria usando um nome falso, ele faz uma chamada de vídeo para o novo presidente da Kronas conectado pelo wi-fi do quarto, com um laptop obtido de um estagiário em troca de segredo a respeito de suas tendências sociais inaceitáveis.

— Sr. Morovin, há sugestões de que seu predecessor, Aleksander Lukin, está, na realidade, entre os vivos.

— Sr. Secretário, devemos observar que a S.H.I.E.L.D. tem um histórico de fazer declarações insubstanciais sobre nós. E, no momento, eles mesmos estão desacreditados e sob investigação.

Não há traço de emoção no rosto de Morovin na tela do laptop. O secretário se pergunta se seu próprio rosto o trai enquanto responde às perguntas.

— Mesmo assim é preocupante. Será muito estranho se descobrirem que Lukin não está morto.

— Será muito estranho se a sua esposa e família descobrirem o que você faz aos sábados à tarde quando pensam que está jogando golfe. E acho que muito mais estranho se a existência de certas contas que você tem na Suíça e nas Ilhas Cayman viessem à luz. Isso não é uma ameaça, Sr. Secretário. Parafraseando Dickens, "Estas não são as sombras das coisas que serão, apenas das coisas que poderão ser". Nós não concordamos que os melhores interesses a longo prazo para a América seria um contínuo aumento nos preços das ações da Kronas? E que não seria totalmente injusto se você pudesse obter algum ganho por seu generoso patriotismo? Eu certamente espero que você não esteja pensando em voltar atrás em nosso acordo de cavalheiros, Sr. Secretário. Isso seria muito lamentável.

– Nada do tipo, Sr. Morovin.

– Negócios, como sempre, então?

– Tenho alguma escolha?

– Boa noite, Sr. Secretário.

A conexão é interrompida e a projeção holográfica do homem que conversava com o secretário treme, pisca e desaparece.

Na Torre Kronas, o verdadeiro corpo de Aleksander Lukin cruza o escritório, atravessa o limite de imagem captada pela webcam e se senta atrás da mesa, na cadeira "ocupada" pela projeção. É o Caveira Vermelha que tamborila os dedos de Lukin no tampo da mesa, e é o Caveira Vermelha que fecha a janela da webcam no aplicativo de chamada de vídeo.

Lukin, reduzido a um mero zelador do próprio corpo, declara a si mesmo:

– *Isso é errado, Caveira. Você alterou meus planos sem o meu conhecimento.*

– *Não seja ridículo, Lukin. É para nosso mútuo benefício.*

– *Deveríamos aleijá-los e então mostrar-lhes os erros de seus modos capitalistas, e não negociar com eles.*

– *A negociação quase sempre é uma enganação para resguardar a dignidade daqueles que já rastejam sob nossos calcanhares. O povo deles não está vivendo com medo? Não há um tipo de violência incontrolável nas ruas? Suas cidades não estarão em chamas no fim da semana? Eles estão se sentindo bem para que possam ser aleijados? Eles podem nunca chegar a aprender com os erros do modo como vivem, Aleksander, mas com certeza vão sofrer.*

32

NO EDIFÍCIO DO SENADO, Bucky, com seu novo traje de Capitão América, se vê diante de Pecado e seu Esquadrão Serpente, formado por Enguia, Víbora e Rei Cobra. Ele sabe que Pecado é filha do Caveira Vermelha, mas os outros são apenas estranhos fantasiados. Nenhum deles sabe que Bucky é o Soldado Invernal.

Ele não faz ideia dos poderes e habilidades deles, mas está prestes a descobrir.

Enguia ataca primeiro, emitindo uma poderosa descarga elétrica. Bucky finge se encolher, como se aquela fosse uma descarga de eletricidade estática recebida de uma blusa felpuda. Na verdade, ele está se esforçando para não desmaiar. Os músculos de Bucky são assolados por espasmos e ele faz um esforço gigantesco para recobrar o controle de suas terminações nervosas. Mas não vai dar a Enguia o prazer de saber que seu ataque foi eficaz.

Posicionando-se de modo a manter Pecado entre si mesmo e Enguia, para evitar outra descarga elétrica, Bucky usa o escudo para desviar as balas da pistola de Pecado, esquivando-se do veneno que é espirrado pelos pulsos do Rei Cobra. A dor não desaparece. Bucky sabe que não tem outra escolha a não ser lutar contra ela.

Víbora se une à batalha, confiante na potência de seus dardos venenosos, mas recebe um golpe de escudo na cara e uma joelhada na virilha por ter se metido.

– Quem é esse cara? – Enguia rosna. – Não era para o Capitão América estar morto?

Recarregando e esvaziando a arma múltiplas vezes, Pecado berra:

— Ele *está* morto, seus idiotas! Este é apenas um vigarista que não valia nada, apesar de ficar bonito no uniforme!

O escudo ricocheteia em duas paredes, atinge Rei Cobra nos pés, derrubando-o, e arranca três dentes de Víbora antes de voltar à mão vermelha que o tinha lançado.

Enguia verbaliza o que o resto do Esquadrão Serpente está pensando:

— Para um vigarista que não vale nada, esse cara até que é muito *bom!*

Pecado atrapalha-se para destravar a pistola.

— Quando eu estiver pronta, vamos atacá-lo juntos. Ele não é o verdadeiro. Podemos derrubá-lo facilmente se agirmos do modo certo.

Enquanto o Esquadrão Serpente se reagrupa, Bucky percebe um movimento no fim do corredor. Um homem de cabelos brancos está espiando pela porta de um dos escritórios dos senadores. *Aquele é o senador Wright?* A porta se fecha com uma batida.

A voz da Viúva Negra estala no fone de ouvido de Bucky.

— Um tumulto em grande escala está cobrindo toda a área. Preciso mudar de posição. Como você está indo?

— Um pouco ocupado no momento.

— Estou a caminho.

— Posso dar conta.

— Não cabe a você escolher, soldado.

O Esquadrão Serpente se espalha e ataca Bucky por três lados: Enguia pela esquerda, Víbora pela direita, Pecado e Rei Cobra pela frente. Mas ter que se desviar do lançamento do escudo, que ricocheteia pelas paredes do corredor, acaba com a vantagem dessa tática.

Antes que Enguia consiga emitir outro raio, uma voadora de Bucky lhe atinge violentamente a testa, quase o levando a nocaute.

Víbora está olhando para o lado oposto quando o escudo o atinge na parte de trás da cabeça. A convulsão consequente do golpe é tão severa que ele precisa segurar a própria língua para não a engolir.

Depois de outra volta pelas paredes e teto, o escudo ainda mantém inércia suficiente para deixar Pecado com uma bela rachadura na cabeça e lhe esmigalhar a clavícula. Abalada e sem forças por conta da dor, ela grita até desmaiar.

O escudo está de volta à mão de Bucky antes que Pecado caia no chão.

Bucky se permite um sorriso contido. *Eu consigo, Steve.*

Rei Cobra aperta o peito e se joga no chão como se estivesse tendo um ataque cardíaco. Bucky não cai no truque, mas lhe dá alguns pontos pela sábia decisão tática. Depois de olhar rapidamente e determinar que Enguia, Víbora e Pecado estão completamente fora de ação, Bucky volta sua atenção para Rei Cobra.

Seis disparos de uma pistola de alto calibre são feitos em rápida sucessão.

Bucky de repente está olhando para os pelos de um carpete marrom da Agência de Serviços do Governo, então entende que ficou momentaneamente inconsciente e agora está de cara no chão. A dor se alastra por suas costas como ondas sísmicas. Ele luta contra ela e se esforça para ordenar os pensamentos. *Onde está o escudo?* Se o soltou quando caiu, onde poderia estar? Ele reconhece a presunção nos pesados passos atrás de si e escuta uma voz conhecida:

– Ninguém machuca minha namorada e sai ileso, seu cretino estrelado.

Ossos Cruzados.

A reconstituição da cena passa pela cabeça de Bucky, conforme tinha aprendido no treinamento na KGB: Ossos Cruzados saindo discretamente de um dos escritórios ao longo do corredor e vindo por trás dele. Ossos Cruzados erguendo uma pistola e disparando. Todos os tiros atingindo Bucky.

Ossos Cruzados o chuta violentamente e Bucky se vira, ficando de costas no chão. O facínora dá um passo para trás, preparando-se para dar outro chute, mas sente algo sob a bota, caído no carpete. Com os olhos semicerrados, Bucky observa Ossos Cruzados erguer o pé para examinar o que havia em seu caminho. Bucky sabe que é uma bala de Magnum deformada. Está deformada porque foi *desviada*.

— Camada interna à prova de balas, palhação — Bucky se ergue gemendo, e dá um chute na virilha de Ossos Cruzados, com tanta força que o homem chega a erguer-se do chão.

Após rápida avaliação tática, Bucky verifica que Víbora e Enguia continuam fora de combate, Rei Cobra ainda está se fingindo de morto e Pecado recobrou a consciência e a habilidade de falar, mas não a eficácia tática.

— Não fique aí parado feito um bobo, Brock. MATE-O!

Ossos Cruzados dá de ombros e fecha o punho, com a intenção de um golpe, mas os dedos rígidos como aço de Bucky penetram no espaço intercostal, entre a 11ª e a 12ª costela direita de Ossos Cruzados. Ele agarra a 11ª e a quebra por dentro da pele.

A maioria das pessoas estaria gritando, mas Ossos Cruzados não desceria ao ponto de demonstrar sua dor. Em vez disso, ele rapidamente dá uma ordem.

— Pare de fingir, Cobra... Tire Pecado daqui. Essa situação vai piorar agora.

Bucky tira os dedos da caixa torácica de Ossos Cruzados, fecha a mão em punho e atinge a mandíbula do inimigo com um forte gancho.

— Já piorou, estúpido.

Na outra extremidade do corredor, dois enormes seguranças da Kane-Meyer chutam a porta do senador Wright e com firmeza escoltam o político por cinco lances de escada até o túnel no porão que conduz ao Capitólio. O senador protesta:

— O plano de Faustus não vai funcionar agora...

O maior dos seguranças aperta o braço do senador.

— Não há com o que se preocupar, senhor. Nós editaremos o vídeo. Continue andando.

Bucky ouve um zumbido, e quase não o consegue distinguir do ruído em seus ouvidos, resultante do ataque de ganchos de esquerda e direita desferido por Ossos Cruzados. Enquanto imagina como Ossos Cruzados consegue continuar lutando com uma costela saindo de seu corpo e como poderia se defender do implacável contra-ataque, Bucky se dá conta de que o comunicador lhe foi arrancado do ouvido.

Desferindo uma série de socos com o braço protético, Bucky consegue o intervalo necessário para reencaixar o fone. Viúva Negra soa mais preocupada do que nunca do outro lado.

– ... onde você está?

– Foyer do 44º andar, Natasha. Estou...

Aproveitando a distração de Bucky, Ossos Cruzados o agarra com ambas as mãos, levanta-o acima da cabeça e corre a toda velocidade na direção da janela. Sem nenhum apoio, Bucky não tem como se impulsionar para revidar e se soltar. A última coisa que vê enquanto é lançado pela janela fechada é Rei Cobra carregando Pecado semiconsciente na direção da saída de incêndio.

A janela é arrebentada, produzindo uma chuva de vidro estilhaçado e ferro retorcido. O melhor que Bucky consegue fazer por si mesmo é virar o corpo para não cair de cara no asfalto. Ele já passou do segundo andar e está se preparando quando atinge... a capota do carro voador da S.H.I.E.L.D., com Viúva Negra na direção.

Bucky se agarra à borda do para-brisa enquanto o carro se inclina a 90 graus, em meio às faíscas produzidas pela traseira suspendida, que vai se arrastando pela fachada do edifício. Ossos Cruzados está diante da janela estilhaçada lá em cima, pronto para saltar sobre o carro.

Enquanto dirige, Viúva Negra estende o braço por sobre o ombro, posicionando a mira um pouco acima do tronco, e libera dos braceletes um ferrão de eletrostática de 30 mil volts diretamente no peito de Ossos Cruzados, arremessando-o para trás.

Enquanto o carro voador faz a volta para retornar ao edifício Dirksen, Bucky salta para o assento do carona, arranca a máscara do Capitão América e respira fundo. Ele olha para a Viúva Negra, e por um momento vê algo nos olhos dela que não via desde seus dias de treinamento em Moscou, uma vida inteira atrás. Ele sabe que o clima é frágil, mas não consegue se segurar.

– Droga, Natasha... você demorou para chegar.

– O tráfego nesta cidade é um inferno.

Ele até poderia rir se não estivesse tão machucado. Ela evita o olhar dele enquanto deixa o carro flutuando diante da janela quebrada do 44º andar.

Lá dentro, encontram Ossos Cruzados estirado no chão com seus pés ainda se retorcendo e o ponto queimado em seu peito ainda fumegando.

– Ótimo. Ele está vivo – Viúva Negra diz, verificando o pulso do homenzarrão. – Mas não vai responder muita coisa no momento.

– Foi um belo tiro, Natasha. Aposto que saíram raios da bunda dele.

Bucky pega do chão um dente ensanguentado e o deixa cair em cima do inconsciente Enguia.

Os olhos de Víbora reviram-se nas órbitas, mas ele ainda está grunhindo ritmicamente.

– Os interrogadores terão bastante trabalho aqui antes de terem que se preocupar com Ossos Cruzados – Bucky diz enquanto Viúva Negra chama pelo comunicador as Equipes de Evacuação e Limpeza.

O escudo está onde Bucky o tinha derrubado quando Ossos Cruzados o atingiu. Pegando-o, consegue sentir seus poderes icônicos mesmo através das luvas vermelhas. *Deve ser assim que Artur se sentia erguendo a Excalibur*. A analogia é exagerada, mas funciona. Quando Arthur morreu, a espada foi jogada novamente no lago para esperar o próximo merecedor. Bucky desliza os dedos pela borda do escudo. *Será que sou merecedor?*

Ninguém mais se ofereceu para o cargo.

Esticando a máscara azul sobre o rosto, Bucky – sabendo que isso não valia nada – se torna novamente o Capitão América. Cada passo que dá na direção da escadaria reforça essa convicção em seu coração. Viúva Negra está gritando para ele parar, mas não o segue. Ela precisa estar no local quando as equipes de E&L chegarem. Além do mais, ela está chamando pelo nome errado. Está chamando Bucky.

O efeito das drogas que tinham induzido raiva na multidão, e assim engatilhado o tumulto, começa a desaparecer, apenas para ser substituída por instintos mais antigos e terríveis: a vontade de fugir em grupo, gritar, fazer alarde e quebrar coisas – a necessidade de queimar algo.

O primeiro instinto da multidão é ignorar o homem gritando com eles no topo de um furgão de TV depenado. Um por um, os manifestantes começam a reparar no homem que parece estar usando um uniforme do Capitão América – e, sim, ele está carregando um escudo. O barulho e o burburinho diminuem conforme aumenta o círculo ao redor dele, e logo um silêncio se faz, a ponto de quase todos ali entenderem o que ele está dizendo.

– Vocês não estão resolvendo nada fazendo isso. Essa não é uma boa maneira de demonstrar seu descontentamento, e desse jeito não vão conseguir ser levados a sério. Não é o momento de quebrar tudo, e sim de se unirem para construir algo. Vão para casa e cuidem uns dos outros. Se deixarem que o medo e a raiva dominem suas ações...

Uma garrafa de água pela metade descreve um arco no ar e bate no escudo.

– Cale a boca, seu impostor!
– Você não é o Capitão América!
– Ele está certo! O Capitão está morto!

As declarações do homem sobre o furgão se tornaram sem sentido quando os reforços da Kane-Meyer abriram fogo contra a multidão, tentando contê-los com gás lacrimogênio e mangueiras de água de alta pressão. A confusão é varrida em nuvens de gás pungente, e logo a praça está vazia, restando apenas os cartazes de protesto quebrados e garrafas de água esmagadas. Lágrimas escorrem pelo rosto do homem em cima do furgão, mas sua postura não demonstra derrota. Ele ainda está orgulhoso e confiante. Quando o carro voador para, pairando acima do veículo de reportagem, ele entra. O carro dispara em direção norte.

Bucky fica em silêncio enquanto Viúva Negra ganha altitude, liga o dispositivo de camuflagem passiva e ajusta o sistema de navegação para seguir a I-95 norte até Nova York. Ela ajusta a velocidade para o modo cruzeiro. Não está com pressa. Bucky relaxa completamente e deita a cabeça no ombro de Natasha. Ele só queria ficar ali por um momento. Não intencionava cair no sono, mas acaba adormecendo.

As luzes da Filadélfia estão passando sob eles quando Bucky acorda com o som de uma estação de notícias na tela do monitor multifuncional do painel. Ele vê uma imagem granulada de si mesmo em cima do furgão. A legenda no rodapé da tela diz: "Você já viu o novo Capitão?", e um apresentador com o cabelo impecável lê a notícia em um teleprompter:

– ... há diversos relatos sobre a aparição de um homem usando o uniforme de Capitão América que tentava dispersar o tumulto.

O enunciado muda, agora pedindo que quem tivesse novas informações ligasse para um determinado número, que é exibido na tela. Na imagem, gravações de uma câmera de segurança que mostram os agentes da Kane-Meyer atirando contra Víbora e Enguia enquanto o senador Wright é escoltado em segurança por uma saída de incêndio.

– Outra notícia chocante do tumulto da noite passada foi a tentativa de sequestro do senador Gordon Wright por terroristas superpoderosos e seu dramático resgate pela heroica equipe de segurança da Kane-Meyer. O senador elogiou os agentes, que foram além de seu dever ao resgatá-lo...

Viúva Negra desliga o monitor.

– Obrigado, Natasha. Estava me dando dor de cabeça. Alguma atualização sobre o interrogatório feito pela S.H.I.E.L.D.?

– Ossos Cruzados ainda está inconsciente, e os outros dois são apenas capangas, portanto não têm conhecimento das informações importantes. Rei Cobra pode até saber de algo, mas fugiu com Pecado no mesmo helicóptero em que vieram. Conseguimos fazer Víbora revelar a localização do esconderijo deles em Nova York. Uma equipe forense está revirando o lugar neste momento.

Perto de Newark, o carro voador reajusta o curso para seguir sobre o Atlântico na menor altitude possível, evitando assim o tráfego aéreo. Manhattan é apenas um clarão no horizonte. Uma luz vermelha pisca no painel, indicando que o piloto automático está ligado. Bucky veste uma jaqueta de moletom cinza com capuz para esconder a camisa do Capitão América, enfiando as luvas no bolso da jaqueta. Ele se vira para Viúva Negra, mas não diz nada.

Bucky se pergunta se Natasha está ciente de que ele está olhando para ela. Ela se vira e o encara, com um daqueles olhares que parecem revelar anos passados e velhas memórias escondidas. Ele fica desconcertado, então quebra o contato visual e olha para o mar.

– E quanto à garota de Steve? Já temos alguma pista?

– Sharon. O nome dela é Sharon Carter. Falcão talvez tenha encontrado alguma coisa que o ajude a rastreá-la. Assim que Tony conseguir acabar com a restrição, a S.H.I.E.L.D. pode operar às vistas novamente. Como é que dizíamos muito tempo atrás? Vai ser mel na chupeta.

– Mas por enquanto...?

– Por enquanto, nossa credibilidade está debilitada, e todos os nossos agentes em solo americano estão sendo vigiados.

– O que isso significa, Natasha?

– Significa que, agora que você virou notícia, nós não podemos mais ser vistos juntos.

– Ah. Tudo bem.

Mas não está tudo bem. Ele se sente como um garoto desajeitado, inseguro e estranho perto da garota a quem hesita em revelar as emoções. Ele ainda acha que pode mudar isso. Ele mudou coisas muito mais difíceis.

– Você se lembra de tudo? – ela pergunta. – Lembra-se do tempo em que ficamos juntos quando eu era jovem?

A Estátua da Liberdade fica visível através do para-brisa. Bucky se lembra de ter visto aquela cena do deque de um navio do exército. Seus pensamentos viajam antes que ele responda.

– Eu me lembro de cada segundo daquele tempo, *Natasha Alianovna*. Você era a única coisa boa. A única coisa boa em tudo aquilo.

Os telhados dos edifícios de Manhattan passam rápido abaixo do carro voador. Bucky pega o escudo e o recoloca na discreta caixa. Diminuindo a velocidade, o carro paira sobre o hotel de Bucky.

Os dois estão cientes do desconforto do momento. Bucky já está com a porta aberta. Tudo o que tem a fazer é dar um passo para fora e se afastar.

Ela diz:

– Eu também não me esqueci de nada, *Zeemneey Soldat*.

O beijo é breve, mas mais do que amigável.

– De novo. – Ela suspira.

E um segundo depois:

– Mais uma vez.

É ela que interrompe o último beijo e olha profundamente nos olhos de Bucky, com a testa encostada na dele. Puxando o capuz para cobrir-lhe a cabeça, ela o empurra pela porta com um sorriso.

– Até o dia em que enfrentaremos um inimigo juntos.

Ele fica parado no telhado, observando o carro levantar voo e desviar na direção do brilho, atrás das nuvens que marcam a localização do aeroporta-aviões.

Enquanto desce as escadas de incêndio na direção de seu melancólico quarto, Bucky reflete que está tudo bem... e que, às vezes, é possível merecer um pouco de paz.

INTERLÚDIO #15

— **SUA FILHA TEVE UMA FRATURA EXPOSTA** na clavícula esquerda. O osso estava projetado para fora. Nós o consertamos, suturamos tudo, colocamos no lugar e o deixamos imobilizado em gesso. As lesões na cabeça são outro assunto. Ela pode apresentar dificuldades cognitivas.

O doutor está ciente de quão estranho é explicar ferimentos cranianos a um homem usando uma máscara de crânio, mas ele sabe que não pode dizer isso. Não para o Caveira Vermelha.

— Eu provavelmente não sou capaz de saber a diferença.

É difícil dizer se o Caveira Vermelha está brincando. Há fotografias de Hitler e Stalin rindo. E nenhuma de Caveira Vermelha.

— Só me diga uma coisa: ela poderá ainda ser útil? Será capaz de executar tarefas simples? Como descer até um porão e dar um tiro na nuca de alguém?

O doutor engole em seco antes de responder.

— Não vejo por que não seria.

— Avise-me se a situação dela mudar.

Caveira Vermelha tem mais uma pergunta antes de sair pela porta:

— Você tem alguma objeção quanto a dar cabo de casos inúteis?

— Não, senhor. Nenhuma.

Os olhos de Pecado estão fechados. Ela não demonstra de maneira alguma ter ouvido o que foi dito. Ela é inteligente o bastante para não se deixar perceber. Tal pai, tal filha.

Seu pai sabe que tudo o que disse vai ficar registrado no inconsciente de Pecado, mas ele não se importa. O que se pode esperar dele? Caveira acha que ela deve se considerar uma pessoa de sorte por ele a ter entregado à Mãe Noite para uma criação cruel em vez de ter quebrado de uma vez seu pescoço.

Caveira Vermelha sai da enfermaria e encontra Rei Cobra aguardando no corredor. Ele parece ter a intenção de sorrir, mostrar simpatia e parecer obediente ao mesmo tempo.

– Espero que o diagnóstico de sua filha tenha sido favorável. Minha prioridade foi trazê-la para receber tratamento médico, e deixar que Ossos Cruzados lidasse com o novo Capitão América e...

– Não o chame assim.

– Desculpe...?

– Ele não é o *novo* Capitão América. Ele é o velho Bucky brincando de se fantasiar de seu velho mentor.

Rei Cobra faz menção de seguir Caveira Vermelha pelo corredor interno do complexo secreto na zona rural de Nova York, mas é detido em uma das comportas por um par de seguranças da I.R.D.A.

– Área restrita, Cobra – Caveira Vermelha diz por sobre o ombro. – E o diagnóstico de Pecado é bom. Se não fosse, haveria agora dois túmulos cimentados no porão entre os objetos descartados e os projetos que falharam.

Com a comporta se fechando atrás de si, Caveira Vermelha segue a passos largos pelo corredor de concreto reforçado com aço à prova de bombas, como nos velhos submarinos alemães de Saint Nazaire. Ele se detém e espia o laboratório de Arnim Zola quando vê os insetos mortos espalhados pelo chão. Seja lá o que emana do dispositivo de Zola, não é conduzido pelo tecido vivo.

Outro conjunto de comportas antiexplosão protege a suíte particular do Caveira Vermelha no fim do corredor. Ocupando um assento inteiro projetado para duas pessoas, Doutor Faustus está zapeando pelos canais de notícias no grande monitor na parede. A face florida do senador Wright toma a tela em todos os canais.

Tentando conter a fúria de ver seu espaço particular invadido daquela maneira, Caveira Vermelha pergunta calmamente:

– Como foi que você entrou aqui?

Faustus está bebericando uma taça de vinho Saint-Émilion enquanto mordisca ervilhas com wasabi.

– Quando você moveu as operações da Torre Kronas e da instalação comprometida da I.R.D.A., em Manhattan, transferiu os códigos de segurança, e meu velho cartão ainda funciona. Meus privilégios foram revogados?

Caveira Vermelha faz uma nota mental para se lembrar de atualizar os códigos assim que tiver tempo. Ele acena para a tela:

– O que nosso político de estimação tem a dizer?

– Ele anunciou sua saída de seu velho partido, a formação do Partido Terceira Via e sua candidatura à presidência. Todos os três ao mesmo tempo, garantindo-lhe cobertura total. Estas ervilhas são muito boas, *Herr* Caveira.

– Picantes, *nicht war*? Ele ao menos está seguindo o roteiro?

– Até agora, sim. Embora a retórica tenha sido reciclada e seu discurso um pouco modificado, é o que o eleitorado quer ouvir e ver. Seus comunicados à imprensa estão dando muita discussão também.

Caveira Vermelha assiste novamente ao vídeo com as imagens de uma câmera de segurança que mostra o resgate do senador das mãos dos "terroristas".

– Um plano tão simples: encenar o sequestro terrorista de um senador e fazê-lo ser resgatado pelos agentes da Kane-Meyer; e como ele foi facilmente atrapalhado por causa de um hipócrita metido. Notei que todas as estações estão constantemente transmitindo esse vídeo. Estou surpreso de que a farsa não tenha sido descoberta.

– Não há nada a ser descoberto, já que nada foi adulterado. Duplicamos a escadaria, arrumamos dois atores para representar Enguia e Víbora e fizemos o senador reencenar com os verdadeiros agentes da Kane-Meyer. Os dois atores acabaram sofrendo um acidente fatal.

– Brilhante, Faustus. E todos estão repetindo as declarações do senador de que a Kane-Meyer impediu que as maiores cidades da América fossem completamente queimadas.

Doutor Faustus aumenta o volume com o controle remoto.

– Este é o golpe de mestre...

Imagens de arquivos mostrando bombas de petróleo surgem na tela. A voz do apresentador projeta certo viés irreverente.

– ... e ainda ontem, o senador Wright negociou um contrato com a Kronas Energia para baixar o preço do petróleo a níveis pré-crise, tudo isso após intermediar o acordo que barrou a execução de milhares de hipotecas por todo o país.

Caveira Vermelha pegou o controle, desligou a TV e, pegando a garrafa pela lateral, encheu novamente a taça de Doutor Faustus. Faustus ingere a bebida, sem se importar de estar bebendo sozinho.

– Fazer seus capangas atacarem publicamente o senador deve dissipar qualquer suspeita de que ele esteja do nosso lado, ou de que o Caveira Vermelha está gerenciando a Kronas por trás das cortinas.

– Suponho que Lukin mereça um pouco do crédito. – Caveira se ajeita atrás de sua mesa. – Devo admitir que o germe do plano foi dele, embora ache cansativo o quanto ele reclama dos meios pelos quais chegamos aos fins. Quem se importa com a maneira como conseguimos os resultados, contanto que cheguemos lá? Além do mais, toda a América foi construída com golpes e mentiras.

Um segundo depois, a própria empolgação pela vitória iminente fez com que Caveira Vermelha se levantasse e começasse a falar, andando de um lado para o outro.

– E logo o nosso homem poderá fazer campanha para a presidência como o salvador da prosperidade da América, o cavaleiro de armadura brilhante que tirou o país da beira das ruínas e tornou as ruas seguras para as velhinhas e crianças. Lentamente, as ovelhas vão aceitar que contratar lobos para protegê-las é a única solução, e vão entender que um estado policial é a única resposta para o caos da democracia.

Faustus precisou fazer um esforço considerável para conter um bocejo. Ele fingiu que havia um fragmento de rolha na língua enquanto Caveira Vermelha continuava sua arenga.

– Logo, a Kane-Meyer Segurança será presença dominante e assustadora em cada grande cidade desta nação. Minha mão estará em volta da garganta dos Estados Unidos da América...

– Acredito que queira dizer *nossas* mãos, *Herr* Caveira?

Transcorrem perigosos segundos enquanto Caveira Vermelha avalia as possíveis razões, implicações e resultados para a observação de Faustus. Ele opta por mudar de assunto.

– Não tem mais o que fazer? Uma mulher escondendo a gravidez, por exemplo?

As perguntas são retóricas; e para sublinhar seu ponto, Caveira Vermelha liga a TV e abre a comporta de segurança, indicando que a reunião acabou e que o visitante deve se retirar.

No entanto, as portas se abrem e Arnim Zola entra na sala com sua caixa psicotrônica, fazendo tremer as imagens do novo Capitão América, reprisadas no monitor da parede.

– Um exemplo apropriadamente visual da sincronicidade junguiana no trabalho. Sim. Estou aqui para relatar que os testes preliminares foram positivos e conclusivos: nosso novo sujeito é perfeitamente viável, e a ressuscitação pode ocorrer conforme nosso novo cronograma.

Caveira Vermelha dirige um sorriso triunfante para Faustus, apontando para a imagem na tela.

– Muito em breve, não será esse impostor a usar o traje com a bandeira. Um Capitão América com um pedigree muito mais autêntico vai emergir para inspirar os impulsos maleáveis do povo americano, e será um Capitão América totalmente sob nosso controle.

33

TALVEZ EU NÃO TENHA OUTRA CHANCE.

A presença da filha do Caveira Vermelha causou uma grande bagunça na enfermaria. No laboratório de Zola, pelo menos ao redor dele, há uma grande movimentação. Caveira Vermelha está mais cheio de si do que nunca. Ele vê que seu momento de triunfo está próximo. E quando as pessoas estão confiantes demais, acabam ficando descuidadas. Espero que sua arrogância o estrangule.

Doutor Faustus está gerenciando uma campanha política e liderando um repentino ataque de relações públicas, e os dois trabalhos tomam completamente o seu tempo, então ele não tem mais entrado em minha mente para ter certeza de que estou me mantendo na linha. E eu estou ficando cada vez melhor em compartimentar e colocar barreiras entre meu "eu" original e a Sharon Carter controlada por Faustus.

A expectativa da maternidade é minha motivação mais poderosa. A necessidade de salvar meu filho – o filho de Steve – desses maníacos cruéis é que está me fazendo caminhar pelos corredores em busca de uma saída.

Estou certa de que deve haver pelo menos uma ou duas rotas de fuga secretas. Isso é algo de rotina em todos os laboratórios ou instalações que Arnim Zola e Caveira Vermelha já usaram, e eu vi com meus próprios olhos aquela que Doutor Faustus utilizou para escapar quando Falcão e Viúva Negra atacaram a instalação da I.R.D.A. Foi quando Faustus me entregou um de seus muitos cartões de segurança para que eu pudesse passar pelas portas de contenção e recapturar o Soldado Invernal para ele.

Eu nunca devolvi o cartão, e isso agora me dá a oportunidade de fugir.

A rota de fuga mais óbvia seria um túnel, então desço até o porão. Há acesso liberado até as salas onde ficam as caldeiras e fornalhas. Faço uma busca rudimentar, mas não acredito que o Caveira Vermelha escolheria um local tão óbvio. No fundo de uma grande área de armazenamento, encontro uma porta de aço com a placa "produtos de limpeza". Isso é para lá de suspeito, então abro a porta e entro.

A sala é grande demais para ser um armário de produtos de limpeza. Há prateleiras de aço repletas de recipientes de metal selados, pilhas de enormes caixas e corredores entre as estantes, largos o bastante para passar uma empilhadeira. Há um zumbido que soa como um aparelho de refrigeração do outro lado da sala.

O ruído vem de uma unidade de congelamento com duas fontes de energia de reserva. A coisa é do tamanho de um caixão e tem uma janela de vidro de inspeção cheia de gelo. Quando limpo o gelo, vejo um rosto que conheço muito bem.

É Steve Rogers.

Sinto as pernas ficarem bambas, e minhas pernas *nunca* ficam bambas. Sinto a bile subindo pela garganta. Ouço as batidas de minha testa na janela de inspeção, mas não sinto. O rosto de Steve está a centímetros de distância, mas os detalhes estão ficando borrados. Minha respiração está embaçando o vidro novamente.

Um milhão de perguntas, e nenhuma resposta. *Ele não está morto? Eu não atirei nele na Foley Square? Não vi seu corpo no necrotério? Não houve um velório e um enterro? Tudo aquilo foi uma mentira implantada pelo Doutor Faustus? Será que minha gravidez é verdadeira?*

Todas essas questões e muitas outras são interrompidas pelo zunido de uma porta de segurança sendo aberta.

No canto mais escuro da sala, eu deslizo para trás de uma estante e me abaixo. Não é o esconderijo ideal, mas permite que eu veja a unidade de congelamento. Observo a equipe de segurança da I.R.D.A. se posicionando em torno do congelador enquanto uma equipe de técnicos da I.M.A. conecta uma unidade de energia portátil nele. Outro técnico conduz uma empilhadeira. Escuto a voz robótica de Arnim Zola antes de vê-lo.

– Tenha muito cuidado com isso. Se você danificá-lo, e ele não puder ser acordado, terá que responder ao Caveira Vermelha.

Eu me afasto o máximo possível quando Zola entra em meu campo de visão. A caixa que lhe serve como cabeça se vira em minha direção, e uma única lente vermelha no meio dela parece estar olhando diretamente para meu olho direito. Eu me encolho para trás e prendo a respiração.

A empilhadeira sai de ré da sala onde está o congelador, seguida pelos técnicos da I.M.A e pelos guardas da I.R.D.A. A porta se fecha, e o som dos passos desaparece no corredor que conduz ao porão.

As palavras de Zola reverberam em meu cérebro. Uma em particular: "acordado".

Steve não está morto.

Eles vão revivê-lo.

Eu me sinto como se fosse Natal e Quatro de Julho ao mesmo tempo, com presentes e fogos de artifício. Meus planos de fuga são cancelados. Não vou deixar Steve nas mãos deles.

Sem chance.

E não vai ser fácil. Eles tiraram minha arma depois que joguei o Soldado Invernal para fora do avião de fuga. Faustus não me prendeu, mas se esqueceu de que havia me dado um de seus cartões de segurança, então presume que eu não possa me locomover livremente. Grande coisa. Passar pelos portões de contenção e pelas comportas é uma coisa, mas andar pelas salas e corredores é outra bem diferente. Ainda estou usando meu macacão banco, que se destaca entre os trajes amarelos e vermelhos daqui. Levo uma hora para chegar ao porão porque tenho que esperar até o corredor seguinte ficar vazio.

Não posso ficar me preocupando com todas as coisas negativas. Tenho que tirar Steve daqui. Não resta nada a não ser continuar me movendo e tentar chegar da melhor maneira possível ao laboratório de Zola.

Segurando firmemente o cartão de segurança, e prestes a passá-lo pela tranca, vejo a porta se abrir e um técnico da I.M.A. entrar na sala. Eu paro imediatamente e falo com ele em tom autoritário.

– O que você está fazendo aqui?

Confuso, o técnico gagueja:

– Eu voltei para pegar o acoplador de tetraclorometano...

Depois de derrubá-lo com um chute giratório, atingindo-o no plexo solar, eu retiro dele a roupa de apicultor amarela e o capacete. Ele também tinha uma pistola de raios, uma arma de porte pequeno que usa um campo elétrico para disparar projéteis de hipervelocidade. Eu a enfio no coldre vazio.

Uma rápida busca no ponto vazio onde estava o congelador me mostra uma peça de aço inoxidável que pode muito bem ser um acoplador de refrigeração. Tudo o que consigo me lembrar da substância refrigerante é que começa com T.

Dez minutos depois, estou na porta do laboratório de Zola, que infelizmente é vigiado por um par de imensos soldados da I.R.D.A., armados com rifles de energia cinética. Erguendo o dispositivo de aço inoxidável, eu digo:

– Estou trazendo o acoplador T.

Eles não fazem a menor ideia do que eu estou falando, e eu não tenho um plano B. Eu teria que abrir o uniforme de apicultor, pegar a pistola de raios e mirar neles antes que atirassem em mim, e isso é impossível. E minhas chances caem para zero quando eles erguem as armas para mim.

– Esse é o acoplador para a mangueira de tetraclorometano.

Doutor Faustus está parado atrás de mim. Ele arranca o acoplador de minha mão.

– Eu fico com isso.

Ele passa um dos cartões de segurança que ainda tem, e a porta se abre, revelando Steve deitado em uma mesa de operações com Arnim Zola inclinado sobre ele, segurando um injetor hipodérmico.

A caixa que serve de cabeça para Zola está imóvel, mas os lábios se movem na projeção holográfica em seu peito.

– Que bom que se juntou a nós, Faustus...
– Não use esse tom de voz comigo, Zola. Você jamais teria esse espécime se não fosse por mim.
Faustus entra e a porta se fecha.
Não tenho outra escolha a não ser me virar e me afastar. Mas agora sei onde Steve está. E se eles o "acordarem", posso tirá-lo deste lugar sem ter que arrastá-lo ou carregá-lo. Tenho que manter o pensamento positivo. Tenho que me manter alerta. Tenho que fazer tudo isso porque estou vivendo por dois agora.
Ganhar tempo no corredor é impossível, mas posso ficar nas proximidades do laboratório, então fico passando de um lado para outro a cada cinco ou dez minutos, sempre com uma forma diferente de andar, alternando entre largada e uma postura severamente ereta. Observo que só há uma câmera de segurança, e que está apontando diretamente para a porta do laboratório.
Na minha quinta passagem, a porta se abre. Zola e Faustus emergem lado a lado, fingindo tolerar um ao outro.
– Sucesso total. Caveira Vermelha ficará extremamente satisfeito comigo, Faustus.
– *Conosco*, Zola.
A comporta seguinte se fecha atrás deles antes que eu consiga ouvir a resposta de Zola.
Abro o traje amarelo, retiro a pistola de raios e entro no corredor para atirar na câmera de segurança. Meus dois tiros seguintes derrubam os guardas da I.R.D.A. Passo o cartão de acesso ao laboratório de Zola, arrasto os guardas para dentro um por um e fecho a porta. Espero um instante, tentando ouvir se há alguma reação, mas não há. A arma de raios é totalmente silenciosa, exceto pelo discreto *boom* sônico do projétil, cujo som não chega nem de perto ao de uma arma de fogo convencional.
Estou a meio caminho de salvar meu homem. Agora tudo o que preciso é tirá-lo daqui.
Steve está deitado na mesa de operação, com o tubo de glicose intravenoso e ligado a monitores cardíacos e de ondas cerebrais. Não há

respirador, o que significa que conseguiram acordá-lo e fazê-lo funcionar impressionantemente rápido. Provavelmente está com agulhas enfiadas dos pés à cabeça. Mas nenhuma dessas coisas deteria o Steve que eu conheço. Tenho certeza de que, se conseguir fazê-lo se levantar, também posso levá-lo para fora daqui. Olho rapidamente para a porta e vejo que um dos guardas da I.R.D.A. é quase do tamanho de Steve. Nós dois podemos fugir bem debaixo do nariz deles com um pouco de sorte e a boa e velha audácia.

Retiro os eletrodos cardíacos da cabeça de Steve. As mãos dele estão esticadas sob o lençol que o cobre até o pescoço. Estou tão feliz em vê-lo respirando que as lágrimas correm soltas por meu rosto e molham o rosto dele.

– Steve? Pode me ouvir?

Ele abre os olhos e olha diretamente para mim, sem me reconhecer. Quando fala, não é com a voz de Steve, e não há nenhum traço de seu sotaque do Lower East Side.

– Quem é você?

Torna-se evidente no momento em que ele se senta e a luz o ilumina melhor que, embora se pareça muito com Steve, é uma semelhança artificial – como se tivesse sido obtida por meio de cirurgia plástica. Seus gestos e linguagem corporal estão muito estranhos.

– Você não é Steve – falo com dificuldade.

– Esse é meu nome. Sou Steve Rogers.

O sósia balança a cabeça. O lençol desliza, e posso ver o tórax dele. Há muitas marcas – queimaduras cicatrizadas cobrindo um dos ombros e a maior parte do peito. É isso o que me faz perceber quem ele realmente é.

– Não. Seu nome verdadeiro é William Burnside. Você fez parte de um programa do FBI para criar um novo Capitão América nos anos 1950, mas o Soro do Supersoldado que usaram falhou. Você entrou e saiu da animação suspensa por anos, até que o Doutor Faustus...

O homem horrível com o rosto de Steve sentado diante de mim me interrompe.

– Doutor Faustus está me ajudando. Eu vou ser o Capitão América novamente.

Faustus é um dos que tentaram transformar Burnside em um super-herói fascista gerador de ódio chamado "O Diretor". Quando Faustus ordenou que Burnside matasse Steve Rogers, algo em seu íntimo despertou; então ele disparou um dispositivo de autoimolação. Durante todo esse tempo, achavam que Burnside estivesse morto, mas Faustus aparentemente o havia guardado, e convenientemente removera partes importantes da memória de Burnside. O sósia acha que é Steve Rogers, mas na verdade é uma experiência que deu errado – e um psicótico perigoso.

Então, Steve realmente está morto, e esse lunático está vivo e usando seu rosto. E agora o Caveira Vermelha e Faustus vão estabelecê-lo como o novo Capitão América. É mais do que posso suportar.

Não vou deixar isso acontecer.

Aponto a arma de raios para a cabeça do impostor. Ele se afasta, sem entender o motivo do que está para acontecer.

Pressiono o gatilho...

INTERLÚDIO #16

— APARENTEMENTE, SEU PACIENTE não é mais exatamente seu paciente, Doutor Faustus.

Aleksander Lukin, segurando uma cópia feita pela I.M.A. do neutralizador neural da S.H.I.E.L.D., está parado diante do corpo caído de Sharon Carter. A arma não está exatamente fumegando, mas ainda libera íons.

– Sua percepção do óbvio é impressionante – Faustus diz. – Estou me dirigindo a Lukin ou ao Caveira Vermelha? É difícil saber quando você não está de máscara.

– Aos dois. Hoje estamos dividindo.

– Isso poderia ter sido um desastre se eu não o tivesse trazido de volta para ver o resultado. Zola deveria ter ficado aqui para monitorar o sujeito.

– Zola teve que verificar a esterilização da instalação onde você havia armazenado o sujeito. Não queremos que haja por aí nenhuma pista que possa chamar atenção das pessoas erradas, não é?

Lukin/Caveira arranca a arma de raios da mão de Sharon e a enfia no bolso.

– Precisamos realmente fazer alguma coisa a respeito do cérebro dela, você sabe. Não podemos deixá-la correndo solta por aí no estado delicado em que se encontra. Nesse meio-tempo, ela deveria ficar amarrada na enfermaria.

– Onde sua filha, Pecado, ainda está se recuperando? – Faustus pergunta. – Uma garota tão adorável... Eu a peguei mexendo nos meus arquivos pessoais, certa vez. Ela disse que queria me ajudar a organizá-los. Não é uma doçura? Aposto que ela também andou ajudando-o quando você não estava por perto.

Caveira Vermelha se vira e se afasta sem responder.

Faustus tem que passar por cima do corpo inerte de Sharon para colocar Burnside de volta na mesa de operação.

– Ela estava tentando me matar. Por que ela faria isso? – Burnside está genuinamente intrigado. – Ela estava muito confusa. Primeiro ela me chamou pelo meu nome, e depois disse que eu era outra pessoa.

Faustus puxa novamente o lençol e cobre o corpo do impostor.

– Apenas os murmúrios de uma garota tola. Todo mundo sabe quem você é. Você é o Capitão América.

34

A MOTOCICLETA QUE ELE ESTÁ GUIANDO em direção ao interior do estado de Nova York ainda é chamada de "Americana de Ferro", mesmo que apenas a montagem seja feita nos Estados Unidos, com peças e partes de vários lugares do mundo. *Mas, com os diabos*, pensa Bucky, *se é o Capitão América que a está guiando, essa é a única marca que ela precisa*. Seu motor V-twin de 1250 cc com refrigeração líquida e cabeçote duplo pode não o levar aos lugares de modo tão rápido quanto um carro voador, mas o visual é melhor. O escudo afivelado às suas costas acrescenta um coeficiente de arrasto se ele se sentar ereto, mas ele não é o Easy Rider, não é mesmo?

Uma rápida olhada para o céu diz a Bucky que Falcão ainda está voando lá no alto ao lado de Asa Vermelha.

Na noite anterior, Bucky teve o mesmo pesadelo que tem tido desde que concordou em ser o novo Capitão América. O sonho não tem sentido lógico, mas emocional – que é, Bucky supõe, a verdadeira função dos sonhos. É uma reprodução incoerente de cenas da guerra, alguma testa de ponte na Holanda. Tanques Tiger e Panzer tentam conter o avanço dos Aliados, enquanto Capitão América e Bucky flanqueiam os alemães. Capitão lança seu escudo e derruba um oficial da Waffen SS. O escudo está voando de volta, e Capitão grita:

– Pegue-o, Bucky!

E Bucky o pega.

Mas Bucky não é mais o Bucky. Ele está usando o novo uniforme de Capitão América, e segura o escudo que acabou de pegar. O velho Capitão América está desaparecendo como o Gato que Ri de Alice, apenas a estrela em seu peito permanece sólida.

– Não perca o escudo, Bucky. Eu vou querê-lo de volta.
– Eu não vou perder, Cap! Não vá...
– Diga em russo, Bucky.
– O quê? O que isso significa?
E então, até mesmo a estrela some.
Bucky se sente como um garotinho novamente, como se o uniforme vermelho, branco e azul que está usando fosse seis números maior e ele jamais pudesse caber nele. E ele grita:
– Esse não sou eu de verdade! Não é minha culpa!
– O que não é sua culpa?
Bucky se senta ereto na cama e vê Falcão empoleirado na janela do hotel barato.
– Você nunca entra pela porta?
– O quê? E ter que subir cinco andares de escadas fedorentas?
– Você não está aqui para me atacar, está?
– Como é que é?
– Desculpe. O que você *quer*, Sam?
– Eu o vi no noticiário. Inicialmente, não fiquei muito animado. Mas, quando pensei a respeito, não consegui imaginar ninguém melhor para assumir essa tarefa.
– É capaz de eu desmaiar com tantos elogios, mas continue.
– Tenho uma pista de onde Sharon Carter possa estar. Achei que talvez você quisesse me ajudar na tentativa de salvar a garota de Steve.
– Ela é sua amiga também, não é?
– Sim, ela é.
– Então vamos nessa.
Só precisou disso. Agora, Bucky está usando o traje e sentindo o vento e o impacto de insetos na cara ao longo da estrada rumo ao norte. Está um dia belo e brilhante para se seguir em direção ao que pode vir a ser uma cruel e violenta luta, mas isso o faz se lembrar de muitos dias como aquele durante a guerra. A maioria das pessoas vivas nos dias de hoje tende a pensar na Segunda Guerra Mundial como um evento sombrio preto e branco. Ninguém se dá conta de que o avanço para Paris depois do Dia D se deu entre o começo de julho e o fim de

agosto de 1944. Bucky viu carnificinas horríveis em dias tão claros e ensolarados como este.

Falcão faz um círculo no ar e aponta uma estrada de terra que leva para longe da rodovia. Parando ao lado dessa estrada, eles têm uma rápida reunião tática e de planejamento.

– As imagens de satélite mostraram caminhões indo para nordeste nesta estrada, partindo de uma instalação suspeita da I.M.A., que sabemos que era usada por Doutor Faustus. Os caminhões fizeram uma breve parada em um complexo do outro lado da floresta – uma clínica de saúde mental abandonada que suspeitamos ser uma nova fachada de Faustus. Quem pode saber o que está acontecendo lá...

Bucky consegue notar as altas chaminés apontando para o céu a quase dois quilômetros dali, lembrando-o de lugares de pesadelo que ele conheceu na Polônia.

– Já encontrei Faustus. Posso imaginar.

– Você não faz ideia, Bucky. Tempos atrás, ele tentou iniciar uma guerra. Até fez lavagem cerebral em William Burnside, que os Federais tentaram transformar em Capitão América nos anos 1950. Dá para imaginar isso? Usar um cara que vestiu as cores do Capitão para liderar um bando de linchadores fanáticos e intolerantes?

Pensar nessa ideia fez a fúria crescer em Bucky, cimentando sua inimizade com Faustus.

Escondendo a motocicleta nos arbustos, os dois avançaram pela vegetação em direção à instalação enquanto Asa Vermelha fazia um voo de reconhecimento à frente. Na cerca de aço que delineava o perímetro da propriedade, eles pararam na sombra de um alto pinheiro enquanto Falcão "via" através dos olhos de Asa Vermelha.

– Agentes da I.M.A. Os caras com roupa de apicultor amarela. Parece que estão fechando o lugar, carregando equipamentos para um dos transportes voadores deles.

– Cabeças de balde? Nerds com armas, isso sim.

– Uma das armas principais de Caveira Vermelha está lá, agindo como chefe dos capangas. Professor Arnim Zola em pessoa. Outro psicopata com raízes no Terceiro Reich, como Caveira e Faustus.

– Acho que não preciso perguntar quem vai por cima e quem vai por baixo, não é?

O ataque simultâneo por solo e por ar foi uma total surpresa para os agentes que carregavam o veículo de transporte. Um terço deles já estava no chão antes que o restante ao menos percebesse que algo estava errado. Não houve disparos de armas de fogo, gritos ou coação – apenas uma demonstração metodicamente violenta de luta em equipe elevada à forma de arte.

A economia de movimentos e a eficiência combativa de Falcão fizeram Bucky se lembrar de Steve Rogers. Não o estilo exatamente, mas certamente a atitude. Observar Falcão em ação fez Bucky se lembrar do tempo em que ele e Capitão quase pegaram o Caveira Vermelha tirando um cochilo na Dinamarca. A lembrança faz Bucky sorrir – e se preocupar em não deixar Falcão na mão, mostrando-lhe que é capaz de fazer seu trabalho. Mostrando-lhe que estava certo em confiar nele.

Quando tem certeza de que Falcão pode derrubar o restante da equipe que está carregando o veículo, o homem que um dia foi o garoto-soldado e agora usa o uniforme do Capitão América corre até uma enorme estrutura onde aparentemente funcionara uma lavanderia coletiva.

– Vou atrás de Zola, Falcão!

O professor Arnim Zola não é um mero "nerd com uma arma", mas um ciborgue blindado empunhando uma pistola de plasma com bobina de Tesla. O raio de hidrogênio disparado pela arma poderia ter aberto um buraco no peito de Bucky se o escudo não o tivesse impedido. O raio negro frita o sistema nervoso central de quatro serviçais de Zola, apesar de eles estarem usando roupas de proteção.

Um apicultor confuso fica parado entre Zola e Bucky, mas mesmo assim o doentio professor robótico começa a atirar, já que carne e ossos não fazem nada para diminuir a energia da hipervelocidade do raio de hidrogênio. Um buraco fumegante de 1 cm aparece na parede de tijolos atrás de onde Bucky estava.

Steve Rogers nunca teria feito um jogo defensivo. Bucky atira o escudo, sabendo muito bem que ficará indefeso até que ele volte à sua mão. É um tiro com sete pontos de ricocheteio em pilares de aço, paredes e no chão de concreto – tornando impossível a previsão do ponto de impacto definitivo.

Arnim Zola dispara contra três pilares de apoio, derrubando uma enorme parte do segundo e do terceiro andares no caminho do escudo voador. Bucky precisa dar um mergulho para evitar que o escudo fique soterrado nos destroços. Três agentes remanescentes da I.M.A. não têm a mesma sorte.

Zola recuou até uma passarela de aço e está apontando sua arma para Bucky quando Falcão atravessa uma janela e derruba uma unidade de transferência de calor de seis metros de altura em cima dele. Um humano de carne e osso seria esmagado contra o piso da passarela, mas o ciborgue Zola afasta o metal enferrujado e dispara contra Falcão, descarregando completamente a arma.

Subindo ao que restou do terceiro andar, Zola corre para dentro de uma sala sem janelas e bate a porta de aço atrás dele. No térreo, os agentes da I.M.A. conseguiram recuperar uma caixa de pistolas de plasma e estão abrindo mais buracos nas paredes por onde Bucky passa. Enquanto atira o escudo, Bucky grita para Falcão:

– Eu dou conta dessas aberrações... Não deixe Zola fugir!

Falcão arranca a porta de aço no terceiro andar e encontra o Professor Arnim Zola plugado em uma máquina que ocupa quase todo o espaço da sala, vibrando a uma frequência que faz parecer que seus molares vão cair. Seis ou sete monitores exibem sequências de números. A voz de Zola explode dos múltiplos alto-falantes.

– Vocês não conseguiram nada. Estou levando comigo tudo o que tem importância!

Rapidamente Falcão se dá conta de que a sequência de números é uma contagem regressiva de segundos e milésimos, e acabou de passar por 7.306.

Aos 3.963, Falcão voa a toda até o térreo e agarra Bucky.

Carregando Bucky, Falcão se lança para fora da instalação aos 2.511. Eles caem no chão, rolam e ficam deitados. Bucky ergue o escudo para protegê-los no momento em que uma bola de fogo engole o edifício, estendendo-se por mais de cinquenta metros para todos os lados.

Eles se levantam, espanando as cinzas enquanto observam as chamas vorazes.

– No que está pensando, Bucky?

– Estou me perguntando o que será que o Caveira Vermelha quer tanto esconder.

INTERLÚDIO #17

ELE SE SENTE BEM em estar de volta ao uniforme do Capitão América, que por direito é seu. Ele sabe disso porque o Doutor Faustus lhe disse, e Doutor Faustus tem razão a respeito de tudo.

Ele havia sido o Capitão América quando significava alguma coisa ser o Capitão América. Seu uniforme é exatamente o mesmo usado pelo Capitão América real – não é como o frágil e redesenhado trapo usado pelo ignóbil impostor que ficou maluco em Washington e atacou os patriotas da Kane-Meyer que só estavam cumprindo seu dever.

Usar o uniforme é algo sagrado, de que se deve ser digno. Portar o título de "Capitão América" é a maior honra que ele pode imaginar, e a ideia de um impostor usando o título e o uniforme lhe causa uma dor atroz. Faz suas cicatrizes de queimadura coçarem insuportavelmente, mas ele evita passar as unhas sobre o uniforme sagrado.

O homem no pódio na praça lá embaixo é outra questão. O senador Gordon Wright incorpora todos os princípios nos quais o Capitão América acredita fervorosamente. Outro verdadeiro patriota, Wright veio para Chicago para iniciar um tour de campanha, e certamente ele conseguirá tirar da Casa Branca o traidor que a ocupa.

Uma multidão enorme e entusiasmada se reuniu para ouvir as honestas palavras do honrado legislador. Wright invoca a Constituição, mas sublinha a necessidade de segurança. Usa a palavra "liberdade" 36 vezes, e a expressão "o povo dessa grande nação", 11 vezes. Exatamente como está escrito no roteiro.

O homem com as cicatrizes de queimadura usando o uniforme do Capitão América está em pé na beira de um prédio diante da praça e ajusta as fivelas do escudo preso ao braço esquerdo. Não é o escudo original, claro. Não é vibranium, mas uma lâmina de molibdênio, kevlar e resina de fibra de carbono. Tem um sistema de propulsão e direção criado por uma organização extremamente patriótica chamada I.M.A., mas é um segredo nacional. Doutor Faustus o fez prometer nunca revelá-lo.

Está orgulhoso por ser parte dessa noite. Entende as razões para o cuidadoso roteiro desse evento. O que é uma pequena enganação comparada ao avanço de um bem maior? O destino da nação jaz sobre a balança, e os inimigos da liberdade são realmente cruéis.

Os assassinos que correm na direção do pódio também são verdadeiros. Eles são crentes fanáticos em uma situação política diametralmente oposta à que o senador Wright defende. Tem alguma importância o fato de eles terem sido preparados, dopados e incitados a executar as ações dessa noite? Tem alguma importância que as armas e a oportunidade lhes foram oferecidas? Claro que não. São graciosas notas de uma orquestração muito maior.

Ele ouve sua deixa e ataca os pretensos assassinos, que sacam as armas e gritam palavras de ordem. Segundos depois, eles estão caídos aos pés do pódio, ensanguentados e lacerados. A multidão aplaude. Capitão América se dirige à turba:

– Meus amigos americanos...

35

BUCKY ASSISTIA AO NOTICIÁRIO sentindo a raiva e o desgosto crescerem. O homem na tela se parecia muito com Steve Rogers, mas as palavras que saíam de sua boca em apoio ao senador Wright eram distorções perversas dos ideais pelos quais Steve Rogers vivera. Bucky sente vontade de destruir a TV.

Ele estava na academia que Falcão tem em seu apartamento, treinando boxe e malhando, quando Sam recebeu uma mensagem de Natasha, dizendo que ligasse a TV.

Assistindo ao discurso, e vendo reprises da tentativa de assassinato e resgate, Bucky fica sem palavras. Mas Falcão não é do tipo que guarda as opiniões para si mesmo.

– Isso é obra do Caveira. Tem que ser. Ele tem o motivo, os meios e a organização para fazer isso acontecer. Eu simplesmente sei, intimamente, que esse senador Wright não vale nada.

– E agora o Wright está ligado a esse novo Capitão América – Bucky resmunga. – É possível que esses dois caras tenham uma conexão direta com a Kronas e o Caveira Vermelha?

Alguns dias depois, Bucky está no meio da multidão em outro comício de Wright, dessa vez em Mineápolis. Falcão não estava ali – ele e Viúva Negra precisavam fazer uma investigação completa do passado do senador, de sua equipe e de qualquer um que tivesse tido contato com ele nos últimos seis meses. Bucky queria estar no local e ver Wright em ação, principalmente se o outro Capitão estivesse próximo a ele.

A população que está ali para ouvir seu demagogo preferido é uma parte da América que realmente merece algo melhor. É desanimador para Bucky ver que a citação de Lincoln sobre não ser possível enganar todo mundo o tempo todo acaba sendo derrubada pela do showman P.T. Barnum, sobre nascer um otário a cada minuto.

Bucky concordou com o pedido de Falcão para ser apenas um observador passivo. Ele está ali para ver se o substituto de Steve Rogers vai fazer outra aparição, e então tentar ir atrás dele. Ele não deve tomar nenhuma atitude direta, pois ainda é um herói sem registro fazendo um trabalho secreto para Tony Stark, que está mantendo todas as cartas na manga e vai querer enforcá-lo se ele cometer algum erro.

Vendo as manchetes nos jornais jogados pela rua, Bucky toma uma decisão.

"O CAPITÃO REALMENTE VOLTOU?"

Pode crer que voltou.

Mas não o Capitão financiado pelo Caveira Vermelha.

No hotel onde tinha escondido a motocicleta, Bucky veste o uniforme e pega o escudo. Falcão não vai ficar feliz por ele ultrapassar os parâmetros da missão, mas ver Wright enganar o público daquele jeito abriu os seus olhos. Ele não pode permitir essa mentira.

O senador está hospedado em um dos hotéis mais caros da cidade. Ele não é qualificado para receber proteção do Serviço Secreto, a não ser que consiga uma boa posição nas eleições primárias, então sua segurança é fornecida pela Kane-Meyer. Um grupo de profissionais bem treinados e bem armados. O tipo que o Soldado Invernal costumava comer no café da manhã. O que está no telhado e o par na entrada estão inconscientes antes que seus pés toquem o chão. O que está na varanda é um problema, mas Bucky o engana, e ele abre por conta própria a porta de correr. E como tenta lutar, acaba ganhando uns ferimentos extras.

O que Bucky vê no quarto e no banheiro da suíte aciona todos os alarmes que existem em sua mente – ou melhor, o que ele *não* vê.

Não há bagagem, não há produtos de higiene, nada que indique que Wright realmente está hospedado naquele quarto.

É uma armadilha.

O ataque irrompe da sala de estar em um borrão vermelho, branco e azul. O soco o atinge de surpresa e o derruba em cima de uma mesa, destroçando-a. Quando se levanta, está diante do rosto da indignação – que tem os mesmos traços de Steve Rogers.

E também a voz de Steve.

– Eu vou rasgar esse uniforme falso e fazer você comê-lo, seu impostor.

O quão surreal é isso?, Bucky pensa. E então revida.

36

A UNIDADE DE TRATAMENTO INTENSIVO da enfermaria desta instalação é tão pequena que foram obrigados a me colocar ao lado da filha de Caveira Vermelha, Pecado. Quando me trouxeram para cá, eu estava em uma maca de segurança, amarrada em quatro pontos por grossas faixas de couro presas aos meus tornozelos e pulsos. Deixaram-me presa e plugaram o sistema de monitoramento enquanto Pecado berrava ameaças psicóticas para mim.

Se não estivesse com o tórax inteiramente engessado e o braço imobilizado, Pecado teria saltado da cama e me estrangulado. Mas ela tem que se contentar com as mesmas ameaças berradas repetidas vezes. Eu me ofereço para lhe ensinar algumas injúrias mais imaginativas, mas isso só a faz elevar mais ainda a intensidade dos berros. Eventualmente acaba ficando rouca e se deita para recuperar o fôlego. E então começa a gritar que a coceira em seu gesso é insuportável, ameaçando os enfermeiros de que vai pedir ao pai que corte os narizes ou outras partes importantes do corpo deles se não resolverem aquilo. E essa chatice continua por três dias.

Agora, um bravo membro da equipe médica se aproxima empurrando um carrinho carregado de bisturis, hemostatos, uma variedade de pomadas e unguentos e uma serra de gesso que funciona à bateria.

– Sua clavícula já está curada o suficiente para você usar um apoio flexível, então vou remover seu gesso, Pecado.

Pecado não parece nem um pouco agradecida. Ela começa a gritar com o ajudante, exigindo que se apresse, e eu vejo que o rapaz se irrita. Ele destrava as rodas de minha maca e a empurra para perto da parede, para que o carrinho possa ficar entre minha maca e a de Pecado.

Eu digo ao ajudante com minha voz mais educada e doce que meu nariz está coçando e me deixando louca, e que ele seria um anjo se pudesse soltar a amarra apenas o suficiente para que minha mão direita alcançasse meu rosto. Pecado ajuda minha causa se metendo na conversa com seu tom maldoso, e começa a fazer perguntas sobre a família do ajudante. Ele solta minha mão direita, certificando-se de que eu não consigo alcançar as fivelas e o cadeado em minha mão esquerda. Agora eu posso alcançar o nariz e a lateral da maca. Desenvolvi um plano meio louco, mas as chances se acumulam contra mim.

A serra é do tipo circular, com um gatilho e um tipo de dispositivo de segurança. É quase do tamanho de um desses moedores de pimenta usados nos restaurantes e tem uma bateria plugada na extremidade. O instrumento emite um ruído baixo enquanto corta o gesso de Pecado. Depois de serrar a última parte do gesso, o ajudante liga o dispositivo de segurança e pousa a serra na borda do carrinho, o mais longe possível de mim. Ele dá uma olhada para verificar se eu não consigo alcançar a extremidade mais próxima do carrinho. Mordo o lábio. Meu plano maluco pode dar certo.

Passando hidratante na pele ressecada de Pecado, o ajudante diz que sua flexibilidade parece boa. Ela move o torso o máximo que consegue, ainda com a cabeça imobilizada pelo restritor cranial. O ajudante lhe diz que Doutor Faustus ficará muito satisfeito com o progresso dela. Isso realmente a incomoda.

– Faustus que vá se ferrar! Eu analisei os arquivos secretos dele, e sei de coisas que o fariam querer mergulhar de cabeça num dos tanques de ácido do meu pai!

Eu não consigo alcançar o carrinho médico, mas meu braço foi liberado o suficiente para alcançar a parede – e as rodas da maca estão destravadas. Eu a empurro, afastando-a da parede até conseguir alcançar a extremidade mais próxima do carrinho. O ajudante vê o carrinho se mover e tenta pegar a serra, mas puxo o carrinho com força, e a serra desliza para a minha mão.

O ajudante tem que afastar o carrinho para chegar até mim, mas antes disso, segurando a serra de ponta-cabeça e ativando o gatilho com o nariz, consigo cortar a amarra da mão direita. Acabo cortando um pouco o antebraço, mas não atinjo nenhuma veia importante. Quando o ajudante tenta tirar a serra de mim, eu o acerto na têmpora com a bateria pesada da serra.

Ele cai como uma pedra.

Pecado grita sem parar, mas ninguém mais dá importância aos seus berros. A equipe médica provavelmente continua se divertindo com joguinhos on-line ou fazendo apostas de loteria. Com mais cuidado agora, corto as outras amarras.

– Continue, queridinha – digo a Pecado. – Em um minuto estou aí para a gente resolver as coisas.

Pecado tenta virar o restritor na cabeça, e isso deve doer pra diabos, já que qualquer movimento de seu braço esquerdo empurra e puxa a clavícula quebrada. Ela consegue se libertar, mas não está em forma para uma briga. Sua tentativa de me atingir com o aparato de aço inoxidável que mantinha sua cabeça imóvel acaba sendo ridícula, o que me faz subestimá-la. Não percebo que Pecado segura o bisturi na outra mão, até ela me atacar com ele, tentando me cortar a garganta.

Meus reflexos ainda estão bons o bastante, então ergo o antebraço a tempo de deter o bisturi. Dói como se estivesse em chamas, mas ainda é melhor do que receber uma traqueostomia amadora. Atinjo o rosto dela com tanta força que o cabo da serra onde a bateria está conectada se quebra, inutilizando o aparelho.

Arranco o bisturi do antebraço, agarro Pecado pelos cabelos e pressiono a lâmina afiada contra sua artéria carótida, empurrando-a na direção da porta.

– Estamos saindo deste lugar, você e eu, e ninguém vai ficar em nosso caminho, entendeu?

37

KARPOV, O MESTRE ESPIÃO RUSSO que transformou Bucky no Soldado Invernal, sempre disse que a arrogância é o maior inimigo de um agente. Ocorre a Bucky que um quarto escuro de hotel em Mineápolis – durante uma briga com um homem que, além de estar vestido como Capitão América, é quase tão forte e habilidoso – não é o lugar e aquele não é o momento para lastimar as falhas nem lembrar as lições da vida.

Os melhores golpes de Bucky são bloqueados, e ele não consegue se defender de diversos socos e chutes que o atingem. No momento em que toda a mobília da suíte já foi reduzida a palitos de dente, Bucky tem certeza de que não está enfrentando um velho atleta, mas um produto de algum tipo de Soro do Supersoldado. Mas isso é categoricamente impossível, porque só existe e somente existirá um supersoldado de verdade.

Impossível, porque esse supersoldado, Steve Rogers, está morto.

Impossível, porque Steve Rogers nunca seria capaz de deixar um discurso de ódio sair da boca de uma imitação do Capitão.

– É triste ter que transformar seu desprezível corpo em purê enquanto está vestido com uma versão degradada de meu uniforme! Eu juro, vou removê-lo de seu cadáver e jogá-lo fora com dignidade!

O Capitão real teria odiado a ideia e o ato. Nunca o homem.

O Capitão real não teria esse brilho de pura insanidade nos olhos.

Uma onda furiosa de socos relâmpagos arremessa Bucky através do vidro da porta de correr da varanda e ele cai amurada abaixo. A suíte do senador é recuada em relação aos andares de baixo. Bucky não despenca os trinta andares até a calçada, mas atinge parte do teto do hotel, três andares abaixo. É o bastante para lhe tirar o ar.

O homem com as cicatrizes de queimadura cobertas pelo uniforme do Capitão América pousa perto dele e encara o antigo assassino soviético que também está usando o uniforme do Capitão América.

– James Buchanan Barnes, você merece sofrer mais do que isso. Você traiu seu país e assassinou americanos leais para servir seus mestres no Kremlin. Como ainda *ousa* profanar um uniforme que representa um ideal ao qual você deu as costas covardemente?

Aquelas palavras ferem Bucky mais do que qualquer combinação de socos e chutes que poderia receber.

As palavras o apunhalam no coração, porque são *verdadeiras*. Não há o que negar. São fatos crus desprovidos de fingimentos, e encará-los é uma experiência que dói na alma. Mas essas verdades horríveis encobrem outra coisa muito importante. A verdade se apoia em uma pirâmide de mentiras e enganações construída pelo Caveira Vermelha para seus propósitos nefastos.

O homem diante de Bucky não é Steve Rogers, e sim uma marionete insana do Caveira Vermelha. E tem que ser derrotado.

Bucky lança o escudo – o escudo *real* –, que atravessa a borda do outro escudo, como se o impostor segurasse algo de papelão.

O Capitão América marionete do Caveira é pego de surpresa; perde a concentração por tempo suficiente para que o escudo de vibranium ricocheteie em um tubo de ventilação e depois em uma chaminé, atingindo então seus pés e o derrubando.

Pegando o escudo no ar, Bucky o utiliza para golpear com força a cabeça do outro Capitão antes que ele atinja o telhado. Ao arrancar a máscara do homem, recebe o choque definitivo – um assustado Bucky encontra a face de Steve Rogers encarando-o de volta.

– Não é possível. Você não é Steve Rogers.

– Não pode lidar com isso, não é, seu vira-casaca? Eu sou o Steve Rogers real.

O único homem vivo que passou mais tempo olhando para o verdadeiro Steve Rogers do que qualquer um no mundo percebe as pequenas diferenças e as estranhas expressões faciais, e entende quem está na frente dele agora.

– Eu sei quem você realmente é.
– Eu sou Steve Rogers.
– Isso é o que o Doutor Faustus lhe disse, mas ele não lhe contou que você responde ao Caveira Vermelha, contou?

INTERLÚDIO #18

— O QUE ESTÁ ACONTECENDO EM MINEÁPOLIS, FAUSTUS?

No centro de comando de sua instalação secreta no interior de Nova York, Caveira Vermelha e Doutor Faustus estão assistindo ao vivo pelas câmeras de segurança hackeadas o confronto entre os dois homens vestidos de Capitão América. Técnicos da I.M.A. trabalham furiosamente para fornecer imagens das câmeras de segurança de empresas e da polícia locais.

– Ele está cedendo – Faustus responde. – Eu lhe disse que ele ainda não estava pronto. A realidade que criei para ele ainda não estava seguramente embutida. Eu precisava de dez sessões no mínimo para...

– Tire-o de lá antes que o percamos também. Envie o sinal de chamada imediatamente.

– Isso pode levar um minuto ou dois.

Um especialista de segurança da I.M.A. entra no centro de comando e corre na direção de Caveira Vermelha.

– Há uma situação de emergência na enfermaria. Sua filha e Sharon Carter...

38

— VOCÊ SE LEMBRA DO CAVEIRA VERMELHA? Você realmente acredita que aquele ex-nazista psicótico quer, do fundo do coração, o melhor para o nosso país?

O homem com o rosto de Steve Rogers tenta desesperadamente entender suas lembranças conflitantes e dar algum sentido a elas.

– Não, isso não...

Bucky se afasta e deixa o homem se levantar.

– Eu posso provar. Se você tirar a camisa, vai ver que tem muitas cicatrizes no peito, certo? Você é William Burnside. Você realmente foi o Capitão América nos anos 1950, mas... teve *problemas*, e o Doutor Faustus...

– Isso não está certo. Você é um traidor e um assassino...

O olhar de fúria de Burnside dura dois segundos. Há uma sutil mudança quando eles mudam de foco, como se um botão tivesse sido pressionado. Bucky continua, sem notar a diferença.

– Eu fui tudo isso, sim, e sinto muito. Mas não posso evitar que você...

O movimento é tão rápido que Bucky nem ao menos o vê. Burnside pode ter enlouquecido, mas ele realmente recebeu uma dose da versão imperfeita do Soro do Supersoldado, que o torna incrivelmente forte e ágil.

Bucky se vê caindo do teto na direção do pavimento, vinte andares abaixo. Burnside grita do parapeito.

– Você sente muito? Você deveria estar morto!

Falcão agarra Bucky a dez metros do asfalto, mudando a inércia da queda para um voo lateral, e os dois caem na calçada, dois quarteirões após o ponto de impacto. Os dois rolam e caem de pé em meio aos assustados transeuntes que estão entrando e saindo do Shopping Nicollet.

– Apenas sorria e continue andando – Falcão diz, caminhando despreocupadamente. – E não conte comigo para pegá-lo da próxima vez.

– Não sei como agradecer, Sam... Nós não deveríamos ir atrás de Burnside?

Falcão balança a cabeça.

– Temos que nos acalmar e esperar que Asa Vermelha consiga uma pista do paradeiro de Burnside.

– Seu pássaro está seguindo Burnside? Então você sabia o tempo todo onde ele estava?

– Eu tinha minhas suspeitas. Mas eu não disse nada porque fiquei com receio de que você quisesse ir atrás dele sozinho.

Falcão interrompe Bucky antes que ele possa dizer qualquer coisa.

– Se isso o fizer se sentir melhor, acho que Steve teria feito a mesma coisa.

INTERLÚDIO #19

— COMO ISSO ACONTECEU?

Caveira Vermelha mal consegue conter a fúria. Sharon Carter está deitada no corredor, do lado de fora da enfermaria, com um bisturi enfiado no abdômen. Técnicos médicos da I.M.A. e o Doutor Faustus estão ajoelhados, examinando Carter, enquanto Pecado permanece próxima, imensamente satisfeita consigo mesma.

– Ela estava tentando fugir – Pecado sorri. – Tentando me usar como refém, mas eu sabia a frase que Faustus usava com ela: "Acho que nós ainda não terminamos, Agente 13". O rosto dela ficou sem expressão e condescendente quando eu disse isso, então peguei o bisturi e enfiei nela.

Pecado recebe um vigoroso tapa e sai cambaleando.

– Garota estúpida, estúpida. Você não tem ideia do que fez. A Agente 13 e o pedaço de carne viva em seu útero seriam muito importantes para mim daqui a alguns anos. Eu não deveria tê-la deixado viva.

Os médicos levantam Sharon Carter e a colocam sobre uma maca, e em seguida a empurram de volta para o centro de tratamento intensivo. Faustus retira um par de luvas de látex ensanguentadas e as larga no chão. Há respingos de sangue no monóculo e na barba. Ele está falando com Caveira Vermelha, mas olhando para Pecado.

– Ela vai sobreviver. Mas se vamos conseguir salvar o bebê é outra questão. O trauma no útero, juntamente com o arbitrário uso da frase de comando, feito ao acaso, pode levar meses de trabalho para ser desfeito.

Nem Caveira Vermelha nem Faustus nutrem expectativas de que Pecado se desculpe, e ela não o faz.

A caminho de sua suíte particular, Caveira Vermelha nota o zumbido de atividade eletrônica vindo do laboratório de Zola. Lá dentro, como sempre, o professor robótico está juntando o desconhecido com o inexplicável.

– Obrigado por avisar que já voltou, Zola.

Zola o ignora, é claro.

39

FALCÃO ESTENDE UM *FULL HOUSE* E COLETA O PRÊMIO. Bucky soma suas perdas.

— Estou 198 dólares na sua frente. O bobalhão ainda está no restaurante?

Os dois estão hospedados em um quarto de hotel nos arredores de Toledo, em Ohio, há quatro dias. O quarto de William Burnside fica três portas depois do deles. E Burnside não fez nada além de ficar no quarto e fazer as refeições no restaurante do outro lado da rua.

Sam se levanta e espia pelas persianas com o binóculo de longo alcance.

— Está comendo fígado com cebola e batatas refogadas, de novo. Uma criatura de hábitos, esse nosso amigo Burnside. Ah... Natasha ligou enquanto eu estava lá fora enchendo o balde de gelo. Técnicos da S.H.I.E.L.D. recuperaram dos destroços alguns pedaços queimados do corpo de androide de Arnim Zola; eles disseram que ele estava ligado a algum tipo de dispositivo de transferência.

— Eu li o arquivo de Zola quando baixei o dossiê da I.M.A. no link de acesso ao banco de dados da S.H.I.E.L.D. que Fury me passou. Ele muda de corpo há muito tempo, Sam. Nada além de um padrão de ondas cerebrais em uma residência temporária. E por que nosso sósia de Capitão não vai ciscar em casa? É como se estivesse se escondendo, evitando a própria equipe.

Falcão se afasta da janela e fecha a persiana.

— Uma equipe de reforço da I.M.A. acabou de cercar o restaurante. Burnside não está se relatando ao Caveira Vermelha por conta própria, e os apicultores vão arrastá-lo de volta. Asa Vermelha vai ficar de olho nele de qualquer modo, e nós vencemos.

Bucky olha através do buraco da fechadura.

– Talvez devêssemos ajudá-lo em vez de...

– Usá-lo?

– Não sou muito fã de fazer essas coisas, Sam.

– Que fique claro: eu me importo menos com ele do que com Sharon.

Bucky se afasta da porta.

– Ele já os viu.

Sam abre a persiana. Do outro lado da rua, eles veem Burnside se levantar da mesa e correr para a porta dos fundos do restaurante. Dois esquadrões da I.M.A. com armas pesadas cortam caminho pelo beco atrás do restaurante, pelos dois lados. Há lampejos de luz clara, e um furgão sem placa dá a ré, entrando no beco. Um minuto depois, o furgão sai e segue rua abaixo.

Acima, um falcão mergulha subitamente e segue o veículo.

INTERLÚDIO #20

CAVEIRA VERMELHA VAI ATÉ O LABORATÓRIO de Arnim Zola. Ele nota que há uma peça sobressalente a menos na fileira de corpos robóticos desde a explosão na instalação de saúde mental abandonada. A ausência de uma peça de substituição faz Caveira Vermelha se perguntar se Zola estaria cometendo um deslize ou estaria apenas muito preocupado com seu trabalho no dispositivo do Doutor Destino.

A mais recente encarnação de Zola transfere mecanicamente frascos de um líquido azul-claro brilhante de uma caixa refrigerada para uma máquina que libera uma espécie de vapor nocivo.

– Talvez você fique interessado em saber que estamos novamente com o Capitão América errante sob nossa custódia, apesar de ele não estar aqui por vontade própria.

Inesperadamente, Zola interrompe o que está fazendo e olha para Caveira Vermelha.

– Isso conserta outro erro do Doutor Faustus. Nos velhos tempos, você não suportaria tamanha incompetência.

– Os velhos tempos se foram, Professor Zola. E, apesar de seu ego ultrainflado, foi o controle de Faustus sobre Sharon Carter que possibilitou o desenvolvimento de meu plano. Se ela ainda tiver utilidade para nós.

Zola ergue um dos frascos brilhantes com uma pinça de aço. A proximidade com o frasco faz as vias nasais que Caveira Vermelha compartilha com Lukin se contraírem.

– Precisamos dela para mais uma coisa, *Herr* Caveira. Quer dizer, se você ainda tiver interesse em continuar. E espero que não tenha.

Ainda estou construindo a plataforma, e devo lembrá-lo de que só podemos fazer uma única tentativa...

– Minha filha insolente não nos deixou escolha.

Caveira Vermelha arranca a máscara da cabeça, e Aleksander Lukin continua a conversa com seu inconfundível sotaque russo.

– Você quer nos deixar presos assim para sempre?

– Se isso não for uma pergunta retórica, a resposta é "não".

– Então, seja lá qual for a parte do dispositivo do Doutor Destino que ainda o está confundindo, descubra a solução e complete a máquina antes que seu líder e eu fiquemos loucos por conta da proximidade forçada.

40

NA ENFERMARIA, ATRAVÉS DA NÉVOA causada pelos analgésicos, Sharon Carter observa Doutor Faustus entrando na área da UTI.

– Você perdeu o bebê, minha cara. Realmente sinto muito.

Nem mesmo os mais poderosos medicamentos podem estancar a fúria da raiva que ela sente por Faustus, Caveira Vermelha e todo o resto. Ela puxa as amarras e luta para encontrar palavras ácidas o bastante que expressem o que há dentro de si.

– Caveira Vermelha está fora de si. Você se dá conta de que haverá repercussões? Certamente, sim. E você também sabe que eles nunca tiveram a intenção de deixá-la ficar com o bebê. Eles o queriam para os seus objetivos. Você tinha intenção de morrer, para manter a criança longe deles?

– Sim, sim, sim – ela rosna.

Doutor Faustus pousa uma mão estranha e gelada na testa de Sharon. Sua raiva e dor se refreiam, substituídas por uma calma artificial.

– Assim é melhor. Você sabia que até os piores monstros nutrem a ilusão de cuidar de alguém e que talvez possam até desenvolver um afeto verdadeiro que sobrepuja certas, digamos, fixações?

O terror cresce no fundo da mente de Sharon, mas algo lhe diz que não deve se importar com ele.

– Você é um espécime maravilhoso, Agente 13. Eu espero sinceramente que você consiga superar isso nos próximos dias. Não tema a retaliação do Caveira Vermelha. Ele e Zola ainda precisam de você. Afinal, você é a *constante*.

Nada do que Faustus diz faz sentido para Sharon.

– Preciso me ausentar da parte final deste drama, mas lhe deixo dois presentes.

Ele coloca um pequeno dispositivo piscante na mão de Sharon. Ela sabe o que é. Seu localizador GPS da S.H.I.E.L.D., e foi religado.

– E este é meu mais valioso presente, minha cara. Acho que nós ainda não terminamos, Agente 13.

Os olhos dela perdem a vida, e ele continua.

– Esqueça sua dor. Você nunca esteve realmente grávida. Foi tudo um pesadelo. Quando eu me for, você terá controle completo de sua mente outra vez. Seja forte, Sharon... Adeus.

PARTE 5
LIVRE E RECUPERADO

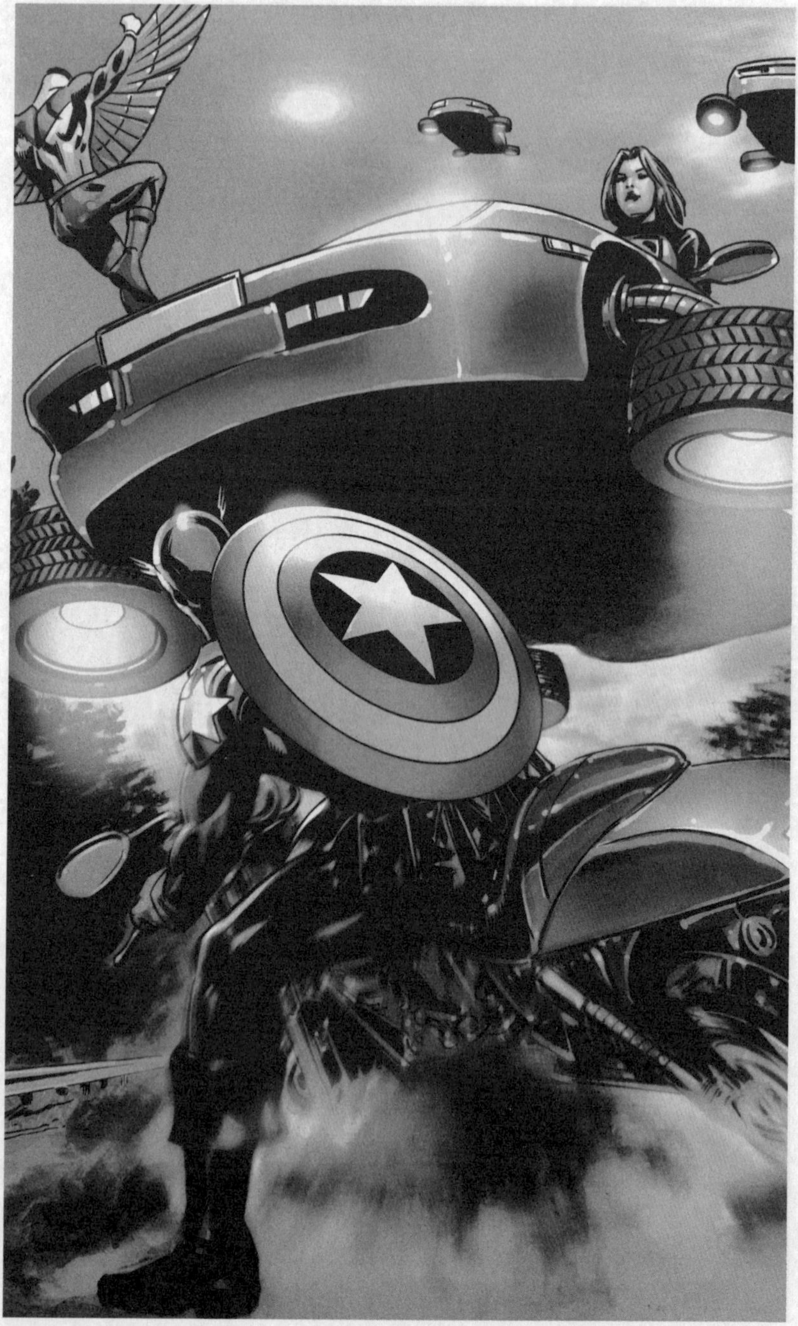

41

BUCKY ESTÁ SEGUINDO PARA O LESTE em direção a Albany pela I-90 por quase oito horas, engolindo muitos insetos. Acima, Falcão surfa nas correntes de ar, seguindo o rastro das informações providas por Asa Vermelha e outros pássaros.

A resistência de Asa Vermelha é limitada por sua necessidade de matar e comer, portanto, ao longo do caminho, outros pássaros são recrutados para manter a vigilância da aérea do furgão da I.M.A. que está transportando William Burnside. Águias, corujas de celeiro, corvos, pardais, sabiás, tentilhões e pica-paus de peito amarelo já fizeram seus turnos.

Agora é Asa Vermelha que toma o lugar de um rouxinol amarelo e avista o furgão descendo por uma rampa camuflada em meio a uma área florestal, a leste de Albany.

Os dois heróis param para conversar na margem leste do Rio Hudson, e a I-90 segue para o sul.

– Os pássaros avistaram dutos de ar e calor saindo do chão em volta daquela rampa cobrindo uma área maior que dois campos de futebol. Disfarçá-los de árvores pode enganar alguém que está passando, mas os pássaros certamente sabem a diferença. Eu diria que há uma base da I.M.A. de tamanho considerável naquela mata.

– Mais do que nós dois podemos aguentar?

– Isso importa?

– Não se Sharon estiver lá.

Enquanto Bucky monta novamente na motocicleta e Falcão abre as asas, uma pequena armada de carros voadores, transportes leves e grandes naves de tropas descem e pousam em volta deles. Viúva Negra salta do carro que lidera o grupo. Sam fica possuído de raiva.

– Caramba, Natasha. Você colocou um rastreador em mim quando me ligou naquele hotel em Toledo?

– Na verdade, fomos avisados por um ex-associado descontente do Caveira Vermelha, e ele também nos informou que vocês dois poderiam estar a caminho.

– E quem seria esse "ex-associado descontente"? – Bucky pergunta.

– Doutor Faustus decidiu terminar sua parceria com Caveira Vermelha e se negou a informá-lo desse fato. Como gesto de boa-fé, Faustus ligou o transmissor GPS de Sharon Carter na noite passada. Ela está...

– Em uma instalação subterrânea a leste daqui?

– Confirmamos que sim. E não é uma armadilha. Vigiamos o lugar o dia todo e entramos nos sistemas de comunicação interna. Comprometemos o radar deles, os detectores infravermelhos e os sistemas de alarme. Uma bomba antibunker vai explodir as entradas e os túneis de fuga em mais ou menos duas horas.

– Parece que a S.H.I.E.L.D. já pensou em tudo, Natasha. Seremos convidados para a festa?

– *Nyet, Zeemneey Soldat*. Faustus também nos contou que outra parte do plano do Caveira Vermelha vai acontecer em Albany durante o debate presidencial. Capitão América precisa estar lá para detê-lo.

– Capitão América estará lá – Bucky diz. – Que horas?

Viúva Negra lhe entrega um comunicador auricular.

– Você tem menos de noventa minutos. Stark vai monitorá-lo e atualizá-lo enquanto você está a caminho. Melhor se apressar.

INTERLÚDIO #21

O SENADOR WRIGHT ESTÁ PERTURBADO. Doutor Faustus está no banheiro da suíte do senador no melhor hotel de Albany, raspando a volumosa barba.

— Não pode me deixar por conta própria a essa altura, Doutor. Sem seus conselhos, e sem sua ajuda para reescrever meus discursos, eu não acredito que teria chegado tão longe.

Faustus dá um tapinha no rosto, agora liso, seca-o e em seguida passa uma boa dose da cara loção pós-barba de Wright.

— Você precisa relaxar, senador. Vai dar tudo certo. Eu tenho que estar em outro lugar, mas um dia nos veremos novamente. Pode ter certeza disso.

Vestindo um paletó com um corte muito mais moderno do que os que costuma usar, Doutor Faustus vai até a porta com Wright atrás dele. O senador luta contra o pânico que começa a dominá-lo.

— Mas e quanto ao debate? Vai começar em menos de meia hora. Eu deveria ser um herói.

Faustus coloca os dedos na testa do senador, e ele se sente mais seguro. A ansiedade parece derreter. Há algo mais relaxante do que a voz de Faustus?

— E você será um herói. Simplesmente se lembre disso. Quando ouvir o primeiro tiro, o homem à sua esquerda cairá, e então você saltará para salvar o homem à sua direita.

42

CINQUENTA VISTAS DIFERENTES do Auditório da Universidade em Albany são exibidas nos monitores do centro de operações da S.H.I.E.L.D. no aeroporta-aviões. Uma volumosa multidão lota o local para assistir ao debate presidencial, e os participantes estão ansiosos para ouvir as palavras do candidato Gordon Wright.

Pequenas telas mostram os corredores dentro do edifício e todas as passagens e entradas, assim como os tetos dos prédios nos arredores. Um turno extra de operativos da S.H.I.E.L.D. está em serviço, ajudando no monitoramento e nas avaliações.

Inúmeros repórteres estão falando sem parar sobre a rápida ascensão do senador nas pesquisas e na popularidade de suas posições e declarações.

O diretor Stark está na passarela olhando para os monitores, e observa o mar de rostos das pessoas que enchem o auditório e começam a tomar seus assentos. Em um clima político diferente, ele estaria no local, supervisionando a operação com seu traje de Homem de Ferro. Mas, depois das agonias divisórias da Guerra Civil e dos recentes desastres de relações públicas que foram os tumultos, Stark sabe que é melhor manter-se discreto. Ele reflete que a transparência pode ser boa para a democracia a longo prazo, mas, a curto prazo, pode ser um inferno. Stark vê a mesma preocupação em todos os rostos familiares de sua equipe de operações sempre que se viram e olham para ele. Tudo isso seria muito mais simples se o Homem de Ferro estivesse em serviço...

Rostos familiares.

Ele toma uma decisão repentina.

– Executem uma verificação facial de todos que estão no auditório e dentro de um raio de dois quarteirões.

A equipe de operações fica aturdida, e um dos analistas objeta:

– Senhor, isso vai ocupar todos os nossos recursos, e o estudo que estamos executando da pistola da Agente 13 e das balas que mataram Steve Rogers ainda não terminou. Há anomalias nas balas que...

– Apenas faça o que estou pedindo.

INTERLÚDIO #22

NA INSTALAÇÃO SUBTERRÂNEA DA I.M.A., a leste de Albany, Caveira Vermelha para na Sala de Imersão para ver a disposição de seu Capitão América substituto, William Burnside. O mesmo tipo de equipamento de contenção que prendeu o Soldado Invernal está sendo usado para imobilizar o recapturado sósia, e seu cérebro foi conectado aos dispositivos que garantirão sua cooperação futura. Caveira Vermelha se pergunta por que Doutor Faustus não está supervisionando pessoalmente essa parte da operação. Ele ordena aos técnicos da I.M.A. que o encontrem.

No fundo da instalação, no laboratório de Arnim Zola, Caveira Vermelha se sente satisfeito ao ver o brilho azul pulsante que marca a energização do dispositivo do Doutor Destino. Ele luta contra a vertigem que sente sempre que entra no laboratório. Quando a máquina é ligada, o chão parece estar constantemente vibrando.

– Está pronta, Zola?

– Acredito que sim. É claro que não há como dizer se funciona. Simplesmente vai implantar sua essência no novo corpo, ou não.

– E o outro dispositivo? Aquele que vai me separar de Lukin?

– Naquele tenho mais confiança, já que fui eu quem o desenvolveu.

– É inconcebível que o orgulho de Destino o tenha permitido entregar um material com falhas.

Os olhos vermelhos que nunca piscam de Zola se voltam para Caveira Vermelha, que pode ver seu reflexo neles, distorcido como num espelho de um parque de diversões.

– Mesmo assim, ele não deu nenhuma garantia, não é? Eu poderia ter descoberto os segredos da máquina se você tivesse me dado mais tempo, e as portas da eternidade poderiam se abrir para nós.

– Esse tempo não é dado a ninguém, Zola. Mas talvez consigamos aumentar o tempo que temos antes de encontrarmos nosso fim, se tivermos a audácia de arriscar tudo.

Caveira Vermelha caminha cuidadosamente até a porta.

– Me chame quando a garota estiver pronta. Estarei em minha suíte assistindo ao debate.

Frenéticos técnicos da I.M.A. avançam pelo corredor quando Caveira Vermelha abre a porta.

– Doutor Faustus se foi! Ele apagou todos os discos e levou os *backups* com ele.

Caveira Vermelha se enfurece, e então se vira na direção de Zola.

– Fomos traídos! O cronograma não tem mais importância. Devemos agir agora, ou tudo estará perdido. Zola, vá buscar a garota!

43

A ÚLTIMA VEZ QUE VI ARNIM ZOLA, por mais grotesco que ele fosse, me pareceu bastante benigno. Agora, depois que Doutor Faustus me devolveu a mente, eu vejo o que ele realmente é: um monstro.

Zola irrompe na UTI – batendo a porta e empurrando para o lado o carrinho médico que está em seu caminho. Ele para sobre mim, um colosso medonho de metal anodizado e borracha negra. A face holográfica brilha no tórax robótico.

Ele destrava as amarras de quatro pontos que prendem meus punhos e tornozelos e me puxa com força da cama.

– Chegou a hora. Venha comigo.

Meus dedos estão dormentes pela falta de circulação e perco o controle do precioso artigo que estou segurando desde que Faustus o colocou na palma de minha mão. Ele cai, bate na cama e tilinta ao atingir o chão.

Zola imediatamente percebe o que é.

Enquanto se abaixa para pegar minha unidade GPS, o chão treme, e uma mudança de pressão enorme faz meus ouvidos estalarem. Uma explosão. Bem violenta. E deve ser de tamanho considerável para abalar as fundações desta fortaleza subterrânea: bombas antibunkers. Deve ser um ataque da S.H.I.E.L.D.

Zola prende meus pulsos com algemas de aço e me arrasta corredor adentro. A equipe de segurança da Kronas corre empunhando armas de energia, enquanto os técnicos da I.M.A. dirigem minitratores que puxam pequenos canhões Tesla.

Um dos apicultores diz a Zola que de fato é a S.H.I.E.L.D. atacando a instalação. Relatórios indicam que Viúva Negra e Falcão estão na liderança. Já conseguiram passar por todas as entradas principais e estão lutando para chegar às áreas de segurança do núcleo interno.

Eu sei que não tenho a menor chance de fugir de Zola na minha atual condição. Os curativos ainda estão úmidos de sangue e quase não consigo andar, pois meus pés ainda estão dormentes. Tenho que seguir com ele até que Sam e Natasha me encontrem. Minha única vantagem é que Zola não sabe que Faustus me devolveu o controle da mente.

Os dedos mecânicos de Zola puxam as algemas, forçando-me a mancar corredor abaixo.

– Nossas forças podem segurá-los tempo suficiente para que possamos manter nosso compromisso com o destino, garota.

Eu não sei do que ele está falando, mas sei que vou sair dessa, e vou curtir bastante quando puder enfiar o pé nessa cara holográfica horrível.

INTERLÚDIO #23

PECADO PARECE MUITO CERTINHA e correta sentada ali no auditório. Ela está usando óculos discretos e tem o cabelo preso em um coque bem-feito. O bustiê e as roupas de couro foram trocados por um terninho de linho e sapatos de salto médio. A voz do pai estala consideravelmente alta em seu fone.

– Tudo aqui está dando errado, mas ainda estou contando com você, Pecado. Faustus nos traiu e a S.H.I.E.L.D. está em nossa porta, mas nada pode deter meu plano original. É essencial que você leve nossa missão ao pé da letra. Entendeu?

– Claro, pai. Não sou idiota.

– O senador Wright não será assassinado. Está claro?

– Perfeitamente claro.

– Você vai atirar no candidato ao lado de Wright... e quando o senador empurrar o outro candidato no chão, aparentemente salvando-o, você vai atirar no lugar onde Wright estava, para dar a impressão de que ele era o próximo alvo.

– Eu conheço o plano, pai.

– Eu tenho sido tolerante com você apesar de suas sérias falhas e escandalosa incompetência. Esta é sua chance de limpar a sua barra, então não me desaponte.

Pecado ergue-se do assento e segue até a cabine de imprensa que fica no alto do auditório. Ela tem um cartão que destranca a cabine. Uma vez ali dentro, é apenas uma simples questão de dar cabo do apresentador e do cinegrafista com duas adagas de náilon que ela fez passar pelos detectores de metal da entrada. Pecado nota com certo orgulho que nem chega a usar o pequeno frasco plástico de amônia que tem no bolso. O pai ficaria orgulhoso, se ele fosse remotamente capaz disso.

Quatro seguranças da Kane-Meyer entram na cabine com rifles de assalto, acompanhados por um técnico da I.M.A. usando macacão de contrarregras. O técnico está carregando duas longas caixas de alumínio. Pecado abre a fechadura de uma para revelar o rifle de longo alcance aninhado na espuma ali dentro.

Com os capangas da Kane-Meyer protegendo a porta da cabine, Pecado monta o tripé, coloca um cartucho na câmara do rifle e faz pontaria usando a mira telescópica. Ela posiciona a cruz sobre a parte mais carnuda do braço esquerdo do senador Wright.

– Falhas e incompetência? Para o inferno com você, queridíssimo pai.

Ela ergue a cruz até a testa de Wright e começa a posicionar o dedo no gatilho.

44

UM LANÇAMENTO PERFEITO no momento exato envia o escudo vermelho, branco e azul para desviar a bala a menos de dois metros da frente do pódio.

Um microssegundo antes ou um microssegundo depois, a intersecção entre chumbo revestido e vibranium poderia não ter ocorrido.

A S.H.I.E.L.D. deu o alerta a Bucky assim que as ferramentas de reconhecimento facial avistaram Pecado na audiência. A filha de Caveira Vermelha havia saído de seu assento no momento em que Bucky chegou ao auditório. Foi o olho do ex-garoto-soldado, treinado em combate, que avistou a silhueta inconfundível de um franco-atirador na cabine de imprensa, e foi o cálculo balístico de um operativo soviético treinado que planejou o tempo. Mas foi o poderoso braço construído pelos técnicos da S.H.I.E.L.D. sob comando de Nick Fury que atirou o escudo.

O escudo atinge a parede mais distante do auditório e ricocheteia, atravessando o palco, onde um borrão surge da lateral e o agarra no ar. Os agentes de Serviço Secreto sacam as armas, mas hesitam em atirar, já que o borrão está usando um uniforme familiar.

– Quem diabos é você? – gritam no meio da confusão.

O borrão se torna uma figura que eles conhecem, inclinando-se sobre a primeira fileira de assentos e saltando na direção da cabine de imprensa.

– Não conseguem adivinhar? Sou o Capitão América.

Pecado já tinha visto esse novo Capitão em ação, e ainda usa um apoio de ombro para não se esquecer disso. Ela sabe que os quatro agentes da Kane-Meyer e os técnicos da I.M.A. não vão segurá-lo por muito tempo. Ela também sabe que os agentes do Serviço Secreto estão juntando os candidatos para tirá-los às pressas do edifício em limusines blindadas, conforme dita o protocolo. Pecado agarra o segundo case de alumínio, sai da cabine e segue para a escadaria que conduz ao telhado.

INTERLÚDIO #24

PECADO SABE MUITO BEM que reconhecer as próprias falhas e ser capaz de fazer algo a respeito delas são duas coisas diferentes. Ela está bem ciente das consequências de seus atos impetuosos. Ela sabe, por conta das sombrias experiências que viveu na infância, que sua desobediência, não importa o quão secreta seja, de algum modo chegará ao conhecimento do pai. Ela chegou a suspeitar que o pai a programara para confessar seus atos durante o sono e o imaginou ao lado dela na cama, inclinando o ouvido para receber suas confissões noturnas.

Ela tem menos medo de ser um dos enterrados no porão do que do processo que a levará até lá. Ela sabe o prazer que o pai sente com punições imaginativas, e sua crença na eficácia de se "transformar maçãs ruins em bons exemplos".

Acabar com os planos do pai e tentar matar Wright foi um erro. Ela sabe que de algum modo ele descobrirá, mas sua primeira falha foi não ter matado o outro candidato. Isso, pelo menos, ela pode retificar. Se não pode conseguir a satisfação de sabotar os planos de Caveira Vermelha, pode pelo menos receber algum tipo de agradecimento por suas habilidades letais.

No topo da escadaria de incêndio, Pecado convence o agente de segurança do Departamento de Tesouro de que ela é uma estudante fugindo dos disparos, e logo o derruba com uma dose de amônia de sua garrafa, para então acabar com ele com uma de suas adagas de náilon. O franco-atirador do Serviço Secreto posicionado no teto está tão concentrado nas atualizações que chegam pelo fone que não escuta Pecado atravessando a faca de náilon em sua espinha, na base do crânio.

Abrindo o longo estojo de alumínio, Pecado fica por um momento assustada com a visão de um tripé de luz verdadeiro em meio à espuma cinzenta do compartimento. Ela retira o tripé, arranca a espuma e sorri ao ver revelado o que havia embaixo.

Ela pensa que os planos de contingência de seu pai são sempre tão bons quanto o plano principal. E se isso não a colocar novamente nas graças dele, nada mais o fará.

A arma que ela retira do estojo tem sido a favorita de insurgentes e terroristas desde a época da Guerra do Vietnã e ainda é usada pela Al-Qaeda e outros: uma RPG-7 de ombro russa, lançadora de foguete, com dispositivo antitanque e míssil.

A carga detonada de modo piezoelétrico da ogiva do foguete é mais do que suficiente para atravessar o teto de uma limusine blindada do Serviço Secreto, como as que agora estão estacionadas na frente do auditório, esperando por seus ilustres passageiros.

Pecado espia por sobre o parapeito, com uma única pergunta em mente:

– Qual delas primeiro?

45

ZOLA ME DISSE QUE IRIA DOER, que seria como fazer um tratamento de canal no corpo todo. Aquele psicótico encaixotado me eletrocutou e me arrastou para uma sala no fundo de seu laboratório, que pulsava com uma luz azul. Acho que ele queria me deixar desacordada – e quase conseguiu, pois enviou uma descarga elétrica por meu sistema nervoso. O mundo se tornou uma luz branca e eu senti uma dor inexplicável, mas podia ouvir Zola e Caveira claramente enquanto tudo acontecia.

Eles me amarraram em uma máquina que me mantinha de pé. Eu não conseguia ver através da luz clara, mas sabia que havia algo na minha frente que emitia aquele brilho frio. Estava muito tonta, como se estivesse no convés de um navio em um mar bravio.

Caveira Vermelha está mandando Zola se apressar, pois ele não quer ser pego pelos inimigos preso naquele corpo.

Sinto agulhas me espetando em vários lugares. O zumbido da maquinaria fica mais alto e o pulsar da luz aumenta.

– *A conexão com a Sala de Imersão está completa?*

É a voz de Caveira Vermelha. Do que ele está falando? O que é a Sala de Imersão?

– *Não se preocupe com isso, Herr Caveira. A conexão estará intacta quando precisarmos dela. Por enquanto, o catalisador está no lugar e funcionando perfeitamente.*

– *Como pode ter certeza disso, Zola? Tudo pode funcionar normalmente mesmo sem o bebê? Você disse que o DNA do feto era importante.*

Agora eles conseguiram minha atenção. Há um bebê envolvido? Eu tenho que salvá-lo! Agora eles me deram o ímpeto de querer que minha consciência volte ao controle.

Agora estou determinada a lutar.

— *O processo provavelmente funciona sem o DNA do bebê. Contanto que tenhamos a Constante, estamos seguros, e ainda temos nosso plano de contingência pronto para o confinamento na Sala de Imersão.*

A Constante? Eles continuam falando sobre a Constante... Espere, *eu* sou a Constante? E Zola sabe um bocado sobre transferir sua consciência para outros corpos...

Eles vão colocar Caveira Vermelha em meu corpo!

Eles vão...

Não.

Isso não faz sentido.

A luz branca está diminuindo, e posso ver algo se aproximando com o azul pulsante diante de mim.

— *Isso está demorando muito, Zola. Como saberemos se ao menos ele está nesse fluxo temporal, e como poderemos extraí-lo de lá?*

O quê? De quem eles estão falando agora?

— *As balas de distorção temporal da arma dela cumpriram sua função, Herr Caveira. O que eles enterraram naquele caixão não era o que estavam pensando.*

Ah, meu Deus. Eu sei de quem estão falando. Eu sei...

E eu o vejo.

Está se materializando na luz azul. É ele, é ele, é ele...

— *Aí está, Caveira. Pode ver com seus próprios olhos que está funcionando. Não vamos precisar de seu plano de contingência na Sala de Imersão.*

Eles não sabem que ainda estou consciente. Eles não sabem que Doutor Faustus me libertou de seu comando. Não sabem que estou de volta ao controle e não estou mais seguindo o plano deles passivamente. Eles não sabem o quanto eu posso atrapalhá-los neste momento.

Eu seria apenas uma Constante se não estivesse no comando de mim mesma. É por isso que precisavam do Doutor Faustus. Mas agora isso mudou.

Vá para o inferno, Caveira Vermelha. Você não vai conseguir.

— *O que está acontecendo, Zola? Ele está desaparecendo. Ele deveria ser transferido para o nosso continuum...*

A luz azul desaparece.

A luz branca consome tudo, e a sala fica em silêncio.

As cores começam a se reconstruir enquanto as substâncias flutuam na luz e se tornam maiores. Os sons estalam, passando de quase inaudíveis murmúrios para palavras reais. Não estou mais esticada, presa a uma máquina, mas ajoelhada no chão, com cheiro de metal queimado em meu nariz.

– Ela fez isso sozinha, Zola? Ela destruiu o dispositivo? Essa garota insignificante?

– Falha completa dos protocolos de controle de Faustus. Ela deveria não ter nenhuma vontade. Ela interrompeu a conexão e danificou o dispositivo.

– Conserte isso, Zola!

– Não temos tempo. As forças da S.H.I.E.L.D. estarão aqui a qualquer momento.

Dor.

Agora sinto uma dor verdadeira. Caveira Vermelha está me chutando, repetidas vezes.

– Meus planos estão arruinados!

– Não há tempo para isso, Herr Caveira. Nossos planos não foram arruinados, apenas atrasados. Devemos sair daqui.

– Não há saída para mim, Zola. Não há saída da cabeça de Lukin.

Eu me deito de costas no chão e tento recuperar as forças. Fico ali um pouco, escutando os passos deles sumindo enquanto atravessam o laboratório de Zola e seguem pelo corredor. A voz metálica de Zola é mais alta do que o som do tiroteio que se aproxima.

– Isso não é exatamente verdade. Ainda podemos cumprir parte do plano.

Faço um esforço enorme para me levantar e atravesso cambaleante o laboratório, então saio para o corredor. O odor amargo do que quer que seja usado como propelente hoje em dia está em todos os lugares. Um segurança da Kronas está caído e imóvel perto da porta; eu retiro sua pistola e verifico se não há munição. Sigo pelo corredor, afastando-me dos sons de tiros.

46

FALCÃO E VIÚVA NEGRA estão agindo como ponta para a equipe de artilharia pesada da S.H.I.E.L.D. Oitenta por cento da instalação está liberada e sob controle amigo. O som intermitente de tiros pode ser ouvido em locais isolados. Abrindo caminho diretamente pelos inimigos, Falcão e Viúva Negra vão até a enfermaria onde o localizador GPS indica a presença de Sharon Carter. Mas encontram apenas a unidade de GPS de Sharon entre os destroços da UTI.

A energia foi cortada na maior parte da instalação, então a única iluminação vem das lanternas táticas nos capacetes da artilharia e das luzes vermelhas de emergência nos corredores.

Mais adiante no corredor, ao passar por duas portas de segurança, eles vivem um momento de tensão quando entram no laboratório de Arnim Zola e o esquadrão que lidera abre fogo contra o que parece ser o próprio Zola. Falcão pisa sobre os restos "sobressalentes" dos corpos de Zola e entra na sala ao fundo do laboratório. Os destroços da máquina do Doutor Destino ainda estão fumegando, e partes dela ainda não perderam o brilho azul-claro.

Viúva Negra segue Falcão e diz:

– Então esse é o motivo de tudo isso. É isso que Zola estava construindo para o Caveira Vermelha, e Sharon seria supostamente parte do processo. O único trabalho do Doutor Faustus era preparar Sharon para isso.

Falcão só pode supor que Viúva Negra teve acesso a muito mais do que informações para fazer tais deduções.

Um agente da S.H.I.E.L.D. com um traje blindado amassado e queimado relata quase sem fôlego que Falcão e Viúva Negra precisam ver o que foi encontrado na sala ao lado.

A sala tinha sido destruída, de dentro para fora.

Um enorme dispositivo de contenção super-humana domina a sala – ou melhor, o que restou do dispositivo. Seja lá quem estivera preso ali o destruiu quando a energia foi desligada e os restritores de força pararam de funcionar. O aro de aço que apoiava o dispositivo foi dobrado para trás, e alguma coisa parece ter desaparecido.

– Está pensando o mesmo que eu sobre quem estava confinado aqui, Tasha?

– O cara que você e Bucky estavam seguindo desde Mineápolis. Burnside, o Capitão América falso do Caveira.

Enormes cabos partem do dispositivo, seguindo até as paredes que separam o laboratório de Zola e a sala onde a máquina do Doutor Destino estava. Falcão nota que, pela nova aparência, os cabos tinham sido colocados ali recentemente.

– E o que você acha dessas novidades?

– Acho que é melhor seguir em frente e encontrar Sharon.

47

ALCANÇO ZOLA E CAVEIRA VERMELHA quase no fim de um corredor de segurança escondido. Acho que não teria conseguido se eles não tivessem parado em uma sala repleta de mais equipamentos bizarros de Zola. Por sorte, cheguei bem no momento em que estavam saindo. Não faço ideia do que estariam fazendo ali. Quando consegui espiar lá dentro, a única coisa que consegui ver foi uma série de monitores, todos congelados, mostrando longos dígitos de 0.000.

Precisei dar tudo de mim para conseguir seguir em frente. Desmaiar não é uma opção. E se forem atrás do bebê do qual estavam falando?

Vou me arrastando atrás deles, escorando-me de porta em porta até que consigo ouvir o que estão dizendo. Zola é quem mais está falando agora.

– Temos que nos apressar. A instalação inteira está dominada pelos inimigos. Se recomponha, ou serei forçado a deixá-lo para trás.

Caveira Vermelha puxa a máscara, tentando tirá-la.

– Preciso me orientar. Não consigo respirar com essa maldita máscara.

Ele arranca da cabeça uma coisa nojenta de borracha vermelha, e consigo ver que ele é Aleksander Lukin. Minha primeira reação é achar que ele é jovem demais. Mas Steve é quase tão velho quanto o Caveira Vermelha, assim como Nick Fury e Viúva Negra. É possível. O estranho é a maneira como ele muda de sotaque quando está com a máscara, e se torna completamente Lukin. Além de ser um psicopata paranoide, também sofreria de múltipla personalidade?

Não importa.

Ele me usou para matar Steve Rogers.

Pelo menos eu o alcancei antes que ele pegasse o bebê de que estava falando.

Eu entro no corredor e grito seu nome.

– Caveira Vermelha!

A princípio ele não responde. Então se vira e olha para mim, com um olhar estranho de surpresa no rosto.

– *Você*, garota? Você está falando *comigo*?

Aperto o gatilho, e continuo apertando, até a pistola ficar vazia. O homem segurando a máscara de Caveira Vermelha está morto no chão.

Não guardei uma bala para Zola, ou para mim mesma, mas sei que já foi o suficiente. Sei que Steve jamais concordaria com o que fiz. Mas eu não sou Steve, e Steve nunca foi obrigado a matar alguém que amava. Sou forçada a julgar Steve pelo modo como eu sei que ele me julgaria, e odeio isso. Não posso viver imaginando o que Steve pensaria de mim, e não posso viver com o fato de que o monstro responsável por eu ter matado Steve ainda está vivo.

A voz robótica e sem expressão de Arnim Zola soa atrás de mim.

– A magnitude da futilidade de suas ações está além de sua percepção.

Ele ergue as mãos de borracha negra e vem na minha direção.

Um pedaço retorcido de metal queimado atravessa Zola por trás e emerge entre os olhos da face holográfica em seu peito. O campo holográfico tremula por um instante e se apaga. O corpo robótico cai em uma pilha inerte para revelar o homem que estava atrás de Zola: quem tinha acabado de matá-lo.

Ele está usando um traje do Capitão América sem a máscara. É Burnside – o Capitão dos anos 1950 que eu tinha tentado resgatar e depois matar.

Tenho apenas uma pergunta para ele:

– Agora você é um dos mocinhos?

48

BUCKY LEVA APENAS SEGUNDOS para lidar com os brutamontes da Kane-Meyer e com o técnico da I.M.A. que estão na cabine de imprensa, mas a filha de Caveira Vermelha já escapou. Irrompendo no corredor, ele é confrontado por uma multidão em pânico, tentando chegar à saída ao mesmo tempo.

– Ajude-me, Stark. Não estou conseguindo nada aqui.

– Ela está no telhado.

Bucky salta por cima de um agente do Serviço Secreto morto no topo da escadaria de incêndio e corre para o parapeito, onde Pecado está apontando um lançador de foguetes para as limusines lá embaixo.

Ela olha para trás por um segundo e ri.

– Tarde demais, Capitão Ameba.

E dispara o foguete.

Bucky já estava no ar antes que Pecado começasse a falar. Ele sabia que, com o dedo no gatilho, ela ainda poderia disparar enquanto ele a derrubava. Então ele calcula a trajetória para passar por sobre ela e se colocar, com o escudo de vibranium, entre o foguete e a limusine.

O foguete atinge o escudo bem no centro, e o choque da explosão derruba Pecado de costas no teto. Bucky é lançado em queda livre.

A limusine vazia age como um imenso *air bag*, desabando sob o impacto do herói no uniforme vermelho, branco e azul. Agarrado ao escudo, ele fica imóvel por um momento em cima do veículo destruído como uma figura esculpida na tampa do sarcófago de um Cavaleiro das Cruzadas.

Duas dúzias de agentes do Serviço Secreto cercam o veículo semiesmagado, aproximando-se com as armas em punho e apontadas para ele.

O comunicador da S.H.I.E.L.D. foi danificado na explosão. A voz de Stark é interrompida no meio de uma frase.

– Nosso pessoal no telhado já prendeu Pecado, e...

Os agentes em volta da limusine tentam avaliar a situação.

– Aquele é o...

– Quem diabos você acha que é, idiota?

O agente encarregado do destacamento do Serviço Secreto dá o comando com voz autoritária.

– Fiquem onde estão. Travem e guardem as armas. Alguém ajude o Capitão América a sair dali.

Capitão América.

Uma dúzia de mãos se estende para erguer o herói sobre o pavimento. Mais uma dúzia se estende para lhe dar tapinhas no ombro ou apenas para tocar o escudo.

Uma voz na multidão atrás do agente chama sua atenção.

– Ei, Capitão! Aqui!

Centenas de pequenos flashes vindos das câmeras dos celulares são disparados.

Centenas de pessoas estão gritando e aplaudindo.

O homem que antes era um garoto-soldado – e que já fora um assassino soviético, achando que estaria perdido para sempre – descobre que, na verdade, acabou de se encontrar.

49

ESTOU OLHANDO PARA UM TETO DE CONCRETO reforçado com aço. A fumaça avança ao meu redor. Escuto disparos esporádicos e explosões abafadas.

Quando me sento, imediatamente sou acometida por uma vertigem atroz. Devo ter ficado desmaiada por um tempo. Eu não sabia que tinha forças para chegar tão longe quanto cheguei. O Steve falso na falsa roupa de Capitão América não está por perto.

Inclino-me para trás, apoiando-me nos cotovelos, enquanto duas figuras se aproximam através da poeira e da fumaça: Viúva Negra e Falcão, seguidos por um esquadrão de agentes da S.H.I.E.L.D.

– Ah, Sam. E Natasha... Estou tão feliz em vê-los.

Falcão chuta o corpo inerte de Zola e retira a máscara vermelha da mão sem vida de outro corpo no chão.

– Arnim Zola e Caveira Vermelha. Nada mal, Sharon.

Acho que começo a chorar quando Sam se ajoelha e me abraça.

– Fui eu, Sam. Eu matei o Steve. Eu não queria, mas...

Sam me abraça mais apertado.

– Nós sabemos. Zola a estava controlando. Está tudo terminado.

Natasha segura minha mão.

– Acabou, Sharon... e os mocinhos venceram.

EPÍLOGO 1

ELA SE SENTA EM UMA POLTRONA DE DESCANSO no deque de observação do aeroporta-aviões com os pés descalços e abraçada aos joelhos. Seus olhos estão concentrados em seu íntimo, mesmo voltados ao panorama da cidade de Nova York que se estende diante dela.

Um nível abaixo, na passarela araneiforme, Tony Stark e Sam Wilson conversam, observando-a.

– Sharon sofreu um aborto, Sam. O relatório médico diz que foi causado por um ferimento de faca.

– E ela não se lembra de ter estado grávida?

– Achamos que o Doutor Faustus apagou algumas memórias selecionadas. Deve ter feito isso quando se voltou contra o Caveira Vermelha.

– Por que ele faria isso, Tony? Para começar, foi ele quem causou isso a ela.

– Quem sabe? As pessoas sentem remorso. Talvez seja uma Síndrome de Estocolmo ao reverso. Talvez ele tenha pensado que assim a estaria ajudando. Ou é o primeiro movimento de um jogo complicado que Faustus pensa em vencer depois. O importante é que Sharon merece saber a verdade, mas não sei se consigo contar isso a ela.

Sam Wilson apoia-se na mureta e respira fundo.

– Eu vou cuidar dela por um tempo. Acho que Steve iria querer isso. Quando ela estiver forte o suficiente para lidar com isso, eu conto... Vamos dar um tempo a ela por enquanto.

EPÍLOGO 2

— ... E, NUMA NOTÍCIA DE ÚLTIMA HORA, o senador Wright anunciou a renúncia de seu cargo no Congresso e saída da disputa presidencial por "razões profundamente pessoais" e porque pretende passar mais tempo com a família...

O apresentador do canal de notícias continua falando enquanto Natalia Romanova se aconchega mais ao peito de James "Bucky" Barnes, no confortável sofá do confortável apartamento dela, com vista para o East River.

— Você é boa, Natasha. Ele chegou a piscar?

— Ele soube o que estava em jogo quando eu lhe mostrei as cópias de todas as transferências bancárias da Corporação Kronas para suas várias contas internacionais... Ei, olhe, estão passando de novo.

Na tela, a já famosa filmagem do Capitão América sendo tirado da limusine destruída e aplaudido pela multidão é repetida enquanto o apresentador emite comentários entusiasmados. Bucky desliga a TV.

— Se eu assistir a isso mais uma vez, vou me tornar a Gloria Swanson em *Crepúsculo dos deuses*.

— Por favor. Agora você é um astro. O povo o ama.

Com qualquer outra pessoa, ela teria disfarçado o bocejo. Mas ela está em casa com Bucky, e se sente completamente à vontade.

— Até a tarde de hoje, eles amavam o senador Wright. Não consigo parar de pensar em quão perto Caveira Vermelha chegou de ter seu próprio presidente.

Natasha se empertiga.

— Adoro ver você desse jeito, James... Esforçando-se com toda essa coisa de Capitão América. Lembre-se de que nunca vai ser fácil.

– Steve fazia parecer que era. Fazia parecer que era natural.
– Você também fará – ela diz, e o empurra delicadamente, para que se recline no sofá. – Um dia.

EPÍLOGO 3

NA TIMES SQUARE, o anônimo usando uma capa de chuva para em meio ao constante fluxo de pedestres. Ele olha para cima e vê a tela gigante que mostra o Capitão América aceitando os aplausos da multidão após o incidente em Albany.

Um adolescente bêbado tromba no homem, dá um passo para trás e o encara, apertando os olhos.

– Alguém já lhe disse que você é igualzinho ao Steve Rogers, cara?
– O tempo todo.

O adolescente inebriado se afasta cambaleando. William Burnside continua seguindo para o centro, imerso em seus pensamentos. Ele acha que ser o Capitão América é o trabalho mais difícil do mundo, e que este mundo é completamente diferente daquele que ele conheceu. Ele pensa que seu velho mundo fazia sentido, e que esse novo mundo é muito decadente e errado.

Ele pensa que aquela não é a sua América.

Mas que amanhã será diferente.

EPÍLOGO 4

O LABORATÓRIO É BEM ESCONDIDO. Há abafadores de sons e dispositivos de camuflagem que desafiam qualquer tipo de sensor e detector. É um lugar que não pode ser penetrado nem mesmo pelos mais sofisticados aparelhos de espionagem da S.H.I.E.L.D.

O rosto de Arnim Zola passa rapidamente pelos múltiplos monitores entre explosões de estática no espaço escuro e claustrofóbico.

— *Não havia escolha, nem tempo para optar. Eu lhe asseguro que isso é apenas temporário. Nós temos nossas diferenças, Herr Caveira, mas Arnim Zola sempre é fiel à sua palavra. Eu juro que vou voltar por você, e suavizar estas circunstâncias.*

Um dos corpos robóticos de Zola se ergue da mesa de transferência, analisando os monitores com o olho vermelho. A face na placa peitoral holográfica não é a de Arnim Zola. É a de Caveira Vermelha.

E a expressão em seu rosto é de puro terror.

EPÍLOGO 5

EU SEI QUE DOUTOR FAUSTUS brincou de todas as formas com a minha memória. Não há muito que eu possa fazer a respeito disso. Mas ele não é capaz de apagar lembranças que ainda não foram criadas. Ele não tinha ideia do que veria quando a máquina do Doutor Destino começasse a distorcer tempo e espaço.

Ele não seria capaz de apagar o fato de que eu estava indo ver Steve Rogers ainda vivo, mas perdido no fluxo temporal. Ele não podia prever que seria capaz de frustrar os planos de Caveira Vermelha de trazer Steve de volta e se implantar no corpo dele.

Ele não poderia apagar a sensação que tenho agora, de saber que Steve ainda está por aí. Se Caveira Vermelha era capaz de trazê-lo de volta, então é possível que Tony Stark ou qualquer outra pessoa faça o mesmo.

Possibilidades são esperanças, e esperança é vida.

E por isso eu me permito sorrir novamente.

AGRADECIMENTOS

MUITO OBRIGADO, É CLARO, a Ed Brubaker e Steve Epting, que escreveram e desenharam o enorme volume do arco de histórias em quadrinhos do Capitão América do qual este livro foi adaptado.

A Mari Javins, que foi além de suas obrigações e deveres no pastoreio deste projeto e na correção de meus lapsos gramaticais, assim como em limitar minhas sombrias e minuciosas explicações.

Sou grato também a Stuart Moore e Axel Alonso, por confiarem em mim e terem me dado liberdade para trabalhar com este material, e também pelo apoio e paciência no decorrer deste processo de aprendizado.

A Jeff Youngquist, um dos mais competentes editores com quem já trabalhei. Seus comentários e sugestões são sempre precisos, e sua habilidade para encontrar as referências mais ardilosas não é nada menos do que incrível.

A Joe Simon e Jack Kirby, os criadores do Capitão América. Sua contribuição para o personagem e para as histórias em quadrinhos em geral é monumental. Para listar todos os outros que contribuíram para o cânone e a mitologia do Capitão seria preciso mais algumas páginas, mas Stan Lee certamente estaria no topo da lista.

E ao falecido Mark Gruenwald, que não apenas detém o recorde de maior tempo escrevendo histórias do Capitão América, mas também estabeleceu a firme bússola moral que aponta para a essência do que Steve Rogers é, e ele fez isso simplesmente dizendo "O Capitão não faria isso" sempre que alguém ousava "dar à personalidade do herói uma moralidade mais moderna". Sentimos sua falta, Mark, e não vamos deixar que o escudo afunde na lama.*

---

* Larry Hama é um escritor, artista, ator e músico norte-americano. Atua no ramo do entretenimento desde os anos 1960. Durante os anos 1970 fez pequenas pontas nos programas de TV *M*A*S*H* e *Saturday Night Live*, além de participar de espetáculos da Broadway. Hama é bastante conhecido no mundo dos quadrinhos; foi escritor e editor da Marvel Comics, para a qual desenvolveu a série de livros *G.I. Joe, A Real American Hero*. Também contribuiu para as séries *Wolverine, Nth Man: the Ultimate Ninja*, e *Elektra*. O personagem Bucky O'Hare é uma criação sua, e rendeu várias publicações, uma linha de brinquedos e um desenho animado televisivo. Larry Hama nasceu em 1949, em Nova York.

FONTE: Chaparral Pro
IMPRESSÃO: Searon Gráfica e Editora

#Novo Século nas redes sociais

novo século®
www.novoseculo.com.br